中公文庫

# 炎の帝

萩　耿介

中央公論新社

目次

## 主な登場人物

花山《かざん》［師貞《もろさだ》］　第六十五代帝
冷泉《れいぜい》　花山の父。第六十三代帝
（藤原）懐子《かいし》　花山の母。冷泉天皇の女御
尊子《そんし》　花山の姉
義懐《よしちか》　花山の叔父、懐子の弟。春宮亮《とうぐうのすけ》、蔵人頭《くろうどのとう》
（藤原）忯子《しし》　花山の第一女御。藤原為光の娘
理子《りし》　花山の愛人。懐子の異母妹
中務《なかつかさ》　花山の愛人
平子《へいし》　花山の愛人。中務の娘
（藤原）兼家《かねいえ》　藤原氏長者。右大臣の後、摂政
道隆《みちたか》　兼家の息子
道兼《みちかね》　兼家の息子
道長《みちなが》　兼家の息子
詮子《せんし》　兼家の娘。第六十四代帝・円融《えんゆう》の女御。第六十六代帝・一条の母
伊周《これちか》　道隆の息子
隆家《たかいえ》　道隆の息子
厳久《げんきゅう》　元慶寺の僧

# 炎の帝

# 第一章　母と子

# 一　安和《あんな》二（九六九）年

　どれほどあやしても泣きやまなかった。両手で抱えて宙を泳がせても柔らかな頬に唇を寄せても、師貞《もろさだ》は手足をばたつかせて泣きじゃくっている。

「人見知りが始まったのでございましょう」

　後ろにいた乳母《めのと》が懐子《かいし》を慰めるように言った。懐子は肯《うなず》きながらも、その言葉を素直に受け取ることができなかった。乳母は赤ん坊がなついていることに喜びを感じている。隠しているつもりだろうが、笑顔で分かる。

「母を忘れるなんて悪い子ねえ」

　懐子は負けじと赤ん坊を高く掲げ、膝に下ろしてはまた上げた。後ろで乳母がはらはらしていることは知っている。力尽くでは泣きやまないことくらい分かっている。しかしこうでもしないことには生みの親としての立場がない。

　長女の尊子《そんし》の時は初産で産後の肥立ちが悪く、部屋に籠《こ》もっていた。そのため母と覚えてもらうまで日がかかり、淋しい思いをした。それで師貞にはできるだけ会いに来ているのだ。それでも泣かれてしまうとは。

「すくすく育っている証《あかし》でございます。もうすぐ六ヶ月にもなるのに人見知りが始まらない方が心配でございますから」

さっきよりは素直に聞けた。師貞が手足をばたつかせるのを止め、涙目のままこちらを見たからだ。

「母ですよ。ほうら。よおく覚えておくのですよ」

宋《そう》渡来の毛織物にくるまれた顔は涎《よだれ》と涙でぐしゅぐしゅだ。時折小さな胸がしゃくり上げるが、懐子の声から何かをつかみ取ろうとしているのが分かる。この人は誰だろう。いつもと抱き方が違うけれど、どうしてこの人が抱いているのだろう。師貞は泣いていたことなど忘れたかのように、不思議そうにこちらを見ている。

「わたしの子。愛くるしいわたしの男の子《おのこ》」

懐子は乳母がいるのもかまわず言葉を掛けた。頬を擦りつけると白粉《おしろい》が師貞に移り、懐子の頬は涎でべたついた。嬉しかった。初めての男の子がこれほど可愛いものかと自分でも驚いた。

「刻限にございます。そろそろ内裏《だいり》にお戻りくださいませ」

同行してきた尚侍《ないしのかみ》だ。もう帰らなければならないという。帝《みかど》が待っている。物狂いの帝。冷泉《れいぜい》が。

そう思った時、身体がすっと冷えるのを感じた。女御《にょうご》である以上、後宮《こうきゅう》にいるのは務めだが、冷泉の名を聞いただけで鼓動が速くなり、冷や汗が出る。仕えて七年が過ぎても未だに慣れない。悪いお方ではない。乱暴でもない。ただ、言葉が乱れ、その時々で目まぐるしくお心が変わる。それについて行けず、一人に戻ると、ぐったりとなる。

「五つも年下であられる。お世話して差し上げるくらいの気持ちがなければだめだ」

入内《じゅだい》が決まった時、父伊尹《これまさ》はこう言った。十八の娘が十三の帝のお相手をするのだ。自分でも「弟だと思ってお尽くし申し上げよう」と考えた。けれどもそんなに生やさしいものではなかった。尚侍もそれを承知で内裏に戻れと言っている。叔母に当たるというのに意地悪な女だ。

寵愛《ちょうあい》を受けた村上《むらかみ》帝が崩御《ほうぎょ》し、この役職に就いてからお人が変わられた気がする。

陽《ひ》が翳《かげ》り、広廂《ひろびさし》の上が暗くなった。陰暦三月下旬は陽が当たらないとまだ寒い。懐子は師貞に風邪をひかせてはいけないと思い、毛織物を小さな顎の前でぎゅっと合わせた。

笑わない。けれども眼を大きく開いてこちらを見ている。情愛が伝わったようだ。

「また来ますからね。それまでいい子にしているのですよ」

懐子は白粉の付いた丸い頬を指で突いてから、知らぬ間に隣に控えていた乳母に師貞を預けた。


大内裏に入り、建春門《けんしゅんもん》に来たところで牛車《ぎっしゃ》が止まった。耳をそばだてれば、「入れろ」「入れない」の押し問答をしている。女御を閉め出すとは何事かと思ったが、すぐ喜びに変わった。閉め出されれば帝に会わなくて済むからだ。

懐子の胸の内に気づいたのか、斜向《はすむ》かいに座る尚侍は苛立たしそうに物見窓を細く開けた。

「たとえ懐子さまと言えど、お通しするわけには参りません。何人《なんぴと》たりとも入れてはならぬという命令でございます」

「だから何があったと訊《き》いているのだ。これほど贅を尽くした車が怪しい者に見えるか」

「伝えられているのは、とにかく入れるな、という厳命だけでございます」

「懐子さまにも命じるつもりか。懐子さまへの侮辱は帝を侮辱するのと同じだぞ」

頑固な兵衛府《ひょうえふ》の兵にこちらの供奉人《ぐぶにん》達は刀を抜きそうな勢いである。

尚侍は溜息を吐《つ》いて窓を閉めた。

「まったく愚かしいこと。男達はどうしてすぐあのように大声を出すのでしょうね」

でも、外で起きていることを知りたい。女御だからといっていつも帝の側にいればいいというわけではないだろう。物見窓に手を伸ばし、開けようとすると、ぱっとはたき落とすように手をつかまれた。

「はしたないことはお止めくださいませ。わたくしがお開け申して外の様子はお分かりになったはずです。卑しい者達にお顔を知られて何の利益がありましょう」

「利はあります。あれが師貞の母かと皆に知ってもらえます」

初めて逆らった。我が子を思った途端に強くなった。言われた尚侍も驚いている。これまで口答えひとつしなかった懐子が突然歯向かったのだ。内裏通《つう》を自負する誇りが傷付けられたのか、老いを隠すように塗られた白粉の奥で顔が青くなるのが分かる。

「女御は帝だけ見つめていればよろしいのです。それが務めというものです」

その時、ごとりと車が動いた。話が付いたらしい。

建春門を過ぎ、宣陽門《せんようもん》を抜けたところで牛車を降りた。武士の多さに目を瞠《みは》った。大内裏と内裏の間にはいつも警護の武士が立っている。しかし内裏の中は夜でもない限り、武士が溢れることはない。無粋《ぶすい》で目障りだからだ。懐子の帰着を知った武士達はその場にひざまずき、恭《うやうや》しく頭を垂れたが、ただならぬ気配は少しも消えない。

まさか。ひょっとすると。

懐子は思い付いた考えを慌てて頭から追いやった。女御の身だというのにあまりに不謹慎であった。けれどもこの張り詰めた気配はそれを裏付けてはいないか。そうだとすれば懐子にとって、いや師貞にとっても悪いことではない。冷泉帝の崩御。

前を行く尚侍の衣《きぬ》の揺れを眼で追いながら、懐子は密かにそれを望んでいたことに気づいた。死が訪れない限り、冷泉からは離れられない。だが、これで解放されるかもしれない。鎖が外れれば、のびのびと生きていける。師貞にもいずれ皇位が回ってくる。政《まつりごと》になど近づきたくもないが、師貞には立派に生きてほしい。男の子に生まれた以上、国を治め、民を養っていくような大きな人間になってほしい。そのためなら嫌な思いにも耐えてみせる。

決意を固め、清涼殿《せいりょうでん》に差し掛かった時、奇声が聞こえた。子猿のような不気味な声だ。冷泉だ。生きていた。夢は一瞬にして崩れ、夢を見た分、落胆と疲労は大きかった。あのお声は怒っておられない。むしろご機嫌がいい。楽しくて興奮なさっているのだ。遠くで聞けば奇声でも、冷泉と分かれば心の内を想像できる。尽くしてくればこそである。

けれどもそう思う自分が悲しかった。冷泉といると気が休まらない。気持ちの先々を予想し、疲れてしまう。

清涼殿を過ぎたところで今度は罵声が聞こえた。冷泉ではない。

居室で着替えをすませた頃、下がっていた尚侍が姿を見せた。

「謀叛《むほん》があったということでございます」

「むほん？」

「声が大きすぎます。右大臣さまも参内されているそうにございますから、深刻なことになるかもしれません」

続いて話したところによると、左大臣　源　高明《みなもとのたかあきら》が冷泉帝を廃位に追い込み、娘婿の為平《ためひら》親王を皇位に就けようと画策したという。高明は第六十代天皇、醍醐《だいご》の皇子であり、六十一代の朱雀《すざく》、六十二代の村上はいずれも弟に当たる。しかし六十三代目の皇位が村上から子の冷泉に継承された時点で、自分が帝になる芽は消えてしまった。そこで六十四代目はせめて自分の娘婿に継がせ、外戚として力を確保しようとしたらしい。

懐子にはこれがどうして謀叛になるのか分からなかった。冷泉の状態を考えれば退位は当然だからだ。冷泉を早々に退位させ、次の帝を決めることは最も急がれるべきことではないか。いずれにせよ、冷泉を退かせようとする勢力がいることは心強かった。それだけ師貞の即位が近づく。

「この先、どうなるのでしょう」

「存じませぬ」

尚侍はぶっきらぼうに答え、型通りに辞儀をして退出した。

夜、冷泉が懐子の居室である梅壺《うめつぼ》に現れた。侍女《じじょ》の先触れが届く前に本人が来てしまった。

「刀はどこじゃな。まろが預けた細身のやつじゃ」

灯台に照らされた冷泉は不気味だった。闇の中に白い夜着《よぎ》と髭のある顔が恐ろしげに浮かび上がる。冷泉は几帳《きちょう》を潜《くぐ》ると、部屋の中を見回し、すぐにも探しそうな勢いである。懐子は眠れずにいたのですぐに身体を起こし、立ち上がって冷泉の手を取った。

「しばらくお待ちくださいませ。どこに納めたか思い出さねばなりません」

「おお、そうしてくれ。しかし時がない。急ぐのじゃ」

懐子は肯きながら冷泉を座らせ、侍女に灯りを増やすよう目配せした。

冷泉は震えていた。手ばかりではない。丸めた背中は兎のようだ。急に可哀想になり、優しく言った。

「刀を探してどうされるおつもりでしょう」

「鵺《ぬえ》が来る」

怖い夢でも見たのだろうか。いや、違う。冷泉はいつも夢の中にいる。夢と現《うつつ》の区別がなければ、夢を見るという言い方はあてはまらない。

「刀があれば鵺は退散するのですか」

「退散？　鵺がか？　とうにそこまで来ておるぞ」

「では、今さら刀はご不要ではございませんか」

冷泉は懐子から手を離し、きょとんとした顔で鼻の頭を掻《か》き始めた。二十歳を数える男とは思えない。自分が何をしにやって来たのか忘れてしまい、何とか思い出そうとしているようだ。

遠くで鳥の羽ばたきが聞こえた。烏《からす》だ。このところ人気《ひとけ》がなくなると、鼠《ねずみ》を狙って降りてくる。冷泉は怖がるどころか笑っている。今度は何を思い付いたのだろう。額は広く、形だけは賢そうに見える。

懐子には今夜の冷泉がことさら哀れに映った。帝の座を追われそうになったことに気づいていない。いつものように夢を彷徨《さまよ》い、現に触れてはまた夢に帰っていく。藤原家の主流北家《ほっけ》に生まれ、大切に育てられた懐子にとって内裏は初めての現実だった。その中にあって冷泉だけは独り異界で暮らしている。実際の政は大伯父の関白太政大臣実頼《さねより》、父の大納言伊尹、叔父の中納言兼家《かねいえ》らが動かしているのだ。今夜参内した右大臣師尹《もろまさ》も祖父の弟、大叔父に当たる。

「そちの言う通りかもしれん。鵺が相手では今さら勝てないからな」

冷泉は真顔になってつぶやくと、懐子を抱き寄せた。突然のことに懐子は冷泉の胸に顔を埋め、肌の匂いを嗅ぐしかなかった。背中を押さえる掌は温かく、頭の上では吐息が髪をくすぐる。

冷泉はそれ以上求めてこなかった。懐子が顔の向きを変えようとすると、冷泉は飛び退くように立ち上がり、振り返りもせずに出て行った。

懐子はしばらくそのままでいた。耳には冷泉の鼓動が残っている。「今さら勝てない」と言った。「鵺が相手」とも言っていた。もしかすると冷泉は謀叛の動きをどこかで察知していたのではないか。しかし一人ではどうすることもできず、助けを求めてここまで来たのではないだろうか。

慄然とし、息を呑んだ。冷泉が珍しく正気だったというのに言葉を掛けてあげることができなかった。死を望み、退位を当然と考えていた自分が忌まわしい。ましてや息子の即位が近づいたと喜んだのだ。たしかに冷泉は正気ではない。けれどもその奥の奥で細やかな心が生きている。おびえて傷つく二十歳の魂だ。めったに触れることがないので忘れていた。

立ち上がり、冷泉が動かしてしまった几帳の位置を直した。侍女が手伝おうとしたが、それを制し、直し終えると、暗がりの中でぼんやりその場に立ち尽くした。この薄い布切れ一枚が女御と帝を隔てている。寵愛の時には布が内側に揺れ、終われば外側に揺れる。正気と狂気もその程度の違いかもしれない。何かの拍子でこちらに入り、何かの弾みであちらに出て行く。陰では物狂いと疎《うと》まれ、表では帝を務めなければならない冷泉。それを左大臣が退位させようと謀《はか》ったという。その強引さに初めて憎しみを覚えた。

翌日、朝餉《あさげ》を終えて髪を梳《くしけず》らせていると、尚侍が現れ、きのうの続きを教えてくれた。謀叛に関わった者達は検非違使《けびいし》に捕縛され、首謀の源高明は職を解かれて大宰権帥《だざいのごんのそち》に左遷されたという。筑前《ちくぜん》の大宰府まで下るのは気の毒に思えたが、左大臣の身分で帝位を転覆しようとしたのだから当然と思った。代わって大叔父の師尹が右大臣から左大臣に昇進した。

四月一日。師貞に会いに行こうとして思わぬ邪魔が入った。「京中不穏にて内裏から罷《まか》り出ることならず」という。こんなことならきのう行っておけばよかった。陰陽師《おんみょうじ》から方違《かたたが》えをしなければならないと言われ、面倒なので日を替えたのだ。

愛しい顔に会えないと思うと苛立ちが募った。雲行きも怪しくなり、ますます気が塞いでくる。冷泉は何をしておいでだろう。清涼殿の昼《ひ》の御座《おまし》で大人しくされているのだろうか。帝に心が向くのは珍しかった。できれば関わりたくないというのがこれまでだった。けれどもあの日以来、冷泉への同情が増している。

懐子は梅壺を出て清涼殿に向かった。霧雨が舞い始め、檜皮葺《ひわだぶ》きの屋根が煙って見える。

渡殿《わたどの》を歩いていると、尚侍と出くわした。

「どちらへお出ででしょう」

「帝にお目にかかりたく思います」

「帝はおいでになりません」

「では、紫宸殿《ししんでん》で仗議《じょうぎ》中ですね」

「公卿《くぎょう》の方々が方策を論じられているのはたしかにございます。何しろ大火事があったばかりでございますから」

「大火事？　いつのことです」

「きょうの明け方にございます。それで京中不穏とお触れがでたのでございます」

尚侍は今頃何を言っているのだという顔で答えると、後宮の女官が湯桶を運んで来たので懐子とともに脇へ避けた。

「それほどの火事があったとは知りませんでした。燃えたのはどの辺りです」

「かつての左大臣のお邸《やしき》にございます」

「左大臣？　どなたでしたかしら」

懐子は女官が清涼殿から左に折れて北に向かったのを見届けながら、聞くともなく尋ねた。

「もうお忘れで。大宰府に下った源高明さまでございます」

「えっ？」と叫んだ後で赤面した。自分のはしたない声に加え、高明の左遷を失念していたからだ。いや、湯桶が北に運ばれたのが気になり、話に集中していなかった。

「お気の毒に。西国《さいごく》にお下りになったばかりだというのにお邸まで燃えてしまうとは」

「わたくしはこれで」

尚侍はそう言い残して女官達がいる後涼殿《こうろうでん》に消えた。

雨が強くなり、渡殿の中まで吹き込んできた。懐子が立ち話をしていたので侍女達は雨を避けて壁際に立っている。どうしたものだろう。女御の身で紫宸殿に出向くのは憚《はばか》られる。といって清涼殿には居場所はない。懐子は雨と冷泉の不在とさらには師貞に会えない淋しさでどうしていいか分からなくなった。

それにしても高明の邸が燃えたというのは奇妙だった。主人が西国へ下った直後である。ただの失火だろうか。身震いした。謀叛の発覚と首謀者の邸の焼失。裏で誰かが動いているとしか考えられない。

梅壺に引き返した。冷泉はもういい。一人になりたい。

雨の匂いを嗅ぎながら、動いているのは極めて近しい人物だろうと思った。公卿のほとんどが血縁である以上当然だが、とりわけ今回は疑惑の主を身近に感じる。そもそも冷泉を退位させようとしたことが、それほど騒がねばならないことだろうか。遅かれ早かれ誰かが言い出さなければならなかったはずだ。それをことさら謀叛と言い募る。

部屋に入った時、新たな寒気に襲われた。そうだ。どうして気づかなかったのだろう。源高明が左大臣を追われたことで誰が得をしたのか考えれば、真の首謀者が自ずと明らかになる。大叔父の師尹だ。高明に代わって右大臣から左大臣に昇っている。狙いは藤原氏以外の血統を内裏から排除することだ。藤原氏の益になるので一族から文句は出ない。

こう考えると、実際に謀叛があったかどうかさえ怪しくなった。師尹の配下が冷泉退位の話を高明に持ちかけ、高明が肯いたところで謀叛と騒ぐ。話を持ちかけた人間は罰せられず、高明だけが罪を問われる。そして追い打ちを掛けるように誰かの手で高明の邸が放火された。

懐子はその場にうずくまり、両手で身体を抱いた。これほどの恐怖は入内して初めてだった。直接自分に関わるわけではない。藤原一族にとっては喜ばしいことかもしれない。しかしどす黒い。人を人と思わぬ傲慢さと逃れがたい悪意が渦巻いている。

「師貞。お前が生きようとしている内裏とは、かくも恐ろしい場です。どうします。大きくなったらここに来ますか。陰謀が罷り通る内裏でお前は生きていけるのですか」

懐子は幼い師貞に心の中で問いかけた。そうすることで師貞に襲いかかる災いを少しでも振り払い、厄難に負けない強い母であろうとした。

八月に入った。師貞も生後十ヶ月に入り、可愛い歯が生えてきた。手にする物は何でもつかみ、つかめばそれを支えに立ち上がろうとする。だから回りからは几帳や屏風《びょうぶ》は除けられている。暇を見ては顔を出しているので笑って迎えてくれる。それでも師貞が付いて回るのは乳母の後ろだった。母のことはどこかの女官がやって来たくらいにしか思っていないのだろう。慣れたので淋しい気はしない。乳母が育てた後、内裏で師貞を守るのが自分の務めだからだ。けれども師貞に情愛を注ぎ過ぎると、尚侍から嫌みを言われた。

十日になると、俄《にわか》に周囲が慌ただしくなった。師貞が親王から皇太子になる。その儀式を三日後に執り行うという。父伊尹も喜んでいるだろう。孫が皇太子になる。つまりは、いずれ自分が帝の祖父になるということだ。

立太子礼《りったいしれい》と同時に冷泉が退位することも決まったという。次の帝は冷泉の弟の円融《えんゆう》である。どこでどのように決まったのか知る由もないが、冷泉が退位すると聞いて力が抜けた。長かった。冷泉を相手によくここまでやって来た。いずれ二人の子供と梅壺で暮らせるようになる。

儀式を翌日に控えた十二日夕刻。侍女に「親王も来年は着袴《ちゃっこ》の儀ですね」と言われ、嬉しく思っていると、女の悲鳴が聞こえた。それほど遠くない。警護の武士が出てくるかと思えば、その気配もない。

「見て参りましょう」

侍女が立ち上がった時、どかどかと足音が響いて冷泉が現れた。全裸だった。頭には黒紗《くろしゃ》に金飾りの付いた文官用の礼冠《らいかん》を被《かぶ》り、手には金銀螺鈿《らでん》の刀を持っている。が、胸も腹も二本の脚も剝《む》き出しだ。皆一斉に扇で顔を隠した。

「見つけたぞ。これさえあればな。ひょっひょっ」

冷泉は得意そうに刀を突き出し、鞘《さや》から抜こうとした。けれども慣れていないので一気に抜けず、腰に提げる革先の辺りを握ってようやく抜いた。

懐子は驚かなかった。冷泉の裸は見慣れている。それに飾り刀には刃はついておらず、鋼《はがね》の棒にしか見えない。

懐子は立ち上がり、自分の衣を一枚脱いで正面から冷泉に掛けた。後ろ前になるが、こうしないと身体を隠せない。

「刀は下ろしてくださいませ」

懐子の声に冷泉は素直に手を下げ、薄萌黄《うすもえぎ》の衣がさらりと揺れた。ようやく背後に武士が現れたが、踏み込むどころか冷泉の尻を見て笑っている。おびえていた侍女達もそれにつられるように扇を鼻先に押し当てて様子を見ている。

耐えがたかった。実の弟が侮辱されているような気がした。冷泉はあすで帝を退く。本人もそれを知っていて気が高ぶっているのだ。最後の一日くらい大目に見てあげられないものか。

「帝のお出ましです。ご無礼のないように」

懐子が一喝すると、武士はもとより遠巻きにしていた女達もそそくさと姿を消した。

気を利かせた侍女が帝の衣と下着を手に現れた。懐子は冷泉に掛けた自分の衣を取り、刀も預かった。冷泉は安堵したのか木のように突っ立ち、されるがままになった。懐子は左右が筒形になった下着を穿かせようと膝立ちになり、足を入れやすくするため、筒裾を広げた。冷泉が動く度に男根が揺れ、膨らんでくる。懐子は気づかぬ振りをして身支度を進め、腰ひもを後ろから前に回してきつく結ぼうとした。

突然、冷泉は懐子の手を払って腰紐を解き、下着を脱ぎ捨てて部屋を飛び出した。

何が起きたのか分からなかった。几帳は倒れ、簾《すだれ》は長押《なげし》から外れて傾いている。その向こうでは太く曲がった梅の枝が西日に黒く輝き、根元を囲う竹垣は陽に灼けて白く霞んでいる。いや、そう見えただけだ。それは先ほどまでの光景だ。とうに陽は落ち、梅の周りは西空の残照が微かに映え落ちているだけである。

力尽きた。心底疲れた。やはり冷泉は分からない。哀れに思ったのは間違いだった。

座り込み、息を吐いた。

師貞。冷泉との間に生まれたことが信じられない。

「お前は物狂いの血を継いでいません。母が約束します。笑顔と瞳が何よりそれを語っています。あすから皇太子。お前の晴れ姿を見るのが今のせめてもの慰めです。早く大きくなってこの国を治めなさい。その日までお前を守ります。何があろうと。必ず」

## 二　天禄《てんろく》三（九七二）年

「それは違うと思うけどなぁ。やめた方がいいと思うけどなぁ」

「これだってば。あたしのほうが分かってるんだから」

尊子《そんし》は床に伏せた貝の中から左端の小さいのを選び、手にした貝と合わせてみた。大きさは近い。けれどもぴたりと重ならない。何度も重ねてみるが、ぎざぎざの縁が乾いた音を立てて拒んでいる。

懐子はおかしくなった。いつものことだ。姉はおっとりし、弟はせっかちだ。並べた貝は全部で二十八。もとは三十の十五組あったが、師貞が踏んで割ってしまったので遊べるのは十四組と半端になった。子供用なので内側に絵は描かれていない。今のところ三対一で師貞が勝っている。

「ほら違う」

「ごちゃごちゃうるさいんだから」

侍女の声がした。「摂政のお出まし」という。父の伊尹《これまさ》だ。冷泉が退位してから気軽に後宮へ姿を見せるようになった。父が摂政に就いたのは先代の実頼が死んだ後のおとし五月で、去年十一月には太政大臣の地位も手に入れた。安和の政変を画策した大叔父の師尹は三年前の十月に他界しており、今、父は藤原の頂点にいる。円融帝は十四歳なので、父なくして政は動かない。冷泉時代では想像できない栄達ぶりだ。

「今夜あたり一条邸に出て来ぬか。中秋じゃ。観月《かんげつ》の会をやろうと思うてな」

「もうそのような時季でございますか」

「ただし今年はあれこれ招かず、内輪で楽しもうと思っておる」

「それは静かでよいかもしれません。ここはいろいろ騒々しいですから」

「日が暮れたら車を出す。子供達も連れて参れ」

伊尹が立ち上がった時である。貝を手にした尊子が叫んだ。

「やったわ、わたしの勝ち！」

いつの間に逆転したのか、尊子は籠の中に手を入れて嬉しそうに戦利品を掻き回している。師貞は顔を歪め、泣き出しそうだ。

「そうか。姫の勝ちか。でかしたぞ」

伊尹はことさら師貞を無視するように尊子の頭を撫でて出て行った。

夕餉《ゆうげ》を終え、池に浮かぶ月を眺めていても師貞の機嫌は直らなかった。負けたことがよほど悔しいのだろう。そう思って慰めると「おじいさまはまろを嫌いなんだ」と涙ながらに訴えた。

懐子は可哀想になり、頭を抱き寄せた。懐子もそう思っていた。いずれ帝になる大事な宝だというのにどうしてだろうと。答えは簡単だった。生意気に感じるのだ。師貞の才気が小憎らしいのだ。孫に対して子供じみた感情だと思うが、母の眼からもそれは分かる。師貞は鋭く、強い。先を考えると恐ろしくなる。

「去年もお舟に乗ったのを覚えてる？　あの時はお舟で眠っちゃったものね」

「もろさだはどこでもすぐ寝ちゃうのよ」

尊子の言葉に師貞はぶってかかろうとしたが、尊子が懐子の後ろに回り込んだので、懐子が小さな拳を受け止めた。

松の枝が迫り出した向こうの倉から舟が運ばれ、池に浮かべられた。水干姿《すいかん》の男達が舟の舳《へ》先《さき》に龍を取り付けたり、床板に毛氈《もうせん》を敷いたりしている。その度に舟が揺れ、波が広がる。懐子はその光景を懐かしく感じた。月の輝きも黒く波打つ池の水も去年と同じだ。変わったのは、尊子と師貞が成長し、よくしゃべるようになったことだけだ。今が一番幸せかもしれない。子供達と一日中一緒にいられる。姉弟で喧嘩もするが、たわいのないことに始まり、たわいのないまま終わる。いつもの繰り返しでも眺めているだけで心が満たされる。子供達はいずれ巣立つ。そう思うと、今この瞬間が愛おしい。

「どうしたの、お母さま」

尊子が夜風に髪を靡《なび》かせて袖を引いた。

「お月さまが綺麗だなと思って」

「お舟で出ればもっときれいに見えるわ」

「そう。楽しみね」

「まろが乗ればおじいさまは乗らないよ」

「いつまでそんなことを言ってるの。師貞のことはみんなが好きよ。安心なさい」

師貞ははにかみながらもまだ何か言いたそうだったが、近づいてきた龍船《じゃぶね》を見て顔を輝かせた。

漕ぎ手は長尺棒《ちょうしゃくぼう》を突いて巧みに舟を操り、朱塗りの橋の手前に寄せた。舳先の龍は小さくて頼りなさそうだったが、青丹《あおに》の肌に金の鱗《うろこ》が重なり、深紅の口と見開いた黒石《くろいし》の眼が精悍だ。

最初に尊子が侍女に支えられて乗り、次に懐子と師貞が乗り込んだ。舟の後ろは笛、琵琶、鼓《つづみ》の楽人《がくじん》達が座っているので、懐子親子は中程に腰を下ろす。

湿った足元を気にしていた伊尹の室の恵子《けいし》が続いて乗ったが、伊尹は舟から離れて月を見上げている。

師貞は祖父を見つめている。乗るか乗らないかと小さな胸をどきどきさせながら考えている。懐子は両手で二人の子供を力いっぱい抱き寄せた。何もいらない。子供だけでいい。

力を抜くと、舟は動き始めていた。やはり伊尹は乗らなかった。師貞は動揺のあまり舟縁に額を付けて呻いている。

「どうしちゃったんだろ」

尊子が不思議そうに懐子を見ては師貞の脇腹をつつく。いつもはすぐに手向かう師貞もされるがままだ。

懐子はたまらなくなってまた師貞を抱いた。

らなくては」

「お前は正しい。誰もお前を分かっていない。傷ついてはだめだ。男なのだからもっと強くな

息子に伝わるように頬ずりをし、汗混じりの髪の匂いを嗅いだ。尊子も負けまいと甘えてくるので、二人とも抱き寄せてしまう。

「あら、ずいぶん昇ったねえ」

母だ。日頃、子供を甘やかしすぎると叱る母が、親子三人で身を寄せている懐子に聞こえるように声を張った。

「今は何時《なんどき》でしょうか」

侍女もそれに気づいて応じている。

「戌《いぬ》の刻はとうに過ぎていましょう」

別の侍女だ。

後ろでは先ほどから笛と琵琶が観月の曲を奏でている。哀しげな音色だが、懐子の耳に入らない。池の上では子供の温もりがすべてであり、中秋の月もちらちらとした水の輝きもどうでもよかった。

舟は冷たい水音を両舷に響かせながら池を一周し、伊尹が立つ橋の手前に戻った。

「美しかったぞ。月明かりを浴びてな。蓬莱島《ほうらいじま》を目指す御方《おんかた》の一行のようだった」

母は伊尹の言葉には付き合わず、首を振って下りてしまった。懐子は母の冷たさに困惑し、

「池の上から眺めるそちらも美しゅうございました」と舟から伝えた。すると師貞が「ほうらいじまって?」と耳元で訊いた。不老不死の山と言っても分からないだろう。それで「あの世

のことよ」と思いつきを言った。

「あの世って島なの？」

「長生きのね」

それを聞いていた父が珍しく真面目な顔で言った。

「師貞。蓬萊島の話を知りたいのか」

「はい」

師貞も珍しく背筋を伸ばしている。

「よし。男同士の話だ。舟に乗れ」

「おやめください。夜も更けているというのに。師貞はまだ五つですよ」

母が制したが、父は神妙な顔で繰り返した。

「どうだ。男と男のやりとりだ。乗るか？」

「はい」

「夜露で風邪をひきます。懐子。お前も何かお言い」

突然話を向けられて戸惑った。今の師貞は五歳の子には見えない。自分の務めを自覚した帝のようだ。嫌われているはずの祖父から舟に乗れと言われ、断ってなるものかと力んでいる。断れば自分の負けだと思っているのだ。

「師貞。眠くないの？」

「だいじょうぶ。おじいさまと舟に乗る。舟でほうらいじまの話を聞いてくる」

懐子は息子が頼もしく見え、衣を一枚羽織らせるよう侍女に命じると、父に向かって優しく言った。

「もう一周だけ、今度は男同士でお楽しみくださいませ」

「まかせておけ」

伊尹は母を見ずに答えると、師貞の手を取って乗り込んだ。

尊子は羨ましいのか怖いのか分からないという顔で二人を見ている。楽人達は次はどの曲を演奏すればいいのかと互いに顔を見合わせ、そのやり取りの間に舟はぎぎっと岸を離れた。

舟縁を飾る鬱金《うこん》の布帛《ふはく》が水に触れ、小さく広がる航跡は照り映える月明かりを穏やかに散らしている。ようやく笛の音が高らかに響き、揺れる水面《みなも》を漂った。冴えた光と澄んだ闇。明るくて暗く、暗くて眩しい。

母は尊子の手を取って邸《やしき》に向かった。懐子は舟の動きを見ていたかったが、寒くなったので後に従った。

「師貞は感じやすいが、気も強い。帝になる日が楽しみだね」

「そうあってほしいという気持ちと、そうなれば苦労するのではという心配が半々です」

「帝になればわたしたち一族も」

母はそこで口を噤《つぐ》み、空を見上げた。月は背後にあるので、見えるのは光射す群青《ぐんじょう》の天だけである。急に歩調が遅くなったので、大人しくしていた尊子が祖母の手を離れて駆け出した。いつもの母なら「女子は走ってはいけません」と叱るところだが、娘と二人だけになったことに安堵したように口を開いた。

「あのお方がおいでの時はいろいろと大変だったろう」

懐子は「はい」と答えたかった。けれども認めてしまえば、冷泉に仕えた自分が惨めになる。

「院は今どちらにお住まいだったかね」

「朱雀院とうかがっています。おととしの四月にお邸が焼けてお移りになったと」

「では、ほとんど会うことはないね。お前を入内させる時はわたしは最後まで反対したんだ。不幸になるのは分かっていたから。でも受け入れてもらえなかった。娘を差し出すのは務めだと言われて。許しておくれな」

驚いた。母の胸の内を聞くのは初めてだ。白髪が月に光り、胡桃《くるみ》染めの衣が実際以上に老けて見せる。戻ってきた尊子は祖母の手を握り、不安そうにこちらを見上げたり、振り返って舟の居場所を探したりしている。

今度も「はい」と答えたかった。母が相手なら冷泉との苦労をすべてぶちまけてもいい。

「辛うございました。毎日が気疲れの連続でした。相手が冷泉でなければ、そのお方を心から慈しみ申し上げることができたでしょうに」

熱いものが込み上げ、目頭を押さえた。遠い笛と琵琶の音が失われた歳月の重みをことさら哀しく掻き立てる。

母が背中をさすってくれた。侍女達の眼などどうでもいい。母の手を感じていたい。痩せた掌でも子供の頃に帰ったような懐かしさと安堵に満たされる。

「辛いのはわたしだけではありません。おそらく冷泉院ご自身がもっとも苦しんでおられるはずです。あのお方は好まずして過酷な宿命を引き受けておいでなのですから」

「お前、何もそこまで」

母は唇を噛みしめ、再び歩き始めた。懐子は後を付いていかず、振り返って池を見た。舟はちょうど一回りしてこちらに近づいているところだった。音楽は聞こえない。毛氈の真ん中に父がどかりと座っている。師貞は父の太った腹に埋もれるようにしてやはり眠っていた。

冷たい風が吹き抜ける度に梅壺の前庭は土埃が舞った。曇りが多いのに雨が降らない。陰暦十月半ばは冬である。砂が入るのを防ぐため、蔀《しとみ》は下ろしているが、喉を痛めて咳き込む女達が多かった。師貞も咳が続き、薬司《くすりのつかさ》からもらった乾した思草《おもいぐさ》を煎じて飲ませたり、生姜《しょうが》の根を下ろして飲ませたりした。大人でも苦いのに我慢して飲むところを見ると、よほど辛いのだろう。可哀想で代わってやりたくなる。飲んでしばらくは効いているが、時が経つと咳が始まり、息をする度にひゅうひゅうと胸が鳴る。

「薬じゃなくて、お水が飲みたい」

午《ひる》から寝ている師貞は床から起き上がり、侍女が運んできた椀を取った。口に傾けると、少しこぼれて衣が濡れた。それに気づいても顔を変えない。

「寝ていなさい。あしたにはよくなります」

師貞はぼんやりと肯き、夜着を重ねた床に潜り込んだ。洲浜《すはま》を作って遊んでいた尊子は師貞と遊べると思ったらしいが、また寝てしまったのでがっかりしている。尊子も咳は出るが、薬を飲むほどではない。

師貞が顔を向けたので、おでこを撫でてやる。熱い。これでは水を欲しがるわけだ。

「死んだらどうなるの？」

「何を言ってるの。変なこと考えないで眠りなさい」

平静に答えたが、内心は動揺していた。自分も幼い頃、死について考えたことはあったが、すぐにやめてしまった。この世のことで一杯になったからだ。

「ねぇ、死んだらどこに行くの？」

こちらを見ずに薄暗い天井を見上げている。ぞっとした。尊子も気になったのか弟の側に来て顔を覗き込んだ。髪が垂れるのもかまわず、じっとしている。

「もろさだ、死にそうなの？」

「うん」

「これっ。そのようなことを言ってはなりません」

「だって寝て起きたら死んでるかもしれないよ」

「また、もろさだのぐちぐちが始まった。ああかもしれない。こうかもしれない。どうしてそんなことばっかり言ってんのかしら。だいたい死ぬ死ぬって大げさよ。考えたって仕方ないじゃない。わたしも母上も死んでないんだから訊かれたって分からないわ」

尊子は髪を掻き上げ、部屋中に聞こえる声で言い放った。日頃の思いを一気に吐き出したようだ。侍女達は聞こえぬふりをしているが、肩を揺らしながら扇の陰で苦笑している。尊子の言う通りだった。これ以上の答えはない。子供だと思ってつい慎重に考えてしまうが、逞《たくま》しく育てるには荒っぽい物言いも必要だ。

懐子が笑って尊子を見ると、師貞もおかしくなったのか、床の中でにやにやしている。ほっとした。が、ひとつ気づいた。舟遊びの晩のことだ。池を一回りした後、父が師貞だけ乗せて出て行った。男同士の話だと言って。もしかするとその舟の上で死について何か話したのではないだろうか。小生意気な孫を懲らしめてやろうと、少しは怖いことも言ったかもしれない。そうとでも考えなければ、師貞がこれほど死にこだわるはずがない。

師貞は眠ってしまった。尊子は急に喉が痛いと言い始め、侍女に生姜湯をねだった。そこへ久しぶりに尚侍が現れ、そのやりとりを煩わしそうに眺めていた。
四、五日経つと、師貞は元気になった。瘧《おこり》でも落ちたようにこれまでにも増して内裏を駆け回るようになった。死後のことを考えていたとは思えない復活ぶりだ。皇太子という身分に遠慮して誰も止めない。皇太子の世話役であるはずの春宮亮《とうぐうのすけ》もおもしろがって後を追いかけている。
春宮亮の職にあるのは懐子の弟の義懐《よしちか》だ。年は懐子と師貞のちょうど真ん中だが、男同士ということもあってすっかり遊び相手になっている。懐子は義懐にも内裏を走り回らないように言って聞かせるが、空返事を残してすぐに消えてしまう。

十一月一日の明け方である。主殿司《とのもづかさ》の女官が灯芯を替える物音で眼が覚めた。いつもは気づかない。冷え込んだからだろう。一度眼が覚めてしまうと、なかなか寝付けず、このまま起きてしまおうと思った頃、足音に続いて声がした。

「懐子さま。すぐにお支度なさってください」

尚侍だ。

「こんな時分に何かありましたか」

「お父上がお亡くなりになりました」

よく分からなかった。具合が悪い話など聞いたこともない。身体を起こして訊き返す。

「確かでしょうね。いったいいつです」

「知らせがあったばかりですので、まだ詳しいことは」

懐子は息を吸った。微かに雨の音がする。間違いないらしい。何から始めればいいのか分からない。尚侍にはそれがもどかしいらしく、「お急ぎを」と早々に几帳をめくり上げた。

藤壺《ふじつぼ》を過ぎて清涼殿に抜けるかと思えば、尚侍は反対側の雷鳴壺《かんなりのつぼ》に行こうとする。

「どちらへ向かうのです」

「玄輝門《げんきもん》を出て偉鑒門《いかんもん》から罷ります」

と、既に渡廊《わたろう》の前に車が来ていたが、いつもの牛車から両の輪が外されている。舎人《とねり》達が輿《こし》として担いでいくらしい。

「よりによってこのような寒い日に」

「皆さまがお待ちです」

「父上の御霊《みたま》もさぞ震えておられましょう」

懐子が言い終わらぬうちに簾を下げる手が掛かり、乗り込むとすぐにぐらりと浮いた。

舟遊び以来、父とは何度か内裏で会っている。といっても、公卿仗議の後で挨拶を交わしたくらいだが、いつだったか「眼がよく見えなくなった」とこぼしたことがあった。「お年のせいでしょう」と受け流したが、何か関わりがあるのだろうか。

邸に着くと、門前には警護の武士が立ち、篝火《かがりび》が焚かれていた。車を降り、東の中門廊《ちゅうもんろう》から上がる時、向こうに霙《みぞれ》を溜めた池が見えた。

父は寝殿の中央の間の繧繝縁《うんげんべり》の畳の上に寝かされていた。身体の清めを終えて白い衣を着せられ、その上から継ぎ目のない真白の帛《はく》が掛けられている。急に父の死が現《うつつ》のものとして迫ってきた。先に来ていた母と義懐が懐子に気づき、傍らに座るよう目配せする。

「いつ息をお引き取りに」

「誰も気づかぬうちに。この十日ほど急にお顔が浮腫《むく》んでしまわれてね。お身体も同じだったのだろうと今にして思う。眼もよく見えず、ずっと寝ておいでだった」

「食べ過ぎでしょう。何でもよく召し上がったから。それが溜まって生きていけなくなってしまわれたんだ」

懐子は母と弟のやり取りを聞きながら、灯りに照らされた遺骸《いがい》をあらためて眺めた。父には何も聞こえない。周りに近親の者が集まり、偲《しの》んでいることも分からない。このまま法要が営まれ、荼毘《だび》に付される。死ぬとは消えるということだ。懐子は動揺した。在り続けた者が消え去ることが耐えがたかった。在ることの愛おしさ。在りし時のぬくもり。膝の上で拳を握り、肩が震えるのをこらえた。どれほど母を苦しめ、他の女の元に通おうとも、父であることに変わりはない。

母も涙ぐんでいた。平静を装った顔の奥で悔恨が暴れている。憎んだ記憶ばかり蘇り、愛おしんだ思い出を苦く塗りつぶす。だから自分を責める。その想いが焼けるように空回りする。

「誰が次の摂政になるんだろう」

義懐の無邪気な一言が集まった者達を驚かせた。遺骸の前で慎むべきだ。けれども一度放たれた言葉は戸惑いと悲しみを押し退け、帳《とばり》に隠されていた政事を容赦なく引きずり出した。

「つまらぬことをお言いでない。こちらには皇太子の師貞がいる。何も変わらないはずだ」

懐子も母と同じ考えだった。摂政は父の弟の兼通《かねみち》が継ぐだろうが、だからといってわれわれ一族が凋落《ちょうらく》するとは限らない。師貞には帝になってもらう。一族のためばかりではない。鋭く、感じやすい気質こそ帝にふさわしい。細やかな政をすれば国が栄える。

「師貞はまだか。摂政がお亡くなりになったというのに皇太子がおらぬでは話にならぬ。すぐにも呼んでこの場を見せるのだ。ここがあの子の始まりだと覚えさせるために」

義懐は興奮した母の言葉に気圧されるようにして尚侍とともに部屋を出た。

## 三　天延《てんえん》二（九七四）・三（九七五）年

内裏の蔀は開け放たれ、姿を消したはずの蟬があちこちで狂い鳴いた。陰暦八月は秋風が続いた後、急に暑さが戻る妙な気候だ。洛中では流行病《はやりやまい》が蔓延《まんえん》し、赤子から年寄りまで身体中に赤い斑点を残して死んでいくという。懐子は内裏から出るべきかどうか迷った。密かに大和《やまと》の室生寺《むろうじ》へ参詣しようと考えていたからだ。杉林の中に五重塔が聳《そび》え、金堂《こんどう》には光り輝く十一面観音像があると聞く。尊子は九つ。師貞は七つ。十日くらいなら残して行っても大丈夫だろう。しかし流行病は恐ろしい。牛車の中にいても風を吸っただけでうつるという。

「近々、お祓《はら》いをするそうにございます」

鏡と櫛箱《くしばこ》を手にした侍女が懐子の後ろに座ってつぶやいた。

「するならもっと早くでなければ。今となってはどれほどの験力《げんりき》でも間に合わないでしょうに」

侍女は答えず、懐子の髪を取って梳《くしけず》りはじめた。うっかり相槌を打つと政道を咎《とが》めたことになると知っているからだ。父伊尹の死後、予想通り兼通が関白となった。兼通は今年二月の初めに氏《うじ》の長者《ちょうじゃ》となり、その月の末には正《しょう》二位へ昇進して太政大臣に就いた。帝の円融はようやく十六になったものの、まだ幼く、それをいいことに兼通が政務をことごとく握っている。懐子はこれまで通り子供達と梅壺で暮らしているが、一度追い出されそうになった。冷泉の邸に行けばいいと言われたのだ。後ろ盾の父を失った途端にこのような侮辱を受けるのかと啞然とした。その時は義懐が「皇太子さまを内裏からご退出させて何とされます」と果敢に抵抗し、事なきを得たが、あれ以来、兼通は信用できないでいる。信じられないのは兼通ばかりではない。その弟で大納言の兼家も右大臣の頼忠《よりただ》も、そろって伊尹一族には冷たい。

「お祓いといっても、わたしたちのためではないし、都《みやこ》の人々のためでもない。やりたがっているお方のために決まっています」

「少しお声が」

侍女が髪をまとめようと引いたので懐子はわずかに仰《の》け反《ぞ》った。嫌なことを思い出してつい声が大きくなった。僧はまだしも陰陽師は嫌いだった。方角がどうの、凶事の兆しがどうのと、うるさいからだ。

師貞が入ってきた。顔を火照らせ、前髪が汗で額に張り付いている。

「どこで遊んでいたの」

「その辺です」

「その辺てどこかしら」

訊きながら一緒のはずの義懐が姿を見せないことに気づき、師貞を睨んだ。膝には擦り傷がある。どこで怪我したのだろう。遅れて義懐が現れ、眼が合った。義懐は御簾《みす》の外に隠れようとしたが、侍女が「春宮亮どの」と呼び止めたので動けなくなった。

「どこまで行ったのです。大内裏から出たのですね？」

「ほんの少しです。焼け跡を見たいというので」

「焼け跡？　いったいどちらの焼け跡です」

「将軍のところです」

すぐには分からなかったが、しばらくして元鎮守府《ちんじゅふ》将軍源満仲《みつなか》のことだと気づいた。去年の四月だ。邸が盗人に放火されて全焼し、周囲の三百余戸が巻き添えになったと聞いている。

「何てことを」

懐子は座り込んでしまった。弟が付いていれば安心と思ったが、男同士なのですぐに無茶をする。護衛も付けずに出て行って何かあったらどうするつもりなのだろう。内裏ならまだしも、さらにその外側の大内裏を出てしまえば京の都のまっただ中だ。

続いて義懐が語ったところによると、二人はいつものように左馬寮《さまりょう》に馬を見に行くと言って内裏を出た。しかし二人だけでは内裏を出ることはできても、衣が目立って大内裏からは出られない。そこで表の衣を脱いで宮内省の神社に隠し、大炊寮《おおいりょう》の前に並んだ空桶の車を見つけて潜り込んだという。郁芳門《いくほうもん》を出たところで飛び降り、下人《げにん》が驚いて騒いだが、義懐が師貞の手を取って走り、市井に紛れたということだった。帰りは義懐が銅銭を払い、干し魚の荷車に乗せてもらったらしい。話し終えた義懐は「まだ臭う」と両腕を交互に鼻に当てた。

侍女達は皇太子と春宮亮の武勇伝を眼を丸くして聞いていた。とんでもないことだが、おもしろいには違いない。懐子は二人にさっそくお祓いを受けさせなければと思った。嫌いな陰陽師でも、今ばかりは必要だ。

「義懐どの。師貞を連れてすぐに陰陽師のところに行きなさい。宮中に病が流行ったら大変なことになります」

「そんなことをしたら、わざわざ抜け出したことを言いに行くようなものでしょう。それに歩いたのはほんの少しだから、病になんて罹っちゃいません」

師貞は笑っている。母親より、遊び相手の義懐を信頼しているのだ。見上げると、知らぬ間に背が伸びている。

「焼け跡で何をしてこられましたか」

侍女が後ろから尋ねた。

「それは言えない。皇太子さま。そうでございましょう」

「いかにも」

大人ぶった師貞の返事に驚きと反発を感じていると、侍女が続けた。

「では、この一件を関白さまにお伝えしてよろしゅうございますか。知れれば、たとえ皇太子さまでもお咎めなしには済まされません」

義懐は憮然としていたが、咎めと聞いて怖くなったのか師貞がちらちらこちらを見ている。

「いかがです」

侍女が重ねて迫ると師貞は口を開いた。

「おこつってです。母上」

「おこつってまさか」

「骨です。あれだけ人が死んだのです。掘ればいくらでも出てきます」

義懐が割り込んだ。

「何だってそのようなものを」

「見たいとおっしゃるから」

「骨を、ですか」

訊かれた師貞は簾に近づき、出て行こうとしたが、踵《かかと》で床を踏み鳴らすと振り返った。

「母上には分からないと思う。何を申し上げても」

「何が分からないというのです。言ってご覧なさい。この母がお前より愚かだとでも言いたいのですか」

「そうではありません」

「では、何です」

「それが嫌なのです。すぐにそうやって気が荒れる。どうせこの身体には冷泉院の血が流れているのです。骨が見たくなったからといって、驚くほどのことはないでしょう」

眩暈《めまい》がした。冷泉と言った。血が流れているとも。いつまでも子供とばかり思っていたが、面と向かって反論されようとは。

「分かりました。では、訊き直しましょう。師貞。お前は亡くなった人の骨を見てどうするつもりだったのです」

師貞は眉間に力を込めた。額に皺が入り、一人前の男に見える。苦しそうだが、聡明さを感じさせる。似ている。冷泉の額に。たとえ一瞬であっても真剣に言葉を追いかける時の顔だ。そして決まって言葉は捕まらず、苦しげな顔になる。

「見たかったのです。人の骨がどのようなものなのか。生きている限り、骨は見えません。こうして硬い骨があるのは分かっても」

師貞はそう言うと、右の指先で左手首や肘、さらに鎖骨までこんこんと叩いてみせた。

「おやめなさい。お行儀の悪い」

「どうしてです？　骨は誰にだって」

その時、簾を上げて師貞の背後に尚侍が現れ、皇太子が立っていることに気づいてひざまずいた。騒ぎを聞いて飛んできたらしい。懐子は誰かに言い付けられるのを恐れ、話題を変えようとしたが、師貞は尚侍が現れたのをいいことにさらに声を張った。

「骨に触れるのは穢《けが》れでしょうか。さらに食べてしまうのは」

「お前、まさか」

「いえ、たとえばの話です」

義懐が尚侍を見ながら遮り、部屋に進んで話し続けた。

「将軍の邸が放火されたのはなぜだろうかと、未だに都中の人々が噂しています。犯人が捕まっていないからです」

骨の話ではない。焼け跡のことだ。義懐は誰にも邪魔をさせまいとさらに声を張った。

「将軍は誰かに恨まれたに違いないと皆が言っています。誰に恨まれたのかと言えば、五年前の謀《はかりごと》を思い浮かべればすぐに分かる。大宰府に流された源高明どのにです。将軍は高明どのが謀叛を企んでいると密告し、その恩賞として正五位下に昇進した。一方の高明どのは十分な吟味も受けずに流罪となりました。これでは火を放ったのは盗人ではなく、将軍に恨みを持つ高明どのの一派と考えるのが自然でしょう」

義懐の弁舌に誰もが身を引いた。安和の政変について噂はあるが、内裏で堂々と語られたことはない。

「大変なところに来てしまったようですね」

尚侍は生々しい話を打ち切ろうと、いかにも落ち着いた顔で懐子に言った。懐子も騒ぎになるのを避けようと即座に答えた。

「いえ、大変なことは何もありません。いずれも過ぎたことですから。さ、お前達もお祓いを済ませてしまいなさい。都の平安を祈って」

義懐は口元を歪めて師貞を連れて出て行った。入れ替わりに尚侍が部屋に入ったが、巧みに逃げられたことに気づき、しばらくは何も言わなかった。

年が明けた頃から、懐子は身体の異変を感じるようになった。三十一になったばかりだというのに白髪が増える。左脇下には痼《しこ》りができる。膝も痛む。誰かに言ったところで良くなるわけではなく、このひと月は黙っていた。それでも身体の動きがぎこちないので侍女には分かる。

「お薬を頂いて参りましょうか」

「ありがとう。でも、やめておくわ。それほど辛いわけではないし、苦いのも嫌」

「お祓いはもっとお嫌でしょうに」

「あら、そうでもないわ。あれ以来、考えを変えましたた」

侍女は笑って香炉を引き寄せ、蓋を開けて灰を平らに整えた。あれとは去年の流行病のことだ。石清水放生会《いわしみずほうじょうえ》が終わった後の八月二十八日、予定通り内裏で大がかりな加持祈禱《かじきとう》が催された。懐子は験力をほとんど信じていなかったが、その後、嘘のように都の病は終息し、ひと月もしないうちに消えてしまったのである。大雨が何度かあり、穢れが流されたという事情もあったが、以来、嫌っていた陰陽師を少しは信じるようになった。もちろん師貞と義懐がお祓いのお陰で病に倒れなかったことも信頼を強くした。

「でも母上、痼りだけでも治した方がよいのではありませんか」

このところ急に大人っぽくなった尊子が心配そうに言った。

「そううまくいけばいいけれど」

懐子は軽く溜息を吐いて立ち上がり、蔀の向こうを眺めた。師貞はどうしているだろう。一条邸で母の恵子と暮らしている。このところ急に扱いにくくなった。いつもは素直だし、笑顔も幼い頃のままに愛らしい。だが、何かで諫《いさ》めると、口を曲げて反論してくる。そして決まって内裏の暮らしが息苦しいと訴えた。それで母に預けた。

渡廊に出た。弘徽殿《こきでん》を覆う築地塀《ついじべい》から隣の飛香舎《ひぎょうしゃ》へと眼を移しながら少し歩く。檜皮葺きの破風《はふ》の上に小さな藤《ふじ》の蔓《つる》が絡みついている。

遠くを眺めようとして痺れが走った。左足だ。続いて激しい痛みが左の頭を襲い、左の視界が狭くなった。何が起きたのだ。立ち竦《すく》んだまま動けない。右眼もみるみる霞んでいく。叫ぼうにも声が出ず、戻りたくても身体が回らない。

「いかがされましたか」

飛香舎の藤壺にいる侍女が声を掛けてくれた。

「だ、だれか、人を」

「そのままでお待ちください。動いてはなりませぬ」

続いて梅壺から侍女達がやって来た時はほとんど眼が見えず、両脇を支えてもらわなければ立っていられなくなった。

「お母さま」

尊子が幼女に戻ったような情けない声を上げた。どこにいるのだろう。抱きつこうとするのを侍女に止められたらしい。

抱えられて恐る恐る歩き、御簾を潜って奥の間に寝かされた。

「物《もの》の怪《け》に取り憑かれてしまわれたのかもしれません。護摩《ごま》を焚くのです。お祈りとお祓いを」

慌ただしい声を聞きながら、そんなことはやめてほしいと心の中で叫んだ。護摩の煙を嗅いだらかえって苦しくなる。読経や呪《まじな》いを聞かされれば痛みが増す。

「何とかして。お母さまを助けて」

「すぐに薬師が来ます。陰陽師も。それまでお待ちください」

「誰か皇太子に知らせて」

そうだ。尊子。よく言ってくれた。こちらから会いに行く手間が省ける。

師貞が来たという声を聞いたのは大分経ってからだった。眠っていたらしい。頭の痛みは痺《か》れに変わり、首から頭半分が枕に触れずに宙に浮いているようだ。師貞は供の者も付けずに賀茂川《もがわ》で遊んでいたという。

「母上」

呼ばれて眼を開けるが、声のする方を向いても朧《おぼろ》な光を感じるだけで姿は見えない。眼が使えなくなったことが受け入れられず、二度三度と瞬きしてようやく答えた。

「待っていました。よく来てくれました」

「母が倒れたというのに駆け付けない息子はおりません」

落ち着いた言葉に師貞の成長を感じた。けれども見えないことを悟られるのが怖くて眼を閉じてしまう。

人払いを命じると、慌ただしく衣擦れと足音が響き、急に静かになった。眼を閉じたまま顔を天井に向け、声を張った。

「師貞。こちらに戻るつもりはありませんか」

返事がない。

「お前は皇太子です。いずれ帝になるお人です。わきまえていますね」

「はい」

「いくら内裏が息苦しくとも、ここで生きていくしかないのですよ」

「はい」

顔が見えないと独り言を言っているような感じになる。といって、焦点の定まらない眼を向けて余計な心配を掛けたくない。

瞼の裏に師貞の顔が浮かんだ。立太子の儀式で冠を被り、正装した顔だ。

眼を開けた。先ほどより暗く感じる。陽が傾いてきたのだろう。上を向いたまま口を動かす。

「一条の池のことを覚えているでしょう。亡き父上に舟に乗せられた晩のことです」

「忘れていましたが、お邸で暮らすようになって思い出しました」

「母に聞かせてくださいな。何を思い出したのか」

居住まいを正したらしく、袴が動く音がした。続いて軽い溜息が鼻に抜ける音がする。

「母上」

「何です」

「こちらを向いてください。お顔を見ながらでないとお話ができません」

慄然とした。が、平静を装って顔を右に向ける。

「これでいいでしょう。さ、お話しなさい」

「話せません。しっかりわたしの眼を見てください。人の話を聞く時は相手の眼を見るようにと言ったのは母上でしょう」

「見ています。こうしてじっと見ています。だから早く」

「母上の眼はそんなじゃない。もっとしっかりと見てください。もっと一所懸命に見てくださ い」

「話すのです。お前の言葉は一言だって聞き逃しません。こうして精一杯見ていますから」

呻き声が聞こえた。しゃくり上げるのをこらえているらしい。そう気づくと、胸が詰まり、目尻に涙が溜まった。

「どうして。どうしてこんなことに。わたしがここを出たからですか。その心労がたたったのですか。母上。答えてください」

「母のことなど放っておきなさい。それよりお前の話を。あの晩のことを。それを聞かずしては死ぬに死にきれません」

「何ということを」

足音がして誰かが座った。

「お母さま。気をしっかりお持ちください。そのようなお言葉はあまりに」

尊子だ。聞いていたのだ。

「お前達。二人そろったのだから正直に言いましょう。母は眼が見えません。お前達の顔も姿も、今どこにいるのかも分かりません。しかし悲しんではいけません。お前達の声は、はっきりと聞くことができます。お前達の声は、私が産んだお前達の声は、母の耳にしっかり届いています」

「分かりました」

そう言って師貞が話し始めた。尊子も傍らで聞いているらしく、黙っている。

「舟に乗ったおじいさまは何も言わず、ぼんやり遠くを見ていました。母上は『蓬萊島はあの世のこと』だと言いました。それを思い出して怖くなりました。おじいさまは生きているのにあの世のことを知っていることになるからです。ようやくおじいさまが言いました。『蓬萊島は幻だ。惑わされてはいけない』と。唐の国では……」

師貞の話がいつ終わったのか分からなかった。一言も逃すまいと真剣に聞いていたが、聞いているうちに強い眠気に襲われ、微睡《まどろ》んでしまったらしい。けれども話を聞いて安堵した。父からよからぬことを吹き込まれた様子はなかったからだ。

「尊子。そこにいますか」

「はい。ずいぶんと寝息が深うございました」

「お前にもいずれ婚姻の話が来るでしょう。無理をすることはありません。嫌なら嫌とはっきり言うのですよ」

「まだまだ先のことです。今はゆっくり休んでください」

たしかにそうだ。しっかりしなければ。薬草を飲めば見えるようになるし、身体の痺れも消えるはずだ。そうすれば師貞の即位をこの眼で見ることができる。焦ってはいけない。

日中は衣一枚で足りるほど暖かくなった。気候がよくなると、寝たきりの暮らしでも心が軽くなる。

下衣の着替えを終え、よく乾いた寝床に移された時だった。

「ううっ。ちょいと見ぬ間にのぉ」

ぞっとした。

「痩せてはおらぬが、肥えてもおらぬ。どうしたことじゃ」

聞き違いではない。冷泉だ。どこからか自分を見下ろしている。なぜ突然現れたのだろう。相手が見えない悔しさと恥ずかしさで身体が縮む。見えないことには慣れたが、冷泉は別だ。かつては自分があやしていた。こちらに分があり、理があった。けれども今は違う。痺れた身体を横たえ、その日その日を過ごしているだけだ。

「父上をお連れいたしました」

師貞だ。

「母上のことを話すと、是非ともお出で遊ばすと言われて」

「そうでしたか」

答えたものの、先が続かない。余計なことをしてくれた。まさか冷泉に醜態を曝そうとは。

「院にあらせられてはご機嫌麗しいご様子、何よりにございます。わたくしはご覧のように床に伏せったままでございます。いつ治るやら見込みはございません。おまけに流行病かもしれませぬゆえ、それ以上お近づきになりませぬよう」

「ふん」

気配を感じた。枕元に座った。いや、肩の辺りだろうか。首に手が触れた。「ひっ」と思わず声が出た。骨っぽいが、温かい。手は迷わずに首の下を通って肩をつかみ、そのままぐっと抱き起こされた。

「ご乱暴はおやめください」

侍女の声だ。

「久しいのう、久しいのう」

顔に息がかかる。顎髭が右頬に触れる。胸に抱かれているらしい。逃れたくても逃れられない。

「おい師貞。お前の母は京で一番美しいのだぞ。よく覚えておけ」

「はい。父上」

冷泉の唾が顔に飛んだ。嫌ではなかった。それどころか逃れようとも思わなかった。恐れていたはずの男に抱えられていることが今は嬉しい。寝たきりになった女御を、捨て置いたはずの女御をわざわざ訪ね、抱き抱えてくれる。それだけのことがありがたい。震えをこらえて声を出した。

「いずれよくなりましたら、お邸にご挨拶にうかがいましょう」

「おお。待っておるぞ。お前が来ればあの邸もたちどころに華やぐ。何たってお前はこの世で一番美しいからの」

「先ほどは京で一番と」

「師貞、つまらぬことを言うな。この世の方がずっといいだろう。おい、懐子。どうした。何とした」

倒れてから涙もろくなった。自分の不甲斐なさが歯がゆく、泣いてばかりいる。かまうものか。幸せを感じて何が悪い。嬉し泣きして何が悪い。冷泉は正気だ。少なくとも今この瞬間は。

冷泉は自分を好いてくれていた。気まぐれと移り気に苦しめられたが、冷泉は自分が内裏に入った日からずっと優しかったではないか。その証に乱暴をはたらいたことなど一度もなかった。

懐子は涙を流れるにまかせ、動く右手を上げて冷泉の顔を探した。

「どうした。ここだ」

顔を突き出されてようやく触れる。耳を、頰を、鼻と瞼を。あの日のままだ。初めての契りから何一つ変わっていない。このお顔をどれほど眺めたことだろう。恐ろしさに耐え、いつまた錯乱が始まるのかとおびえながら。しかしこの感触は顔であって顔でない。触れているのは物狂いの奥に隠れている優しいお心だ。

懐子は見えない眼で冷泉の顔を見つめ、感じない左の頰で冷泉の胸の鼓動を聞いた。このまま死んでもいい。死ぬならこうして死にたい。師貞でも尊子でもなく、冷泉に抱かれて。しかしその前にひとつだけ訊きたい。院はわたくしを愛おしんでくださいました。今もそうですか。愛おしいと思ったから来てくださったのですか。一度だけでいいのです。今、正気でおられる時だけでいいのです。院はわたくしをこの世の誰よりも愛おしみ、今も愛おしんでいると……。

「火事だ。火が出たぞ」

遠くの叫び声に雰囲気は一変した。侍女や護衛の下人達が一斉に騒ぎ立て、慌ただしく渡廊を走る音や怒鳴り声が響く。板戸が勢いよく開け閉めされ、どこかで馬も嘶《いなな》く。

突然、がつんと下ろされ、背中から手が抜けた。

「火だと？　燃えているのか。おお、おお」

どたどたと音がして急に静かになった。

放り出されたので頭を打ち、首で支えたので筋を痛めた。背中にも鈍い衝撃が残り、しばらくは息ができない。

「師貞。尊子。どこです。どこにいるのです」

返事はない。侍女もいないらしい。皆出て行ってしまった。病人を一人残して。火が来たらどうするつもりだろう。

懐子は淋しくなり、すぐにおかしくなった。先ほどの感情が夢のようだった。これが現《うつつ》だ。これが冷泉だ。言わなくてよかった。訊いていれば笑い者になるところだった。人は死の間際まで孤独なのだ。

# 第二章　反抗

# 一　天元《てんげん》三（九八〇）年

尊子《そんし》の色白の顔が幔幕《まんまく》から入る琵琶湖の風に翳《かげ》っている。舟旅に疲れたのではない。円融帝《えんゆう》の元に入内《じゅだい》するのが嫌なのだ。それで長いこと黙っている。

師貞《もろさだ》は憂鬱から逃れようと中央に設えられた幄屋《あくのや》から出て大きく息を吸った。穏やかな波間の向こうにようやく竹生島《ちくぶしま》が現れ、そこだけ濃い緑を浮かべている。仰げば初冬の空が青く乾き、棚引く雲も清々しい。琵琶湖は初めてだ。ましてや舟で島を目指すのも、島の中にある弁財天を参詣するのも初めてである。これほどの景色を塞いだ気持ちで過ごしたくない。

舟縁に手を突いて湖面を見下ろすと、藍色の深みから水苔の匂いがし、後ろから櫓《ろ》の音が聞こえてくる。母が他界したのは五年前だ。以来、頼れるのは叔父の義懐《よしちか》と祖母の恵子《けいし》しかいなくなった。内裏では兼通《かねみち》の死後、頼忠《よりただ》が関白太政大臣に就き、兼通の弟の兼家《かねいえ》が右大臣になった。二人は気の弱い円融帝を操り、互いに自分の側に引き込もうと争っている。伊尹《これまさ》一族は孤立し、冷泉《れいぜい》の血を引く自分が帝を継ぐ立場にいるだけだ。円融帝の元には頼忠の娘の遵子《じゅんし》、兼家の娘詮子《せんし》が送り込まれ、なかでも詮子は四ヶ月前に親王を産んでいる。いずれも帝の外戚となり、内裏での地位を確保するためだが、姉はそうした中へ入っていかなければならない。

「今さら遅すぎるのではありませぬか」

祖母から入内を勧められて姉は真っ先にこう言ったという。年上の女御たちが帝の寵愛を得ようと競い合っているところへ出て行くのが嫌だったのだ。身内を前にすると元気な姉も、他人の前では小さくなる。まして後ろ盾を失った一族の娘として顔を出すのは屈辱だったのだろう。それでも「お前が円融の子を産めばいずれ国母《こくも》として抜きんでることができる」と説得され、しぶしぶ受け入れたと聞いている。今回の舟旅はその祖母が提案した。入内を決めた姉を慰めようと思ったのだろう。が、当の祖母は腰を痛めて来ていない。

「あら、見えてきたのね」

姉も出てきた。気まずさを紛らそうとして元気を装い、素知らぬ顔をして遠くを眺めている。こういう時の態度は母に似ている。

「周りの山は枯れているのにあの島だけ緑だわ」

一条邸から同行してきた侍女も現れ、周囲を見渡しながら尊子の言葉に肯いた。姉がさらに近づいたので師貞は答えた。

「晴れてよかった。きのうの雨はすごかったから」

「わたしは晴れると思ってたわ。あれだけ降ったんだもの」

「今浜《いまはま》で泊まっていてよかったな」

尊子は答えず、袖がはためくのを押さえている。その向こうは山だ。頂にうっすらと雪を乗せ、白い輪郭が輝いている。何という山だろう。

「帝って、気持ち悪いわ」

侍女たちは離れているので聞こえない。

「前からじゃないか」

「いよいよとなると、気持ち悪さが増してくるのよ」

急におかしくなり、声を上げて笑った。これまでも何度となく帝の悪口を言い合って楽しんできたからだ。何よりも眼が細い。あれでは何も見えないと言ったのは姉の方だ。背も低く、顔は日陰で育った瓜のようで、顎《あご》が少し出ている。肩は痩せ、腕は短く、いつも直衣《のうし》の袖に隠れている。そのくせ歩く時は烏帽子《えぼし》が傾くほど顔を上げて澄ましているので間抜けに見える。納得した上で決めたと思っていた。入内が嫌なのはすでに何人も女御がいて怖じ気づいているだけだと。

「どうするのさ。今頃になって」

「行くわ。どうしようもないもの。だけど、すぐに出てしまいそう」

尊子は向かい風を避けるように舳先に背を向けた。すると後ろの侍女たちと向かい合う形になったのでばつが悪そうにうつむいた。

「母上がいたら何と言うかな」

「無理をするなって言ってくれると思う。嫌なら嫌と言えって前に言ったの覚えてるでしょう。つまり母上は幸せではなかったってことよ」

何も言えなかった。そもそも覚えていない。しかし姉も女だと初めて実感した。亡き母を同じ女と見ているからだ。

「嫌なら逃げればいいさ。まだ間に合う」

「本気で言ってるの？　お参りが終われば都に帰らなくてはならないのよ」

「引き延ばすくらいはできる。その間に逃げる場所を探せばいいんだ」

「何てことを」

姉は驚いた眼でこちらを見たが、陽を浴びているせいかいくらか嬉しそうだった。

島に着き、案内役の先達に付いて歩く間も師貞は考えていた。ほんの思いつきである。しかし言ってしまった以上、何とかしたい。逃げる場所ならいくらでもある。どこかの荘園にかくまってもらえばいい。問題はその後だ。土壇場で入内を拒んだことが知れれば、頼忠と兼家が黙っていない。関白と右大臣を敵に回せば自分の即位も危うくなる。皇太子を飛び越え、詮子が産んだ親王を強引に帝に据えることもできるからだ。帝の座に執着はない。けれども伊尹一族の没落を自ら招くことはしたくない。

「義懐はいないか」

振り返って大声を出せば、舟酔いで浜で休んでいるという。肝心の時に何をやっているのだと憤った時、考えがひらめいた。入内は二十二日である。あと十日ある。病に罹ったことにすればいい。それもよくある流行病《はやり》ではなく、物狂いになったと噂を流すのだ。冷泉の血を引いているので信じない者はいないだろう。僧や陰陽師を呼んで大げさに読経とお祓《はら》いをしてもらえば、とりあえずは引き延ばせる。

急な上りにさしかかった。姉や侍女達はずっと後ろだ。駆け戻って伝えたかった。それほど有頂天だった。都を離れて野山を歩いている方が内裏にいるよりずっと楽しい。皇太子といっても、季節ごとの儀式を済ませればこれといってすることがない。漢籍《かんせき》を習うのも退屈で、あくびをしては教授役の文章生《もんじょうしょう》に床をこつこつとたたかれてしまう。

入内する女が物狂いでは円融帝も困るだろう。女御にできず、後宮に住まわせることもできない。ということは、いずれ入内の話は消え、姉は晴れて一条邸で暮らせるようになる。

「いい考えがある。帰ったら騒ぎになる」

姉が上って来るのを待って言うと、

「なによ。一人でにやにやして」とまんざらでもなさそうだった。

弁財天は南に面した崖際の祠《ほこら》に安置されていた。朱と丹《に》が塗られ、蓮の花のような台の上に足を組んで座っている。師貞くらいの大きさだ。腕は左右に四本ずつ、それぞれ剣や矢を持ち、顔は老いた猪みたいだ。

「不細工だな。どこが女神なのさ」

「罰が当たります。いくら皇太子さまでも」

先達にたしなめられたが、言わずにいられない。

「こんなもの拝んだって、ひとつもいいことなさそうだよ」

「皇太子さまっ」

姉の侍女にも叱られた。けれどもそう言う侍女自身、少しも美しいと思っていないことは顔を見れば分かる。大人は嘘つきだ。

「あら、こっちの方がずっといいわ」

姉の声で隣に移ると、新しい社《やしろ》の中に新しい木像が入っていた。腕は左右一本ずつで、持っているのは剣ではなく、琵琶だった。左手で琵琶の柄を支え、右手の撥《ばち》で弦を弾《はじ》こうとしている。頭には飾りをつけ、淡い衣の色遣いと首をかしげた姿が優しげだ。

「これも同じ弁財天？」

「さようにございます。しかしこれは今浜の若い職人が勝手に彫ったもので、由緒はなく、本物でもありません」

「なら、どうしてここに置いているのさ」

「奉納されたものは、その志を大切にするという考えからでございます」

何を言っているのかよく分からなかったが、こちらの方が明るく、生き生きとしている。

勾欄《こうらん》を跨いで中に入り、弁財天を抱えてみた。

「何をなさいます」

「うわっ、重い。ひとりじゃだめだ」

入ってきた先達に腕をつかまれ、引き離されそうになった。しかし抱えたところがちょうど弁財天の立て膝でつかみやすく、さらにしがみつくと、雲をかたどった台の上で像がずずっと動いた。

「あぶないっ」

侍女が叫ぶ。

「落ちるもんか」

「皇太子さま、弁財天さまが嫌がっておられます」

後ろの先達が声を張る。被《かぶ》さる袖が顔に触れ、染みついた汗の臭いが鼻を突く。逃れようと顔を出し、背中の髭面を見上げた。

「いいじゃないか。本物じゃないいんだろ？　持ち上げようが、運び出そうが」

「なりません。そのような勝手なことは」

「持ち帰らせればいいわ。できるものなら」

姉の一言に力が抜けた。と、先達に両手首を握られ、山人《やまびと》に捕らえられた小猿のように一同の前にさらされた。

「ほら、跨いで」

素直に従うのが嫌で勾欄を蹴った。手すりは地面に杭止めされていて、倒れるどころか反動で背後の先達を押すことになり、身体が浮いたと思った瞬間、先達ともども仰向けにひっくり返った。

悲鳴と同時に鈍い音がした。背中から先達の腹に乗ったので痛くなかった。

「皇太子さまっ、お怪我は」

義懐だ。やっと来た。引き上げられ、外に出る。振り返ると、先達は後頭部を打ち付けたらしく、烏帽子が外れ、白眼を剝いて口から泡を吹いていた。

「何ということを。せっかくのお参りなのに」

「罰が当たったのじゃ」

供奉人達が口々に言い合う中、義懐に強く手を引かれた。

「参りましょう。あちらでお休みを」

「あんたってほんとに変わらないわね。しゃんとしなさいよ。まったく」

歩きながら姉がのぞき込み、続けて言った。

「何がしたかったのよ。あんな仏像にしがみついて。みっともないったらありゃしない。あれじゃまるで猿よ」

　自分でもそう思った。そもそも何をしたかったのだろう。はじめは持ち上げてみたかっただけだ。けれども抱えるうちに本当に人を抱いているような気になった。弁財天その人をだ。

「おおっ」

「何てことだ」

　背後で怒ったような声が聞こえた。義懐の手を振り切って駆け戻ると、先達はぐったりと顔を横に向け、袴の股が黒く濡れていた。

「お亡くなりになりました」

　動けなかった。自分のせいだ。こんなに呆気なく死んでしまうとは。

　一同にならい、慌てて合掌した。しかし眼は閉じずに先達の顔を見た。白眼が見える。本人も何が起きたのか分からないようだった。妻はいるのだろうか。子はいくつになる。自分の振る舞いと先達の物言いとどちらが罪深いだろう。

　顔を上げ、斜めにずれた弁財天を見た。素知らぬ顔で向こうを眺めている。優しく思えた表情は冷たく、復讐を遂げて満足しているようだった。

　弁財天は本物かもしれない。そう思うと恐くなった。


　入内が六日後に迫ったというのにたいした騒ぎになっていない。ことあるごとに内裏で吹聴したつもりだ。姉の尊子が病に罹った。先帝と同じ物狂いにと。義懐の耳に入り、「どういうおつもりか」と質《ただ》された。訳を話すと「度を過ぎた悪ふざけはまともに聞き入れられない」と返され、「万一、入内が取りやめになったら、どうされるのか」と責められた。反論できなかった。十三歳の知恵では限度があった。

夕刻、いくらか風が弱くなったので馬を見ようと梨壺《なしつぼ》を出た。母が死んだ翌年、内裏の西の一部が焼け、陰陽師の勧めもあってそれまでの梅壺から昭陽舎《しょうようしゃ》と言われる東の梨壺に移り住んだ。新しい部屋になじめず、一条邸で祖母や姉と暮らしたこともあったが、竹生島から帰って以後は噂を広めようと再び梨壺に戻っている。

建礼門《けんれいもん》を抜けて右に折れ、大極殿《だいごくでん》を過ぎて南西に向かった。目指すは右馬寮《うまりょう》である。その手前の左馬寮でも馬を見ることはできるが、馬の世話をする馬部《めぶ》役の男が嫌いだった。言葉遣いは丁重だが、行けば必ず面倒臭そうな顔をした。勧めの刻限が終わりに近づくと、馬の具合が悪いだの、調教に連れ出しているだのと出まかせを言って厩《うまや》に入れるのを渋るのだ。

顔なじみの役人に案内され、お気に入りの栗毛を見ようとした時だった。

「これは何としたことで」

大納言の為光《ためみつ》が馬の向こうから現れ、畏《かしこ》まった。亡き祖父伊尹の弟に当たる。顔はこちらに向けているが、片手は栗毛の首に触れている。

「こちらが訊《き》きたい。大納言ともあろう者が厩に用とは」

「ははっ」

為光はようやく馬から手を離し、頭を下げた。

「その馬が気に入っておるのか」

「いえ、そのようなことは」

「遠慮はいらぬ。正直に申してみよ」

為光は太った身体を揺すりながらどぎまぎしている。内裏でも為光の小心は知られている。人はいいが、気が小さく、何をするにも牛のように愚鈍だと。為光は右馬寮に出向いていたことを広められたくないのだろう。しかもその栗毛が師貞のお気に入りであることは馬部から聞いているはずである。

「ほしければそちに譲るぞ。馬はいくらでもおる。朝廷の役向きに必要なら、また集めればよい」

「お言葉ですが、そのようなことは皇太子さまのご判断だけでかなうものではございませぬ」

「堅苦しいことを言うでない。代わりにひとつ頼みがある」

為光は驚いた顔で前に出た。

「聞いているだろう。まろの姉上がよろしくないことは」

「ははっ」

「で、そちのところでかくまってくれぬか」

「どういうことでございましょう。かくまうとは」

「あいかわらず鈍いの。その馬をやる代わりに姉上を守ってくれと言っておるのだ」

声を荒らげたので為光より栗毛がびくりとし、首を振って鼻を鳴らした。その音に馬部も現れたので、為光は引っ込むよう手で合図した。

「馬はともかく、尊子さまはそこまでよろしくないのでございましょうか。聞くところによりますと、冷泉院と同じようなご不運とか」

「分かっておるなら話が早い。あのままではとても女御になれぬ。それこそ一族の恥だ。落ち着くまでそちのところでな」

「ではありますが、いずれも皇太子さまの作り話で、真に受けてはならないとも言われております」

「誰だ。そのような無礼なことを申すのは」

「右大臣にございます」

師貞は兼家の涼やかな顔を思い浮かべた。鼻筋が通り、切れ長の眼が内裏の女房達に人気と聞く。為光の兄であり、五十を過ぎている。勝てる相手ではない。

「では、肝心の帝はどうお考えなのだ。円融帝のお気持ちが揺れておられるなら、姉上の入内は取りやめになるのも自然であろう」

為光は何か合点したように顔をほころばせ、師貞に厩から出るよう促した。

「お気持ちは分からないでもありませんが、よくお考えにならなければなりません。帝に関わる以上、亡き兄上一族だけの問題ではありませんから」

牛とばかり思っていたが、大納言だけあって心得ている。自分はまだ子供だ。しかしここで退くわけにはいかない。

「どうあれ、一度姉上を預かってくれまいか。そうすればまろの気も安らぐからな」

「困りました。この時期になって尊子さまをお招きするというのも」

「栗毛はいらぬのか。そちのものにできるよう馬寮頭《まりょうのかみ》に掛け合っておくぞ」

為光は顔を紅潮させ、暑くもないのに額に汗を滲ませている。勤めの刻限を過ぎているので周囲に人影は少ない。来た時より暗くなった。

「では、お約束ください。一日だけと」

「よし。そちの邸で会おう。栗毛も一緒にな」

師貞は勝ち誇ったように言うと、最後に一度だけ撫でてやろうと厩に戻った。


「なりませせぬ。そなたが勝手に決めた話です。そのようなことに尊子を巻き込むわけにはいきませぬ」

「姉上は何と言っているのです。大切なのは姉上の気持ちでしょう」

「入内を軽々しく考えすぎだと言っているのです。これ以上、尊子に関わるでない」

祖母の恵子は額に青筋を浮かべて激しくなじった。帝の元に入るということは、それほどのことなのだ。内裏で暮らしながら、初めて内裏の掟を思い知った。話しても無駄だ。密かに一条邸から姉を連れ出そう。為光には伝えてある。突然押しかけてもかまわないだろう。

「分かりました。お祖母さまのお考えは十分に伺いました。では、これにて」

「どこへ行くのです」

「内裏に戻ります。ようやく梨壺にも慣れてきましたから」

部屋を出ると、渡廊を進むと見せかけて左に折れ、姉の居室に入った。声が響いていたらしく、尊子はこわばった顔で立っていた。その後ろには入内に備え、色鮮やかな襲《かさね》や裳《も》、紅の袴、帯や髪飾りが広げられ、さらに調度品が入った漆塗りの箱も積まれていた。師貞は憎らしげにそれらを見返し、小声で言った。

「夜更けに車を回すから、それに乗れば大丈夫」

「本当にやるつもり？」

「あたりまえさ。気持ち悪い男のところへのこのこ出て行く必要はないだろう」

「車でどこへ行くのかしら」

「乗れば分かる」

師貞はそれだけ言うと、東側の車寄せまで小走りで進み、待たせておいた牛車に滑り込んだ。中は冷えていた。簾を通して夜露が溜まっている。

内裏に戻る必要はないかもしれない。このまま為光邸に向かおう。栗毛はあとだ。為光の邸で夜が更けるまで待たせてもらえばいい。

物見窓を開け、下人に伝えると、柳の枝が牛の背中でぴしりと鳴った。邸に着くと、すぐに為光が出迎えた。

「驚きました。まさか今夜とは」

「栗毛は待ってくれ。話は後だ」

師貞は車から飛び降りると、為光や家人を後に残して邸に走り込んだ。さすがは大納言の邸だ。一条邸とほとんど差がない。造りも似ていて初めてという気がしない。

「どこの誰です。人の邸を勝手に歩き回る狼藉者は」

振り返ると、女子《おなご》だった。背は同じくらいで、年も近そうだ。上品な薄橙《うすだいだい》の汗衫《かざみ》を着て怒った顔で立っている。

「狼藉者とは言い過ぎであろう」

「では、何です。挨拶もなく、ずかずかと。検非違使を呼びますよ」

「おもしろい。呼べるものなら呼んでみろ。恥をかくのはそちのほうだぞ」

「姫っ。なりませぬ。そのお方は」

ようやく追い着いた為光が後ろで叫んだ。家人も畳の上を滑るように駆けて来る。

「そちが姫か。為光のしつけもなってないの」

「狼藉に加えて父上の悪口まで」

「そのお方は皇太子さまだ。冷泉院のご嫡男の」

女児は言われて驚いたようだったが、すぐに表情を戻して言い募った。

「皇太子さまだかご嫡男だか知りませんが、無礼者は無礼者。へつらうことはありませぬ」

女児は家人に抱えられて奥へ消えた。平謝りする為光を尻目に師貞は笑いがこみ上げてきた。自分と同じだ。相手かまわず言いたいことを言い、親の言うことにも耳を貸さない。名は何というのだろう。

「あちらのお部屋で」

「そちもしっかりせねばな」

「恐れ入ってございます」

師貞に言われて為光は顔を赤くし、また汗をかいている。

簾を潜り、座るなり師貞は言った。

「今夜連れてくる。頼むぞ」

「はっ」

でございますから」

「十分に驚いております。突然のご訪問に加え、まさか今夜とは。お話を伺ったのがつい夕刻
「驚かぬのか」

「何ごとも速やかにやらねばの。そちのようにもったりしておってはし損じてしまう」

「恐れ入ります」

「ところで、さきほどの女子は誰だ？　名は何と申す」

「娘の柢子《しし》にございます。りっしんべんに氏と書きます」

「りっしんべんな」

師貞はそう言って頭の中で柢の字を組み立てた。

「まことに気ばかり強くて困っております」

「気が強いことは悪いことか」

「女子でございますゆえ、先々を案じますと、いろいろ」

「そんなものかな」

「尊子さまのお越しは今夜のいつ頃になりましょう」

為光が話題を戻したので一瞬戸惑い、灯りに映えた顔を見た。眼は優しいが、瞼と目尻は皺にたるんでいる。

「夜が更けてから連れて参ろうと思っている。亥《い》の刻を過ぎれば見つかるまい。それまでここにおっては邪魔かの」

「滅相もございません。せっかくのお越しにございます。こころゆくまでおくつろぎを」

「それで、栗毛だが」

為光は笑い出し、否定するように手を振った。

「お忘れください。朝廷の御役向きの馬を勝手にいただくわけにはまいりません」

「そうはいかぬ。男と男の約束だ。何があってもそちにもらってもらう。まかせておけ」

為光は苦笑いしながら「甘菓子でも」と、控えていた侍女に目配せした。


邸を出たのは亥の刻より早かった。

一条邸に着くと、雲が風に払われて月が照っていた。影ができるほど明るい。悪事を働くにはふさわしくない晩だ。西門から入り、警護の下人達に挨拶をすると、すんなり通れた。燭《しょく》を借りて渡廊に上がり、姉の部屋に向かう。

「さ、急いで。輿を待たせてある」

簾越しに言うが、返事はない。寝てしまったはずはない。来ると伝えてある。燭を下げて簾を潜ると、姉は入内の荷物を背にこちらを向いて座っていた。

「どうしたのさ。早く出よう」

姉は黙って首を振り、うつむきながら扇で顔を覆った。扇の骨の止め金具が炎に光り、薄白の房が細い手首で震えている。

「とにかく急ごう」

「だめよ。行けない」

「今になってどうしたんだ」

「だめったらだめなの。早く内裏に帰って」

「聞き分けのないことを言うなよ。隠れ場所は決めてきたんだ」

「円融帝のところに入ります」

「何だって？」

「それが一番いいんだわ。だってお前が帝になれると決まったわけじゃないのよ。皇太子なんて形だけで、詮子の子が先に帝になったらどうするのよ」

「親王は生まれて半年もたっていないんだ。連中もそこまで無茶はしない」

「どうしてそう言えるの。安和《あんな》のこと覚えてるでしょ」

師貞は詰まった。生まれたばかりのことなので話でしか知らない。けれども藤原一族の陰謀で左大臣が内裏を追われ、大宰府《だざいふ》に流されたという。

「今、そんな非道なことをするやつは」

言いかけて言葉を呑んだ。右大臣兼家。あの男ならする。自分の娘が産んだ子を少しでも早く帝にしたいと望むのは当然だからだ。

「帝なんて糞くらえだ。邪魔立てされるなら、こっちから断ってやる。それより早く出よう。まだ間に合う」

姉は立ち上がり、燭を握った師貞の手を取った。骨が透けるような掌が手首を冷たく包み、簾の外へ灯りを向けた。

「早く戻りなさい。今ならお祖母さまにも気づかれない」

返す言葉がなかった。意気地なし。愚か者。せっかくの計画が無駄になった。けれども言ってしまっては傷つける。

姉の眼を見た。泣いてはいないが、無邪気な強がりが哀れだった。

「この邸で会うのは最後になる」

「いいから早く」

今度は姉に急き立てられた。


陰暦十月二十日。尊子が円融帝に入内し、後宮の麗景殿《れいけいでん》に住むことになった。師貞が暮らす梨壺の向かい側だ。しかし師貞は入内に関わる儀式をすべて欠席した。気分が悪いと言って伏せていた。好まぬ男の元に嫁ぐ姉など見たくない。祖母からは叱られた。義懐にも責められた。かまわない。誰にも今の気持ちは分からない。

師貞は日を追うごとに孤独を感じた。頼れる者はいない。心を打ち明けて話せる者もいない。何のために内裏で暮らさなければならないのだろう。どうしてこれほど窮屈な身分なのか。冷泉を恨んだ。母も恨んだ。そして誰よりもそこから抜け出すことができない自分に苛立った。

部屋を出て渡廊を眺めた。ここを進めば麗景殿である。姉がいる。そこに円融がやってくる。考えるだにおぞましい。梨壺、桐壺《きりつぼ》、梅壺、藤壺。麗景殿、常寧殿《じょうねいでん》、弘徽殿《こきでん》、登花殿《とうかでん》。どれもこれも帝のために女を住まわせておく殿舎だ。女御から中宮、皇后と位が昇っても、ここで暮らすのが務めとされる。まるで檻だ。獣でもないのにどうして閉じ込めなければならないのだ。そんな檻は壊せばいい。内裏など燃えてしまえ。

拳を握り、唇を噛んだ。悔しかった。自分には何の力もない。ただ父が帝だったというだけでここにいる。関白太政大臣、右大臣、大納言は遠縁で、守ってくれる大人は見当たらない。幼い頃は分からなかった。母がいた。姉もいた。それだけで安堵できた。

　表に出た。西日を浴びた。金色の光に直撃され、眼を射貫かれた。が、閉じたくない。眼を細め、燃える光に逆らった。眼が眩んだ。目の前が真っ赤になった。黒く赤く、何も見えない。

　手探りで柱をつかみ、立っていた。うつむき、眼をこすると、朧《おぼろ》な光が漂い、足下は霞んでいる。太陽を見ただけだ。しかし孤独の淋しさは灼かれ、力強さだけが残った気がした。そうだ。内裏も燃えれば、本当に必要なものだけが残るのではないか。麗景殿は残るだろうか。梨壺は。帝がおわす清涼殿は。

　身震いした。しなければならないと思った。失敗は許されない。それには準備がいる。まずはどこが一番いいのか考えよう。

　師貞はこの日以来、暇さえあれば歩き回るようになった。南の承明門《しょうめいもん》から春興殿《しゅんこうでん》、宜陽殿《ぎようでん》、綾綺殿《りょうきでん》、さらには本殿の紫宸殿《ししんでん》、仁寿殿《じじゅでん》、清涼殿、校書殿《きょうしょでん》から安福殿《あんぷくでん》まで、ありとあらゆる殿舎や倉を見分した。けれどもあらためて見ると、どの建物も柱が太く、壁は厚かった。灯りの油をまいたとしても難しいだろう。怪しまれないよう昼間しか歩かなかったが、それでも「皇太子さまに物の怪が取り憑いた」と噂された。探し物をするように下を見て歩き回るかと思えば、食事の時は考え事をし、話しかけても虚ろな返事では仕方ない。火を放つ場所は決められなかったが、歩いたおかげでそれぞれの殿舎で働く侍臣や舎人《とねり》に顔見知りが増えた。彼らははじめは畏まっていたが、慣れるにつれて笑顔を見せるようになり、洛中の商人から仕入れた菓子を振る舞ってくれたり、吊した板に矢を放つ遊びに誘ってくれたりした。

ある午後、清涼殿に出向いた。この日は摂関家への荘園の寄進について公卿《くぎょう》の仗議が行われると聞いていた。終わった後、栗毛を為光に渡すよう兼家に話すつもりだった。内裏で養っている馬のことなど右大臣が知るはずはないが、右馬寮の役人に告げるより、右大臣の許しを得た方が話は早い。

下に降りて庭を歩いた。話した後で右馬寮に行こうと思った。

南側の廊下にさしかかった時、ちょうど公卿や随身《ずいじん》達が出てきた。参議、左大臣、中納言。続いて現れたのは兼家だった。立て烏帽子に赤みがかった藤色の狩衣《かりぎぬ》を着ている。顔立ちがいい。姿勢もいい。派手な衣が風貌を引き立たせている。

兼家は殿上の間の階《きざはし》の上に立ち、師貞は沓《くつ》脱ぎの下にいた。自然と見下ろされる形になった。奇妙に感じた。これまで他人に見下ろされたことはない。同じ床の上であれば相手はひざまずいたし、段差があれば自分が上だった。

「右大臣に頼みがある。栗毛を為光に譲ってほしい」

一同は立ち止まった。皇太子ともあろうものが地面から声を張り上げた。上にいる臣下に向かって。兼家も互いの奇妙な位置に気づいていたはずだが、腰を落とそうともせず、立ったまま見下ろして言った。

「はて、突然のお話にて何のことやら。も少し順を追ってご説明いただかぬことには、この老臣、咀嚼申し上げるまで時がかかります」

おどけた返答に笑いが起きた。戸惑っていると、笑い声は遠慮なく大きくなり、大人達からいっせいに嘲りを受けているような気がした。

「栗毛と言えば馬に決まっておろう。それを為光にくれてやれと言っているのだ」

「大納言にでございますか。その何とかという馬を」

「そうだ。そちがよしと言ってくれれば、すぐにも馬寮に行って運ばせるつもりだ」

「ほう。皇太子さま御《おん》自ら馬寮に」

兼家はわざとゆっくり答え、振り返ると、遅れて為光が出てきた。大納言なので公卿仗議には出なければならない。為光は外のやりとりが聞こえていたのか、ばつが悪そうに兄の兼家の前を通り過ぎようとした。

「のう、為光。そちに皇太子さまが馬をたまわると仰せである。いかがいたすな」

「滅相もございません。内裏の馬は朝廷の御役向きのためのもの。わたくしのような者のために養われてはおりませぬ」

「お聞きになられましたか。当人はかように申しております」

兼家は会釈すると、勝ち誇ったように軽やかに階を降り、地面にいる師貞のすぐ脇を通り抜けた。師貞は追いかけようとしたが、地上でも兼家の方が背が高く、見下ろされるのは同じと気づいた。それですぐさま階を駆け上り、兼家を見下ろして叫んだ。

「右大臣。では、こうしよう。朝廷を担う皇太子のまろがその馬を預かろう。そしてそれを為光に貸すことにする。よいな」

兼家の大きな背中が立ち止まり、身体ごとこちらを向いた。顔は無表情だが、強張っている。日陰のせいか引眉《ひきまゆ》の墨がやけに濃い。

「皇太子さまのご判断をとやかく申すつもりはございません。なにぶん馬のことにございますゆえ」

棘を感じた。馬ごときに大騒ぎするな。何をそれほどこだわるのか。そう言いたいのだ。階を駆け下り、内裏を飛び出した。腹が立つ。子供だと思って馬鹿にしている。どれほど皇太子を軽んじても連中が責められることはない。祖父はとうに世を去り、義懐では身分が低すぎるからだ。兼家の許しを得ようと考えたことが間違いだった。勝手に栗毛を連れ出し、為光の邸に送ればよかった。

大極殿を抜け、豊楽院《ぶらくいん》の角を曲がった。右馬寮に駆け込み、大声で馬部を呼んだ。現れたのは見知らぬ下人だった。訊けば、栗毛ともども信濃《しなの》に下ったという。

「信濃だって？　どうしてそんな遠いところに」

「へぇ、神馬《じんめ》として献上するためで。信濃の善光寺《ぜんこうじ》さまに」

「初めて聞く。いつの間に決まったのだ」

「いえ、あの馬はここに来た時からそうと決まっておりやした。なんでも賀茂《かも》のお社にいたのをここで預かっていただけということって」

情けなくなった。朝廷内の取り決めや細々とした政務は皇太子になど知らされない。一人で駆け回っても政の中身には触れることもできない。もしかしたら兼家は神馬のことを知っていたのかもしれない。それであれほど落ち着いていたのだ。

帰りである。屋根の向こうに白煙が上がっていた。食事を司る大膳職《だいぜんしき》の殿舎だ。あそこには煮炊きするので釜がある。ということは、火がある。燃えて風にあおられれば大内裏の東側が焼け落ちる。やっと見つけた。

師貞は梨壺に戻り、一人興奮しながら時を待った。夕餉の後で義懐が来たが、気分が優れないと嘘を言った。

夜着の中で耳を澄ますと、檜皮の屋根に微かに雨音がした。雨では燃え広がらない。天が悪事を挫こうとしているのだろうか。弁財天が頭に浮かび、恐くなった。が、一方でこれは試練かもしれないと思った。天が自分の強さを試そうとしているだけではないか。

師貞は息を呑んで夜着から這い出した。

寒い。簾を抜けて冷たい空気が入ってくる。

腰紐を締め直し、几帳を潜り出ると、宿直《とのい》の侍者が刀を手に壁に寄りかかって眠っていた。柱や壁に掛けられた灯りは弱々しく、ほとんど闇だ。濡れた簀《す》の子《こ》から宣陽門をのぞくと篝火が見えた。左兵衛府《さひょうえふ》の宿直番が警護している。あれでは抜け出せない。

やむなく麗景殿に向かった時、背後で人の気配がした。燭は三つ。進んでは止まり、止まっては近づいてくる。主殿司《とのもづかさ》の下人達だ。今頃、灯芯を替えに来たらしい。背後を追われるように渡廊を進むと、大膳職に向かう門と反対側の西の後宮に迷い込んでしまった。こちら側は油が足されたばかりらしく、勢いのある炎が周囲を黄色く照らしている。何とかしなければと歩いているうちに今度は清涼殿の東側に出た。中には帝がいる。宿直の武士も多い。

身を隠すように雨の簀の子を走り、鳴板の手前で身をかがめた。惨めに濡れ、盗人のようだ。寒さに顎が震え、歯が鳴った。鼻水をぬぐい、かじかんだ足先を両手で揉む。

戻ろう。ここではだめだ。

立ち上がろうとした時である。宿直の武士が紫宸殿につながる長橋に現れ、灯りを置いてどこかに消えた。刀でも取りに戻ったのだろうか。灯りは長棒を燃やすだけの簡単なもので、炎を上に勾欄に立てかけてある。

雨の夜に小さな炎が揺れている。力は弱いが、赤と黄のめらめらとした舞は妖しく闇を焦がしている。

今しかない。

吸い寄せられるように走り込んで長棒をつかむと、簀の子を駆け戻って北廊の板戸に炎を下にして立てかけた。

振り返らなかった。胸が裂けそうだった。物陰から物陰へと忍び足で走り、宿直の武士の眼を盗んで梨壺に潜り込んだ。

夜着の中でも震えが止まらない。息が乱れ、歯が鳴らないよう袖を噛む。弁財天はどこにいる。悪事だろうか。灯りを逆さまに置いただけだ。火を置いたのは円融がいる清涼殿だ。燃えたらどうなる。板戸が燃え、柱が燃え、軒まで燃えれば内裏は崩れる。

二　天元五（九八二）年

「それはいたしかたのないこと。とにかく元服《げんぷく》が先です」

祖母の言葉に師貞は肯くしかなかった。十五歳の元服の日を迎えるというのに妃になる女子が決まらないのだ。皇太子でありながら、頼ることのできる父も祖父もいない。本当に帝になるかどうかも分からない。そのような状況で殿上人が娘を差し出すはずがない。

不甲斐なかった。同じ藤原一族にあっても家筋が違うだけでこれほど悔しい思いをする。義懐から「誰かお気に入りの女子はおりませぬか」と訊かれても答えられなかった。内裏では多くの女官や侍女とすれ違うが、みな年上だ。心を寄せるまでには至らない。

と、考えて一人思い当たった。気に入っているわけではないが、忘れたわけでもない。為光の娘だ。怟子といった。物怖じせず、元気がよかった。自分を抑えられないところがよく似ていた。そういえば怒った顔が可愛かった。おととしの十月のことだ。とうにどこかの男が見初めていることだろう。

陽が雲に隠れ、釣殿《つりどの》の屋根がさっと翳った。池の水面も冷たく沈み、雷でも轟きそうな気配である。あの夜が蘇った。火を置いて駆け戻り、梨壺で震えをこらえているうちに眠ってしまった。気がつけば朝日が射し込んでいた。何も起こらなかった。少なくとも東側の梨壺ではいつもの朝が始まった。侍女にそれとなく訊けば、小火《ぼや》はあったという。清涼殿の北廂《きたびさし》や簀の子が焦げ、酔って燭を置き忘れた宿直番が譴責《けんせき》されたという。内裏炎上とはほど遠い。安堵する一方で、騒ぎにならなかったことにがっかりした。その後、妙な話を聞いた。あの晩が尊子の入内からちょうどひと月だった。それで陰陽師の安倍晴明《あべのせいめい》が騒ぎ立てた。「冷泉に取り憑いた物の怪を尊子が内裏に連れ込み、それが宿直の武士を誑《たぶら》かした」と。これ以来、姉は「火《ひ》の宮《みや》」と陰口を言われ、今では本人の前でもそう呼ばれているという。

まさか弟のせいとは思っていないだろう。もとはと言えば姉を救おうとして始めたことだ。

それが姉の立場を悪くしただけで終わってしまった。早く一人前になりたい。そうすれば少しは姉を守ってやれる。

呼ばれた気がして振り向けば、祖母が渡廊からこちらを見ていた。ここからは斜面を見上げる形になる。ひどく小さい。唐紅《からくれない》の衣に埋もれ、派手な装いがかえって老けて見せる。母の死後、育ててくれたのは祖母だった。

背伸びして大きく手を振った。祖母は戸惑っていたようだったが、扇を半分ほど広げると、気恥ずかしそうに胸の前で振ってくれた。

陰暦二月十九日、元服の儀が行われた。冠を被され、髪の先を整えられると、心身が引き締まり、気力が湧いた。右大臣の兼家は最前列に並んでいたが終始無言で、他の藤原もこれといった役を果たさなかった。けれども師貞は気分がよかった。これで一人前の男になった。酒宴も和歌管弦の遊びも執り行うことができる。

しかしひと月も経たないうちに問題が生じた。円融帝が同じ女御のうち、詮子ではなく、遵子を中宮にしてしまったのだ。詮子の父兼家は怒った。女御の中で唯一親王を産んでいる娘を差し置いて関白頼忠の娘を引き上げるとは何ごとか。入内は二人とも同じ年ではないかと。これ以来、兼家は内裏に参上しなくなった。円融帝はこういう兼家を嫌っていた。右大臣とはいえ臣下である。にもかかわらず、内裏を我がもの顔に歩き、公卿の仗議では己の意見を押し通す。詮子を中宮にすれば、兼家が外戚としてさらに増長するのは分かっていたのだろう。どうあれ後宮が荒れては尊子の立場はますます辛くなる。

遵子が中宮になった三日後、姉の尊子が駿河舞《するがまい》の見物に承香殿《しょうきょうでん》の廂にやって来た。尊子は毛氈が午後の日陰に入った端に座っていた。後ろ姿なので人違いかと思った。女官や侍臣が大勢いる中で、女御が端に座る理由はない。けれども近づくとやはり姉だった。兼家の反乱の余波で殿上人達は来ていない。

「どうです。このところの暮らしは」

師貞は尊子の隣に腰を下ろしながら声をかけた。尊子はびくりと身体を震わせたが、師貞と分かると安堵したように小声で答えた。

「いろいろよ。相も変わらぬことばかりで。それよりそっちはどうなの。元服が終わっていくらか気ままになれて？」

「前よりはね」

「それはいいこと」

尊子はそう言って前方の舞台に眼を移した。やつれていた。白粉《おしろい》には斑《むら》があり、目尻には小さな皺がある。どういうわけか額も小さくなった気がする。火の宮と蔑まれ、肩身の狭さが姉自身をも縮めてしまったかと思えるほどだ。

「あまりあれこれ考えない方がいい。連中がやっていることだから」

師貞は慰めたつもりだが、尊子はわずかに唇を引き締めただけで答えなかった。

歌方が席に着き、琴や高麗笛、篳篥《ひちりき》を前に置いた。続いて舞人も登場した。数えると六人。背の高い順に入り、そのまま前列に三人、後列に三人と場を取った。駿河舞は駿河の有度浜《うどはま》に降りた天女の舞を基にしていると言われる。

「後ろの一人は妙な感じね」

「後ろって、どこの」

「右端よ」

言われてみると、そこだけ凹んで見える。小柄なのだ。近衛の役人達が舞うと聞いているが、人が足りなかったのだろうか。

「まさか、女子ではないだろうな」

師貞の声が大きかったのか、周囲から視線が集まった。それで姉は知らぬ顔をしている。

「もちろん、女子ではいけないという法はないが」

師貞が譲歩したので尊子は前を見たまま答えた。

「もとは天女の舞だからかまわないでしょう」

舞人は両手で袖を持ち、それぞれ左右斜めに傾げると、腰を落とし、摺り足で舞台を回り始めた。軽やかだが急ぐことなく、臙脂《えんじ》は藍を追い、藍はきらびやかな金糸に絡むように歩んでいく。やがて腰を伸ばし、今度は空に近づこうと、ゆっくり両手を掲げている。師貞は不思議な心持ちになった。浜辺の天女とはほど遠い。だが、ここが内裏の庭とも思えない。それほど常ならぬ気配に満ちていた。小柄な舞人はやはり女子のようだった。少しも遅れることなく、懸命に演じている。恆子を思い出した。背は伸びただろうか。顔は大人っぽくなっただろうか。どこかの男が通っているかもしれないが、かまわない。他に言葉を交わした姫はいない。

立ち上がった。舞の途中だが、待てなかった。尊子は気づいたはずだが、こちらを見ない。元服を終えたのだ。堂々としていよう。師貞はそう自分に言い聞かせると、梨壺に戻り、牛車に乗って内裏を出た。

為光邸に入り、通された部屋で口ごもった。親しくもない家人を前に恬子に会いたいとは言えない。

「伊予《いよ》で海賊が征伐されてな」

「海賊でございますか」

家人の長とおぼしき男が怪訝な顔で訊き返した。出まかせだったが、何とか話をつなげなければならない。

「つまりその手柄のお祝いもしなければならぬと思うてな」

「はあ、お祝いを」

海賊の話は事実だった。義懐から聞いた。

「要は和歌の宴を催そうと思っている。それでこの邸からも誰か出てほしいのだ」

「さようでございましたか。そのようなご用件であれば、わざわざお越しいただかなくとも、文《ふみ》にしてお届けくだされば済みましたものを」

ようやく合点した家人は周囲を見回してから紙と筆を運ばせた。師貞もそれらしく話をつなぐことができて安堵した。

「わざわざではない。近くを通ったついでにふらっとな」

「恐れ多いことでございます」

「それに文は好かぬ。間怠《まだる》いであろう」

「はっ」

「で、宴には誰が来るかな」

「むろん当家の主人にございます」

「主人？　為光か」

「仰せのとおりで」

「それはどうかな」

「と、おっしゃいますと」

「あれでも大納言だ。いろいろ忙しいであろう」

「いや、それは」

家人は気まずそうにうつむいた。笑うわけにはいかない。しかし皇太子から「あれでも」と言われ、即座に否定もできない。他の侍者達も顔を伏せている。

「気にするでない。為光は正直ないい男だ。まろは気に入っている。あのような男に仕えることができて、そち達は幸せと思うぞ」

「ははっ」

「もし兼家が主人だったらどうする」

皆いっせいに顔を上げた。

「たとえばの話だ。まともに受け取るでない」

師貞の笑い声に皆が同調した時である。

「失礼いたします」

女が簾を潜り、台盤を運び入れた。螺鈿《らでん》の細工が施された漆黒の台で、上には厚手の和紙と筆、硯《すずり》、水差が載っている。

「文は好かぬと言ったはずだ」

「しかしながら、ただ今主人は参内しておりますゆえ、文にして伝えるのが最善と思い」

「わたくしが記します」

女が割り込んだ。

「それは手前どもの務め。忯子さま、ここはおまかせを」

驚いた。忯子と言った。まったく気づかなかった。それほど美しくなっていた。よく見れば面影を探し当てることができるが、女子とはこれほど変わるものらしい。

「では、忯子とやらに記してもらおう」

「何なりと仰せくださいませ」

忯子は素早く筆を取り、紙を手にした。視線を紙に注ぎ、師貞の言葉を待っている。張り詰めた眉間が美しい。一言も聞き漏らすまいとする真剣さが愛らしい。袿《うちき》は桜《さくら》、その袖口からは笹色の衣《きぬ》がのぞいている。

師貞が黙っているので、忯子は待ち焦がれたようにこちらを見た。黒い瞳がまぶしく、師貞は慌てて眼を逸らした。

もう一度見ると、今度は忯子が顔を赤らめて眼を逸らした。忯子はとうに気づいていた。覚えていてくれたのだ。師貞は嬉しくなって声を張った。

「明日、内裏で歌会を催す。宵の月が昇る頃、綾綺殿西廂《りょうきでんにしびさし》前に来られたし　春宮《とうぐう》」

「では、早々に内裏へ届けさせましょう」

家人は恍子から文を受け取り、外の舎人に手渡した。

用件が済んでしまった。居続ける理由がない。このままでは恍子も退出してしまう。

「時に」

「はい」

応じたのは恍子だった。

「庭を見せてもらえぬか。一条邸とはまた違った趣があるようだからな」

悟られないように言ったつもりだが、家人に気づかれたらしい。「皇太子が来たのは姫に会うためだったたか。それならそうと早く言えばいい」四十過ぎの男の顔にそう言いたげな笑みが浮かんだ。舎人が簾の向こうに遠のいたのに続いて居並んだ家人達も出て行き、部屋には二人だけが残された。

人気《ひとけ》が消え、急に肌寒く感じる。恍子の後ろの几帳には金糸と銀糸で鳥の刺繍がしてある。鶴だ。数えれば一枚の帳に五羽ずついる。珍しい。内裏でも見かけない。

恍子は自分が見られていると思ったらしく、胸元に挿した扇を取り出し、広げようとした。

「そちではない。その几帳だ」

しまった、と思った時は遅かった。恍子は辱められた悔しさに唇を噛み、身体をずらした。おかげで鶴はよく見えたが、肝心の恍子を傷つけた。照れが邪魔をした。鶴などどうでもよかった。恍子に見とれていたかった。しかし久しぶりに会って口にできるはずがない。

「見れば見るほどあでやかで美しい」

精一杯の詫びを言った。もちろん恍子のことだ。恍子は気づいたのかどうか、床に下ろしていた手を膝頭に載せて開きかけた扇をぱちりと閉じた。

「狼藉ぶりは変わっておりませんのね」

ほっとした。きつい言葉だが、黙られるよりましだった。黒髪が左右にたわみ、表情はうかがえないが、さぞ怒っていることだろう。

「血は替えられないからな」

「何て言い方。それではお父上の冷泉院がお気の毒です」

忯子に睨まれ、うろたえた。

「悪く言ったつもりはないが、そう聞こえたのならしかたがない」

「男らしくありませぬ。そのような言い訳は。わたくしに恥をかかせた上に、さらにお父上の悪口まで言って」

師貞は溜息を吐いた。これではとても暮らせない。女御に迎えたとしてもすぐに仲違いしてしまうだろう。たしかに自分が悪い。素直な言葉で忯子を誉めるべきだった。けれどもそれをすれば、負けてしまう気がした。忯子の美しさに屈服した挙げ句、その人柄にもひざまずかなければならなくなると思えた。惹かれているのに反発する。素直になりたいのに逆らってしまう。妃などいらない。

「では、帰るとしよう。男らしくない男に長居されては迷惑であろう」

忯子は目を瞠った。言葉の行き違いが本当の喧嘩になってしまった。ぱちりと扇が開き、ぐっと広げられた。けれどもやはり膝の上で止まっている。

「お見送りはいたしませぬ。無礼で幼い方には牛のお供で十分でございます」

「何だと」

「それが幼いと申しているのでございます」

立ち上がった時、為光が荒い息で現れた。

「ただ今、戻りましてございます。あすの歌会には是非、出席させていただきたく」

「やめだ。やめだ。歌会はそち一人でやってくれ」

「何と」

「皇太子さまはお帰りです」

「な、な、何があった」

「詳しいことは皇太子さまにお訊きください」

下から困った顔を向けられ、為光が気の毒になったが、もはや抑えられなかった。

「まろは知らぬ。その姫君に訊いてくれ。気の強い牝馬《ひんば》にな」

簾から廊下に出ると、背後で何かが投げつけられる音がした。扇だろう。無礼者はどちらだ。

家人達が青ざめて控える中、師貞はずんずん歩いて車寄せに来た。が、牛車が見当たらない。

「おい。車はどこだ。帰るぞ」

「はっ。ただ今っ」

いつもの舎人が遠くで叫んだ。牛は軛《くびき》から外され、のんびり寝そべっている。舎人達も賭札をして遊んでいたらしく、慌てて袋に詰め込み、牛を叩いて立ち上がらせた。

「先に帰る」

師貞は邸にあった履き物に勝手に足を入れ、門に向かった。

「皇太子さま。お待ちを」

背後で声が響く。今頃遅い。舎人である以上、いつ帰ることになろうと備えておくのが務めではないか。

小径《こみち》には薄闇が降りていた。両脇には桃が植えられ、暗がりの中でも濃い色を浮かべている。愚鈍な為光には似合わないと思いながら、蕾《つぼみ》に鼻を近づけた時である。

「お待ちください」

恬子だった。師貞が振り返ったので、持ち上げていた衣の裾をわずかに下ろした。後ろからはようやく牛車がやって来る。

「何用だ」

「お返しいただきたく存じます」

「返せだと？　何をだ」

「お履き物でございます」

見ると、鼻緒《はなお》が紅染めである。しまった。恬子の草履《ぞうり》だった。どうりで少しきついはずだ。

「よいではないか。もらっておく。歩いているうちに大きさもちょうどよくなった」

「わたくしの足と同じ大きさとは男らしくありませんのね」

「口の減らぬお馬さまだ」

「先ほどは牝馬とおっしゃいましたのに。少しは上品におなりのようで」

「ほれっ。返してやる」

師貞は片足ずつ蹴ろうとした。しかしそれをすれば、また喧嘩になる。やむなく両手に取り、近づいて怟子に差し出した。

「これはご丁寧に」

「そちも少しは上品におなりだな」

言おうとしたが、呑み込んだ。素直になると、とたんに愛らしくなる。その顔を曇らせたくなかった。やはり妃は怟子がいい。今は言えない。今度、あらためて出てこよう。祖母と義懐も連れて。

「綺麗なものだな」

「えっ？」

怟子はまじまじと師貞を見返した。

「綺麗だ、と言ったのだ」

「困ります。そのような」

「思ったことを口にして何が悪い。姫は美しい。桃の蕾も美しい」

怟子はくっくっとこらえていたが、声を上げて笑い出した。

「何がおかしい」

舎人も師貞の履き物を手にしたまま笑っている。

「桃とおっしゃいました？」

「ああ、そう言った」

「桃ではございませぬ。山桜でございます。色の濃さは似ておりますが、蕾の形は違います」

慌てて立ち木に近寄れば、たしかに蕾が丸く、大きめだった。怟子め。どうしても揚げ足を取らなくては気が済まないらしい。けれども腹は立たなかった。大人しいだけの女子より頼もしい。愚鈍な為光より才気がある。

「きょうは来てよかった。また来よう。為光に伝えてくれ。やはり歌会をすることにしたと」

「承りましてございます。わたくしもお会いできて幸せでございました」

「ようやく素直になったな」と言おうとした時、「お供のお牛もお待ちのようです」と笑顔で言われた。

「これ、姫様」

怟子は窘《たしな》められて小さく肩を竦めた。その仕草がますます師貞を虜にした。

「では、またな」

「お待ちいたしております」

車に入ると、師貞は嬉しさに顔が崩れ、歌会で会えるかもしれないと思うとますますにやけた。

「何かの間違いであろう」

「いえ、たしかにそう聞きましてございます」

梨壺に仕える女官は師貞の望みを絶つように繰り返した。姉が昨夜、内裏を出て出家したというのだ。姉は去年から承香殿で暮らすようになり、梨壺から離れてしまった。それでまったく気づかなかった。

「何ゆえだ。帝はお許しになったのか」

「そのように伺っております」

「くそっ」

姉がそこまで思い詰めていようとは。入内してわずか一年半。短すぎる。はじめから女御になどならなければよかったのだ。だから阻もうとした。青白い円融の顔が眼に浮かぶ。気弱な帝は遵子と詮子の間に挟まれて右往左往し、尊子に向かうことなどほとんどなかったに違いない。祖母が悪い。義懐も悪い。皆そろって入内を勧めた。

師貞は朝餉もそこそこに一条邸に出向いた。姉がいるはずである。十七の落飾《らくしょく》した顔など見たくもないが、姉の決意は受け止めなければならない。忯子に会いに行くのはまたにしよう。歌会で顔を見てから二十日あまりになるが、気を利かせて連れてきてくれた為光には、それとなく礼を言っておいた。

邸に着くと、祖母は呆然としていた。姉は大和の寺にいるという。

「どうしてそのようなところに」

「都では人目につく。やむをえません」

名は知らぬ寺だったが、木津川《きづがわ》を舟で下り、明け方には髪を落としたという。侍女と警護の武士がわずかに付き添っただけらしい。

「わけは何です。帝の嫌がらせですか。冷たい仕打ちに耐えられず、出家を決めたのですか。だから反対したのです。円融のような男と姉が睦まじくなれるはずがない。あの時、無理にでも連れ出しておけばよかった」

祖母は黙って立ち上がると、懸盤《かけばん》に載せてあった白い包みを手に取った。絹だ。開けると、小さな仏像が出てきた。木彫りだった。色は付いておらず、木目が鮮やかに流れている。観音像らしい。

「何だってそのようなものを」

「尊子にと思ってね」

「尼僧《にそう》のまねなど早すぎます。まだ髪を落としたばかりでしょう」

「まねではない。出家すれば仏行に励むのが務めです」

「そのためにわざわざ彫らせたのですか」

「お前には分からない」

祖母は眼を落として観音像を撫でた。枯れた指先がひと撫でするると、するっと終わってしまうほどの大きさだ。

「母からの授かりものです。その昔、わたしが出家する時のためにと」

どうして娘に観音像など持たせるのだろう。出家して何になる。

「その寺まで行ってみます」

「やめておき。お前が行ったところでどうにもならない」

「知りたいのです。どうして出家なのか。帝のご寵愛がどうあれ、女御として内裏で暮らしていればよかったはずです」

祖母は仏像を絹にくるんでから言いにくそうにつぶやいた。

「男のお前には分からないこともある。そっとしておいておあげ」

祖母の言葉に気まずくなった。閨《ねや》に関わりがあるらしい。

忯子の顔が思い浮かんだ。歌は詠まず、為光の後ろに控えていた。あの日、為光が連れてきたということは、忯子自身も来たかったということだろう。内裏に参上するのは初めてと言っていたが、内裏に対する興味より、この自分に心が向いていたと考えていい。こう思うと、今すぐにでも為光の邸に行きたくなった。

「では、これで」

「どこに行くつもりだね」

「さあて。梨壺はつまらないし。といって、他に居場所はないし」

忯子のことは話していないので惚けるよりほかない。

「たまには院のお邸に顔を出しておあげなさい。喜びますよ」

「父上のところに？」

「超子《ちょうし》を亡くして淋しくお暮らしのはずですから。大和の寺よりずっと近いでしょう」

母の後で女御になった超子は一月の末に急死した。庚申《こうしん》待ちの夜、脇息《きょうそく》にもたれたまま死んだという。師貞の元服の儀はその半月後だった。冷泉は来なかった。「ご乱心」というのが理由だった。今さら会うのも気が引けた。会っても何を話せばいいのか分からない。

師貞は立ち上がって長押《なげし》を見上げた。以前より近くにある。また背が伸びたらしい。着ているのは紅と藍で染めた二藍《ふたあい》の直衣である。夏向けの単衣《ひとえぎぬ》仕立てで小葵《こあおい》の文様が織り込まれている。穿いている指貫《さしぬき》は濃い青の夏虫色。どこから見ても一人前だ。

「本当に帝になれましょうか」

振り向きざま訊いた自分に驚いた。祖母も眼を見開き、背筋を硬く伸ばしている。

「当たり前のことを訊かないでおくれ。お前は皇太子だろう。お前がならずに誰がなるんだね」

「右大臣は好まぬはずです。右大臣には孫の懐仁《やすひと》親王がいますから」

「心配おしでないよ。親王はまだ三つじゃないか。誰がそのようなことを」

「誰でもありません。そう思うだけです。ただ兼家が恐ろしいのです。あの眼の奥には凡人では考えつかぬことが詰まっているような気がしてなりません」

祖母の顔色が変わり、急に落ち着かなくなった。膝に置いた指先を曲げたり伸ばしたりしている。祖母からみれば兼家は義理の弟に当たる。亡き夫伊尹の弟だからだ。その兼家との間に何かあったのだろうか。師貞はあらためて内裏という世の狭さを感じた。いずれも藤原氏ばかりで、源氏、平氏は傍流である。親子、兄弟、叔父、伯母、いとこ。誰かを非難することは身内を非難することであり、それを憚《はばか》って誰も公然とは口にしない。しかし我慢できずに陰でささやき、ささやいた後で蓋をする。

「お祖母さま。ひとつお尋ねします。帝って何です？　内裏にいて女御と馴染んでばかりいる。政は大臣や公卿が仕切り、結果だけ奏上される。そんな帝になったところで何の得がありましょう。皇太子のままでいた方がよほど楽です」

師貞の声が大きかったのか、簾の向こうで侍者達が顔を上げた。

「難しく考えるものではない。さだめとして受け止めなければ」

「では、冷泉を父に持つことも母が若くして世を去ったのもすべてさだめと？」

「そうです」

「内裏で除け者にされ、名ばかりの皇太子でいることも？」

「そうです」

「では、さだめとは何です？　人はさだめの下でしか生きていけないんですか。さだめに逆らって生きていくことはかなわないんですか」

祖母は黙ったが、すぐに答えた。

「一度だけ言います。よく聞くのです。兼家殿は聡《さと》い方です。けれども情もあります。何も怖れることはありません」

「どうして分かるのです」

「さだめだからです」

祖母が何を言いたかったかは分からない。けれども直感できた。祖母は亡き祖父伊尹に冷淡だった。母がよく嘆いていた。しかしその弟の兼家には「情がある」という。驚いた。祖母は兼家に惹かれていたのだ。

師貞は忽然と観月の遊びを思い出した。祖父は舟の上で確かにこう言った。「男女の仲などばらばらだ。蓬萊島《ほうらいじま》はその慰めとしてある。ばらばらに生きる人間どもの慰めの場としてな」

祖父が語りたかったのはただの死後の世界ではない。男女の果ての死後の世だ。母には話さなかった。話せるはずがない。それにあの時は分からなかった。今もどこまで分かっているのか疑わしい。しかしさだめに縛られた人間がようやく解放される場所が蓬萊島だとすれば、誰もがあこがれて当然ではないか。

祖母の眼には涙が浮かんでいた。孫の前で涙を隠そうとしない祖母は惨めに見えた。けれども刻まれた目尻の皺が濡れて光った時、祖母のこれまでの人生を少しは理解した気がした。

「父の所には後で行きます。その前に会わなければならない人がいる」

「誰だい？」

「妃になるお人です」

祖母は袖で拭いもせずに眼を丸くした。

三　永観《えいかん》二（九八四）年

「もしかすると事は意外に早く動くかもしれません」

久しぶりに一条邸に来た義懐は、釣殿の格天井《ごうてんじょう》に描かれた百合《ゆり》の花を見上げて言った。

「何ゆえ、そのように考える」

「年が明けてからというもの、円融帝は鬱《ふさ》ぎ込みが激しく、清涼殿におられても穏やかならぬご様子と聞いております。あれでは正しいご判断はおろか、政全般はとてもご無理と」

「何をしようにも公卿どもが動かぬからな。円融帝のお人柄では連中に勝てないだろう」

師貞はそう答えて盃を空けた。十七を数え、少しは酒の味が分かるようになった。

「帝は右大臣より、関白をお慕いのようだが、関白にしたところで、さほど信頼できるとは思えないがな」

「いえ、関白の頼忠さまは右大臣の兼家さまより温厚という評判でございます。外戚でないため慎んでおられるのでしょうが、これまで強引に事を運ぼうとしたことはほとんどないと」

「関白まで昇進すれば、誰でも温厚でいられるだろう」

「かもしれません」

「増え続ける荘園を野放しにするか、取り締まるか。円融帝の踏ん張りどころだ。国衙《こくが》からの上がりが減っては国の財政は立ちゆかなくなる」

「その意味では頼忠さまも兼家さまも、お立場は同じ」

「だから言ったろう。頼忠も信頼できるものではないと。ひとたび手にした権益を連中がたやすく手放すものか。とうに膨大な荘園が摂関家に寄せられているのだ。その上がりを考えただけでも眼がくらむ」

　いつの頃からか地方の国司や豪族は勝手に土地を切り開き、公領を荘園として私物化するようになった。さらに納めるべき租税を密かに蓄え、その富の力で農民を囲い込み、使役しているという。所有している荘園の一部を賂《まいない》として寄進するのはこうした不正を大目に見てもらうためだ。摂関家や有力貴族は都に居ながらにして利益の分配に与れるので黙認している。

「円融帝ご自身は、さほど国家の財政にご関心がおありとは思えませんが、兼家さまの力の基盤を崩すためなら取り締まろうとするかもしれません」

「そうなるとおもしろい」

「しかしわれわれにとりましては難しいところです。円融帝に踏ん張ってもらわなければ国家の財政は破綻に向かう。しかし円融帝が譲位してくれないことには師貞さまの即位は遠のいてしまう。どちらを望むべきなのか」

「いずれ時が来る。急ぐことはないさ」

「それでよろしいのでございますか。即位されないことには低子さまをお迎えすることはできません」

義懐に言われて師貞は照れた。怟子を妃にすることは既に誰もが知っている。けれども面と向かって言われると、どう答えていいか分からない。

「よし、飲もう。急に飲みたくなった。どうせなら飲み比べをしよう」

「もう夜更けにございます」

「かまわぬではないか。朝になろうと再び日が暮れようと」

「参りました。あすの日暮れまでとは」

「これといって急ぎの用はないからな」

「では」

義懐は立ち上がって漆樽をのぞき込み、奥に向かって大きく手を叩いた。樽の酒では足りぬらしい。新たな樽が運ばれるのも待たずにこちらを向くと、瓶子《へいじ》に酒を注ぎはじめた。

雲が切れ、月が顔を出している。あおれば酒の温さが気になった。

「時季でもないのにできたてのようだな」

「それは結構。季節外れの新酒とは新たな帝の誕生にふさわしい」

義懐は自分の冗談に気をよくして一息に盃を空けた。

頭が疼《うず》いた。夜着を掛けられ、仰向けに寝ていた。飲み比べには負けたらしい。

声がする。ふらふらと起き上がり、簾を潜って廊下に出た。夜明けの風にくしゃみが出る。

二度、三度と続き、気づいた侍者が慌てて衣を持って来る。

「騒がしいようだが、何かあったのか」

「たいしたことではございませぬ。遠くの出来事にございます」

「出来事？」

「はい。珍しいことではございませぬ。大風《おおかぜ》の日に火事はつきものでございますから」

「場所はどこだ」

「東三条の兼家さまのお邸でございます」

平然と答える侍者の顔を師貞はまじまじと見つめた。侍者は師貞に衣を着せると、身を屈めて今度は下沓《しとうず》を履かせようとしている。

「で、右大臣はご無事なのか」

「存じませぬ」

悪気はないらしい。本心から気にならないようである。誰の邸が燃えようと関わりがない。自分の務めは一条の邸で藤原恵子と客人に仕えることだ。そう割り切っているのだろう。

師貞は身支度を終えて祖母の部屋に向かおうとしたが、朝が早いため遠慮し、近臣《きんしん》の間で家《けい》司《し》を待った。

現れたのは祖母だった。興奮しているのか、頬が紅潮している。続いて侍女と家司も入ってきた。祖母は師貞を見るなり、口を開いた。

「いよいよです」

「何がでしょう」

「お前の即位に決まっています」

「何ゆえにそのような」

祖母は侍女の介添えを拒んで円座に座り、しばらく肩で息をした。夜も明けぬうちからあれこれ考え、疲れてしまったようだ。

「まだ日取りまでは分からない。けれどもこれでほぼ決しました」

「ですから、何ゆえに」

「東三条邸が燃えたとなれば、まず先に疑われるのはどこの誰です？　内裏で右大臣兼家殿にもっとも敵意を抱いていたのは？」

「まさか」

「そのまさかです」

「しかし確証はないでしょう」

「そんなものはいらない。皆がそうだと思えば事実になる。それが内裏というものです」

お互いに円融帝のことを言っている。帝の意を受けた何者かが右大臣の邸に火を放ったと。兼家は詮子を中宮にしなかった円融を未だに恨み、公卿の仗議に顔を出さないばかりか、来たとしても露骨に帝を蔑《ないがし》ろにすると聞いている。ありそうなことだ。けれどもだからといって円融が復讐するだろうか。気弱で、おろおろしている円融が。

「たとえそうだったにせよ、どうしてそれが退位することにつながるのです」

祖母は家司や侍女に席を外すよう目配せすると、押し殺すような声を出した。

「兼家殿が黙っているはずがない。あの方がお怒りになったら、それこそ天地もひっくり返る」

「いくら右大臣とはいえ、証立《あかしだ》てできないことで人を責めることはできません。そもそもの帝が火を放てと命じたとはとても想像できません」

「お前は人というものが分かっていない。たしかに円融帝は頼りなく、弱々しい。しかしだからといってそのお人柄が常にそうであるとは限らない。ひとつ訊きます。帝はなぜ詮子を中宮になさらなかったのだ？　右大臣が恐ければ遵子を選ばず、その娘の詮子を選んでいたはずではないか」

「そう言われれば」

「よろしいか。円融帝は、その時点で兼家殿に戦いを宣言されたのです。自分のことは自分で決める。右大臣の分際で口出しするな。そう通告なさったのです。だからこそ兼家殿の逆鱗《げきりん》に触れると承知で遵子を中宮にお選びになったのです」

背筋が震えた。朝廷が真っ先に取り組むべきは増え続ける荘園の取り締まりのはずだ。けれども内裏では、国のための政より、私事が優先される。怨念と憎悪ばかりが行き交い、正しい話し合いからはほど遠い。愚劣だ。愚劣の極みだ。

「つまり確かなことはどうあれ、東三条邸が焼けた以上、右大臣はそれを口実に謀《はかりごと》に違いないと騒ぎ立てると。時に帝さえ相手にして」

「そうです」

「ですが、だからといって直ちにわたしの即位とはならないはずです。孫の懐仁親王がいる。兼家なら皇太子を飛ばして自分の孫に即位させることぐらいやってのけます」

「それはさせません。それだけは」

祖母は激しく首を振った。

「懐仁親王はもう五つです。わたしを邪魔に思うならそれくらいたやすい」

「皇太子を飛び越して親王が即位した前例はないはずです」

「ですから、まさに兼家こそは、それを平気で」

「くどい。万事、有職故実《ゆうそくこじつ》に従うのも内裏です」

師貞は黙らざるを得なかった。混乱していた。飲み比べの翌朝である。たまたま兼家邸が焼けた。今の時点ですべてを理解するのは無理である。だが、祖母の話を聞いて急に即位が現《うつつ》のものとして感じられた。帝。この国の頂点。

「それで右大臣は無事でしょうか」

「兼家殿？」

祖母が怪訝な顔をするのも無理はなかった。師貞自身、帝になったつもりで言っていた。だが、帝であれば扱いにくい臣下でも安否を気遣わなければならない。

「右大臣の身に何かあっては内裏の平穏に関わります」

祖母はさらに驚いた顔をした後、突然笑い出した。

「ほっほっ。たいしたものです。お前が内裏の平穏を案じるとは。それこそ帝の器というもの。あっぱれです。さあ、これでわれらの準備は整った。懐子《かいし》もあの世で喜んでいるはず。伊尹、兼通、兼家、為光の四兄弟で、帝になるのは兄伊尹の血統からというのは順当なことです。師貞。案ずることはない。あの兼家殿が焼け死ぬとでもお思いか。火を察知すれば誰よりも早く抜け出したに決まっている」

「安堵しました」

師貞はそう答えて再び祖母の顔を見た。赤らんでいる。兼家を信じ、尊敬している。男として。かなわぬ恋の相手として。だからこそここまで断言できるのだ。兼家と祖母。腹黒い策士と女心。自分はまだ忯子に心を寄せるほどの純朴さの中にいる。けれども内裏には男女の暗いうねりがあり、それぞれが付いては離れ、挙げ句の果てに出家する。姉のように。手本はない。頼れるのは自分だけだ。

夏になり、いよいよ円融帝が退位を決めた。譲位を迫る右大臣兼家の圧力に屈したのだ。兼家は皇太子の師貞を飛び越して孫の懐仁親王を帝にすることも考えていたようだったが、さすがに関白以下の公卿の同意を得られず、断念したと聞く。代わりに懐仁親王を皇太子に引き上げることを条件に師貞の即位に同意した。師貞の受禅《じゅぜん》は八月二十七日。即位の大典は十月十日。いずれも陰陽寮の安倍晴明が卜《ぼく》した暦に従った。

「義懐には蔵人頭《くろうどのとう》になってもらう。早々に参議に任じ、公卿の仗議にも顔を出してもらわねば。おれ一人ではとても勝てない」

「ありがたき幸せにございます」

義懐は大げさに答えた。既に二十八歳。十年以上のつきあいである。内裏を駆け回り、遊んだ記憶が懐かしい。このところその横顔を見て母に似ていると思うことも多くなった。とりわけ額《ぬか》ずいた姿勢から斜めにこちらを見上げる時の目つきがそっくりな気がする。

「円融帝もお気の毒です」

「兼家に負けただけさ。臣下にすぎないというのに。おれは逆らうつもりだ。国のために新たな政をせずして帝でいる意味はない」

「頼もしい限りで」

師貞は怟子から贈られた夏扇の蝙蝠《かわほり》を広げ、汗ばんだ顔に風を送った。きょうの梨壺は陽が傾いても蒸し暑い。

「あの大火が未だに不明のままというのはどういうことだろうな」

「それこそ政にございます。疑念は募れど、確証はない。検非違使庁も手が下せません」

前に祖母が言ったこととは逆だった。祖母は確証がなくても皆がそう思えば事実になると言った。いずれも真だろう。義懐は続けた。

「兼家さまが自ら火を放ったとも言われております。円融帝のせいにするために」

「恐ろしい。濡れ衣を着せるために己の手を汚すとは」

「証立てはできませんが、先の摂政良房《よしふさ》さま創建のお邸が焼けてしまった以上、兼家さまに同情が集まり、そのご発言に異を唱えにくくなるのは自然の理です」

「自分でやろうが円融の手の者がやろうが、兼家の力が増すのは同じということか」

「同情とはやっかいなものでございます。始めは憐憫でも、そこから遠慮が生まれ、やがては相手を手の届かないところへ祀り上げてしまう。同情される側も哀れみを受けることに慣れて増長し、傲慢になる」

　義懐の冴えに驚いた。いつの間にこうしたことを考えるようになったのだろう。頼もしいのは義懐のほうではないか。人の心を読めなくては公卿達に命令を下せない。

「同情されて傲慢になるというのも妙なものだな」

「傅《かしず》かれれば誰でも増長します」

「同情と傅きは同じか」

「ともに相手への遠慮と恐れがあります。その頂点が帝でございます」

　戸惑った。善意で言っているのか悪意で言っているのか分からない。

「つまり帝になれば誰しも増長すると言いたいのか」

「おそれながら」

「おれもそうなると思うか」

「その恐れがないとは言えませぬ」

　義懐の真剣な眼を見て苛立ちはすぐに消えた。皇太子と春宮亮《とうぐうのすけ》が間もなく帝と蔵人頭という関係に変わる。権限と職責は増大し、それだけ批判も受けやすくなる。義懐はそれを承知で直言している。師貞はその誠意を嬉しく思うと同時に内裏をうろつくだけで許された暮らしが間もなく終わることを悟った。

「なってみなければ分からない」

「さようにございます」

　義懐が黙って頭を下げたので縁塗《へりぬり》の烏帽子がこちらを向いた。その時、源《みなもとの》満仲《みつなか》の邸が焼け、義懐と見に行ったことを思い出した。六、七歳の頃だ。内裏に帰ってから母に叱られたので覚えている。満仲は源高明《たかあきら》の謀叛を密告したとされ、当時はそれを恨む高明側の犯行と噂された。しかしもしかすると、あの時も満仲が自分で火を放ったのではないだろうか。世の同情を集め、敵《かたき》の高明をさらに悪人に見せるために。

「同情を集めて何が嬉しいのだろうな」

「憐れんでもらうことで自分を支えようとするのです。あるいは寄せられた善意の陰に己の悪意を隠そうとする」

「狡猾なことだ」

「それがこの世でございます。それに焼けるのは貴族の邸ばかりではございません。内裏も時として正体不明の火に見舞われます」

悟られないように眼を逸らしたが、胸の鼓動は速まった。まさか知っていたのだろうか。あの時は自分でもどうしようもなかった。帝を殺そうとは考えていなかったが、内裏が焼け、混乱するのを見たかった。

「火は力なき者には最大の武器だからな」

「おっしゃるとおりにございます。ですが、力ある者にとっても最大の武器になりましょう」

義懐の眼が初めて笑った。いざとなれば火ぐらい放てと言いたげである。それくらいの覚悟で政に臨まなければ公卿どもを動かすのは難しいのだ。

「はっはっは。では、おれが追い詰められたら、戯《たわむ》れに内裏に火を放つか。内裏が焼けてしまった。憐れんでくれ、と」

「残念ながら、帝は畏怖を集めることはできても同情を集めることはできませぬ。頂点だからです。人は頂点に向かって憐れみを投げ上げるほど善意を持ち合わせておりませぬ。そのような時、寄せられるのは同情ではなく、冷ややかな嘲笑だけにございます」

師貞は肯きながら、身が引き締まるのを感じた。自分が立ち向かうのは帝という地位でも職務でもない。若年の男を帝として仰ぎ見なければならない公卿や貴族達だ。

「嘲笑されるのもいいかもしれない。権能はこちらにある」

「帝次第、ご覚悟次第でございます」

その眼は気迫に満ちていた。こちらには経験はないが、若さはある。それをもって事に臨めば怖れるものは何もない。

「楽しみだな。即位が待ち遠しくなってきた」

「わたくしもでございます」

「我らが動けば世が変わる。世を変えるには動けばいい」

師貞は続けて気になっていたことを訊いてみた。

「帝になったら何と名乗ろう。師貞のままでは笑われる」

「とうに決めてございます。文章博士《もんじょうはかせ》や図書寮《ずしょりょう》の頭《かみ》に訊き、ふさわしい御名《ぎょめい》を選びましてございます」

「何だ。教えてくれ」

「花山」

「かざん？」

「華やいでいながら動じない。どっしりとしていながら麗しい。円《まる》く融《と》け合う御代《みよ》は終わりました。若さと気迫で立ち向かうにはこの名以外にありません」

師貞は胸の内で繰り返した。かざん。花山。字を思い浮かべると、ひ弱な感じもするが、率直な響きが気に入った。香しく、それでいて鮮烈である。

「それにしよう。内裏ばかりか都中に広めよう。そうだ。ついでにそちも変えてはどうだ」

「恐れ入ります。ちなみに何と」

「おれが花と山だから、土と海はどうだ」

「何と読みます」

「どかい」

「どかい？　それはまた何とも」

「贅沢を申すな。花山と土海。広々としてよいではないか」

「いえ、わたくしはやはりこのままで」

「残念だ。仗議で呼んで公卿達の驚く顔を見たかった」

師貞が笑うと義懐も笑った。顔は汗で光っていた。自分の顔も同じだろう。暑さのせいばかりではない。信頼と情熱が身体中で湧き立ち、今にも弾けて飛んで行きそうだった。行き先は分からない。とにかく飛び出すことが楽しみだった。

# 第三章　罠

## 一　永観《えいかん》三・寛和《かんな》元（九八五）年

まだ来ない。足音はおろか、牛車が門を入ったという知らせすらない。

花山《かざん》は唇を左右に引き絞り、笏《しゃく》を握る右手に力を込めた。

こらえるのだ。

大極殿《だいごくでん》に参集を命じれば来ないことは分かっていた。

「元日の朝儀を終えたばかりで、どうして朝堂院《ちょうどういん》に出向かなければならないのだ。それも儀式の場である大極殿に。国の政務はそれぞれの司で行われている。帝は政に余計な口出しをせず、歌舞音曲に興じていればいい」

これが連中の腹の内だ。だから敢えて命じた。忠誠を試すために。悪意とふてぶてしさを暴くために。世を治めているのは関白や大臣ではなく、この帝だということを見せつけるために。

午《うま》の刻（正午）まで待つつもりである。午前《ひるまえ》の一刻（二時間）、大極殿で待ち続けたという事実を作らねばならぬ。その上で散会する。そうすれば、ここにいる公卿や殿上人が内裏中に言い触れてくれる。「ついに関白頼忠《よりただ》さまは参られなかった。右大臣の兼家《かねいえ》さまも」「おかげで何の話し合いもできず、まったくの無駄に終わった」と。

そうだ。彼らは袖で口元を隠しながら、ついでにこうささやくはずだ。「御年《おんとし》十八を数えるというのに帝の気まぐれも困ったものだ。冷泉《れいぜい》帝の血を引いておられるだけのことはある」と。

数々の詔勅《しょうちょく》が失敗だったとは思っていない。即位した直後に打ち出さなければ軽んじられる。内裏での華美の禁止と撰銭《えりぜに》の禁止。延喜格式《えんぎきゃくしき》以降に開墾された荘園の停止と国衙《こくが》領への没収。いずれも国庫の収入を確保し、財政を健やかにするためだ。当然、反発された。公卿に限らず、殿上人から地下人《じげにん》まで諸手を挙げて反対してきた。それまでの利得が失われるからだ。しかし強引に押し切った。摂関家や有力寺社だけが世ではない。農人《のうにん》、職人、芸人、商人。海《あま》人《びと》に山人《やまびと》。こうした諸々の人々が集まって世ができている。税が納められず、財が衰えれば国が傾く。とうの昔から言われてきたことではないか。

高麗畳の上で胡座《あぐら》の足を組み替えた時だった。簾《すだれ》の向こうで人の影がうずくまった。

「謹んで申し上げます」

義懐《よしちか》だ。

「たった今、午の刻になったと漏刻博士《ろこくはかせ》から知らせがございました」

花山はその言葉に諫《いさ》めを感じた。これ以上公卿達を引き止めては、かえって帝の評判が悪くなる。そろそろ散会すべきと言いたいのだ。正三位《しょうさんみ》蔵人頭《くろうどのとう》という立場からの忠言である。けれどもそれに気づくと素直に従うのが癪になり、わざと拗《す》ねてみせた。

「もうそのような時か。しかし、ちと早過ぎはしないか」

「漏刻博士は誰よりも職務に忠実でございます。それに唐から伝わった水時計に狂いのあろうはずがございません」

「甘いの。われらの周りは敵ばかり。そう申したのはそちであろう。誰がどこで何をたくらんでいるか思うだに恐ろしいと。であれば、その博士とて、早めに時を告げよと密かに命じられていたかもしれぬではないか」

「帝。お言葉が過ぎますぞ。彼方の御方達《おんかた》に聞こえぬとは申せ、このような場でお口にしてはなりませぬ。敵は知らぬ間にできるもの。わざわざこちらから作るのは愚か者のすることにございます」

「はっは。そう怒るな。分かっておるわ。そちがあまりに真剣なので、戯れてみたまでのこと。気にするでない」

「恐れ入ります」

義懐は花山に決断を促そうと、痩せた身体をさらに屈めた。と、屈みすぎたのか、黒い羅《うすもの》の冠が簾に触れ、わずかに波が生じた。簾の内は鮮やかな緋絹が張られている。それが震えて揺れ、一瞬、篝火《かがりび》を映す水面《みなも》がざわめいたように見えた。

落ち着け。

即位してようやく三月。まだまだ人心をつかむにはほど遠い。世の仕組みもろくに知らぬ若造に老練な公卿どもが付いてくるわけがない。頼忠と兼家があくまで服従を拒むというのであれば、せめてここに来た公卿や殿上人を味方に付けなければならない。

「よし。下がってよい。まろが直々に伝えよう」

花山は高御座《たかみくら》の簾を上げさせ、立ち上がると、欄干を跨いでいきなり床に飛び降りた。

一同はどよめいた。帝が高御座の裏の階《きざはし》を降りずに正面から飛び降りるなど前代未聞だったからである。高御座は天蓋《てんがい》に金の鳳凰《ほうおう》を頂き、それを六本の黒い漆塗りの柱が支えている。

高麗畳が敷かれた床は六角形で、その下には麒麟《きりん》の絵が描かれた台座がある。飛び降りたのは人の胸ほどの高さだが、花山の踵《かかと》が床を打つ音に居並ぶ貴族達は「物狂い」の音を聞いたのだ。

が、花山はそのさまを心地よく眺めた。そして大胆な振る舞いは、公卿どもを驚かせ、畏怖させることができると学んだ。これは大きな発見であった。自分は帝であり、何人《なんぴと》もその地位を侵すことはできない。すべては配下であり、従うべき存在である。恐れることはない。堂々としていればいい。

一同の前に進むと、束帯《そくたい》の後ろに伸びる裾《きょ》が欄干からずり落ち、かさりと音を立てた。花山は大きく息を吸い、力強く声を上げた。

「わざわざの参集、大儀である。皆も承知の通り、昨年来、世を正そうと数々の詔勅を発してきた。国の蔵を安らかにするため、荘園を制限し、儀式での華美な服装を禁じた。銭を滞りなく動かし、物の値を平らぐるため、破銭を嫌うことも禁じた。さらに五位以上の官人にわれら《われぜに》の考えについて意見を求めた。幸いにして大方は賛同するということであった。まこと礼に適い、仁《じん》であると言えよう。しかしながら、必ずしもそうでない者らがいる」

花山は突然、笏を前に突き出し、一人一人質すように右から水平に動かした。驚いた一同は慌てて顔を伏せて畏まった。左大臣、大納言、中納言、近衛大将、弁官、中宮大夫。いずれも両手を床に突き、微動だにしない。陰でどれほど帝を悪く言おうと、その帝から正面切って笏を突き付けられ、忠義を質されては黙らざるを得ないのだ。離れて脇に控える義懐だけが、こちらに顔を向け、言葉と振る舞いが激しくならないよう見守っている。

花山はそれに眼で応えると、笏をひとたび下げて話を続けた。

「唐の学問によれば、世が乱れるのは天帝の力量が足らぬ時という。手厳しい忠言だが、恥を捨てて敢えて然りと認めよう。が、一方で、世が乱れるのは臣下が背く時ともいう。いかがかな。内裏が動かねば世は動かぬ。世が動かねば民は苦しむ。それはひいては国の蔵が衰え、いずれわれらも干涸びることを意味する。このことをとくと考えられよ。一族一門の利を捨て、今こそ大義に奉じてほしい。のぅ、大納言。そのほうはいかが考える」

「ははっ」

大納言為光《ためみつ》は突然の指名にひたすら身を低くした。あたかも話を聴いていなかったことを隠すような慌て方だ。相も変わらぬ対応に花山は溜息を吐いた。話を聴いていなかったのであれば当意即妙に故事でも話して切り抜ければいいし、思うところがあれば率直に申し述べれば済む。たやすいことだ。どうして職に相応しく毅然とできないのだろう。これでは兄の兼家に大きな顔をされるのも無理はない。

「どうだ。一族一門の利を捨てられるか」

「ははっ」

同じ言葉だった。愚鈍なほどの狼狽ぶりに笏を突き付ける気も起こらない。

義懐の眼が光った。「弱い者いじめをされますな」と言っている。だが、弱い者だろうか。四十を過ぎ、位階も兼家と同じ正二位である。

「この為光、仰せの通りに致す覚悟でございます。一族一門を離れ、ひたぶるに世の平安を願い、司々《つかさつかさ》の働きを……」

顔を赤くし、額に汗を浮かべながらようやくしゃべり出した。慣れない言葉を継ごうとして間違い、言い直す。そうすれば気は焦り、太った頬の上で眼が泳ぐ。やはり牛だ。夏の盛りに口から涎を垂らして車を引くのろまな牛そのものだ。

花山は苛立ち、笏で自分の左の掌を打った。

ぴしりと響いた音に居並ぶ公卿達は背を伸ばし、顔を上げた。花山の怒気が伝わり、日頃抱いていた為光への苛立ちが少しは慰められたらしかった。

藤原家という血筋だけで官職に就き、位階を得る。これではとても人材は集まらない。花山は為光の言葉を遮って静かに告げた。

「つまるところ、ここに参集した皆が力を合わせねば、国の政は立ち行かないということだ。あらためて胸に刻んでほしい。では、これにて」

安堵が広がった。議題がなければ議論もない。頼忠と兼家が来ないまま、ひたすら一刻も待ち続けたのだ。

花山が退出しようと大極殿の敷居まで来た時、殿上人の一人が腕を伸ばして欠伸《あくび》をするのが眼に入った。立ち止まり、振り返った。その瞬間、伸ばした腕がすっと縮んだ。腹が立った。見られて隠すなら、はじめから見せるな。立ち止まったまま、またしても左の掌を笏で打ち、音が悪かったのでまた打った。その音に緩みかけた空気は再び張り詰め、反発に向かうところで外に出た。

「どうしてどいつもこいつもああなのだ」

「気を鎮めてくださいませ。このところご立腹ばかりでお身体に障ります」

「好きで腹を立てているのではない。あいつらが腹を立てさせるのだ」

花山は第一の女御忯子《しし》に愚痴りながら、頼忠と兼家だけを頭に描き、為光のことは忘れようとした。為光は忯子の父である。

「関白と右大臣は最後まで来なかった。面前で悪口は言えない。言い訳の文すら寄こそうとせぬ。気まぐれに召集したこちらの腹をさぞや嗤《わら》っておろう」

「難しいことは分かりませぬが、そうぶつかってばかりでは、聞いている方が辛くなります」

忯子は溜息を吐いて眼を落とした。入内して以来、人が変わったように柔らかくなった。為光邸でのじゃじゃ馬ぶりが嘘のようだ。内裏の暮らしと女御という立場が忯子を磨き、慎み深くさせた。忯子が眼を落としたのには訳があった。頼忠と兼家だけでなく為光にも花山が腹を立てていることを知っていたからだ。今でこそ抑えられるようになったが、女御に迎えたばかりの頃は何かと為光を悪く言った。風貌がむさ苦しい。気が利かない。卑屈すぎる。人の良さは分かっているが、大納言という地位を考えると物足りなかった。思うことを思うまま言うことにためらいはなかった。信頼し、愛おしいと思えばこそ本心を見せた。罵《ののし》っているのは忯子ではなく、その父である。親子とはいえ、一人一人は別である。従って義父を罵ることが忯子を傷つけることだとはまったくもって気づかなかった。「酷すぎます。すぐにでもおやめなさい」一条邸で祖父伊尹《これまさ》の法要が執り行われた時、出家した姉に忠告された。女の気持ちは女が分かる。そう反省し、これ以来、少なくとも忯子の前では為光を悪く言わないようにしている。

もうひとつ問題があった。他の女御のことだ。即位してふた月が過ぎた去年十二月、姚子《ちょうし》、提子《しし》の二人が新たに女御となった。帝が何人もの女御を迎えるのは当たり前である。知らぬはずがない。しかし忯子の心はそれを拒んだ。花山はこれについても気づくのが遅かった。夜ごと女御の部屋を渡り、忯子が暮らす弘徽殿《こきでん》を訪ねない日もあった。そして大晦《おおつごもり》が近づいたある朝、女御の床《とこ》を出た足で忯子の部屋に入り、驚かそうと、綿入りの同じ褥《しとね》に滑り込んだ時である。「冷たいお身体で何をなされます」こうした言葉を期待していたが、忯子は背を向けたまま動かなかった。肩を抱き、仰向けに組み敷くと、顔中が涙で濡れていた。

「分かっております。耐えねばならぬことを知っております。けれども淋しゅうございます」

顔を崩して訴える黒い瞳に胸を突かれた。忯子は何に苦しんでいたのか。何事も腹を割って話し、他の女御と夜を過ごしてもこうして朝には帰っている。なぜ泣くことがあろう。忯子が哀れで、その日は政務もそこそこに弘徽殿で過ごした。碁の相手をし、歌を詠み、日溜まりの庭に遊んだ。陽が傾けば部屋に籠もり、針博士《はりはかせ》から献上されたばかりの「医心方《いしんぼう》」を二人で眺め、薬草や妊婦の挿絵を楽しんだ。そして夕餉の後、切り出した。

「ほかの女御のところに行くのが嫌なら二度と行かぬ」

忯子は驚いて花山を見た。それほど途方もない申し出だった。花山も言った自分に驚いた。が、一日を忯子と過ごし、心が安らいでいた。兼家は孫の懐仁《やすひと》親王を帝にしようと表立って触れるようになった。即位して間もない花山には脅威であった。そうした中で最初に女御となった忯子がいかに安らぎとなるかを知っていた。

「そのようなことをおっしゃってはなりませぬ。それではわたくしが恨まれます」

「姚子と提子からか」

「いえ、いろいろと」

姚子の父は兼家の兄の故兼通《かねみち》の子息であり、諟子の父は頼忠である。いずれも野心剝き出しの兼家を嫌い、対抗するため、孫や娘を花山に差し出し、外戚となることを目論んだのだ。忯子が気にしているのはそうした事情だった。「行かぬと言ったら行かぬ」と意地になった。忯子には感謝していた。懐仁親王が即位するまでのつなぎとしか見られなかった自分の元に参内してくれた。その気持ちを忘れたくなかった。

忯子は膝に載せていた手を腹の前に引き寄せて指を組み、しばらく桜色の爪を眺めていた。それと、今度は指先を伸ばして掌を重ね合わせ、交互にずらしてから二つの握り拳を作った。それからどうしたものかと思案していたが、子供じみた遊びに自分でもおかしくなったのか笑いながら花山を見た。

「どうするな。その拳を」

「困りました。どこにも持って行きようがありませぬ」

「誰かにぶつけてはどうだ」

「まあ、お人が悪い」

「戯れで言っているのではない。あちこちぶつかるには固い拳が一番だと思うからこそ言ったのだ。それに比べ、まだまだまろは柔らかすぎる」

忯子は拳を解き、身を乗り出して声を張った。

「そのようなことを申したのではありませぬ。帝のお立場ではやむなきことなれど、帝もわたくしもまだまだ若うにございます。ぶつかればぶつかるほど絡め取られ、逃れられなくなるような気がしてならぬのです」

「何に絡め取られるというのだ」

「たとえば蜘蛛《くも》の巣のような、見えない網にございます」

忯子はきっぱりと言った。こういう時は生来の力強さが顔を出す。

「この弘徽殿に蜘蛛の巣が張ってはさぞ困ろう。誰かに掃除をさせなくてはな。で、どこにあるのだ。その蜘蛛の巣とやらは」

「内裏の外にございます」

「おお」

これには花山もたじろいだ。まさに内裏の外である。兼家の邸は内裏の外の東にあるからだ。去年三月に焼け、再建中だが、藤原一門の中でも大邸宅として知られている。

「外ばかりではありませぬ。その網は蜉蝣《かげろう》の羽のように人目に触れず、少しずつ風に乗って宮中へも広がっていると聞いています」

「いかにも広がっているらしい。どす黒い風に乗ってな。しかも網を張る輩《やから》と風を吹かせている輩は同じときている」

「そこまでお分かりでしたら、くれぐれもご用心なされませ」

花山が肯《うなず》いた時だった。忯子に仕える女房の声がした。義懐が呼んでいるという。大極殿の後始末を話し合いたいのだろう。花山は忯子の手を取って唇に当てると、「よし」と気迫を込めて立ち上がった。

「まずはこれを」

義懐が差し出したのは上下を太めの糸で結んだ立て文《ぶみ》であった。頼忠から預かったという。

「そうと聞いては読む気がせぬな」

「いえ、ここはご自身の眼でお確かめください。関白さまからの文を先に拝するほど無礼者ではございませぬ」

「殊勝なことを申すな。読みたいのはやまやまであろうに。ほれ」

義懐はにやりとして受け取り、厚地の外紙を取った。現れたのは薄青《うすあお》と薄縹《うすはなだ》を破り継ぎにした料紙《りょうし》である。短い文面だったらしく義懐はすぐに顔を上げたが、口籠もっている。

「どうした。何と申しておる」

「それが、どう受け止めてよいものやら俄《にわか》に判じかねます」

奉じられた文を見て花山も戸惑った。

「顧我長年頭似雪　饒君壮歳気如雲」

一読では分からない。元服後に文章《もんじょう》博士から唐の詩を学んだものの、漢字ばかりなのが息苦しく、和歌ほど興味を抱けなかった。

「何とかならぬか」

「はあ」

義懐も苦しんでいる。もう一人の側近、惟成《これしげ》ならたやすく読み解くはずである。儒官の息子で、朝政を補佐するまでは文章生《もんじょうしょう》であった。しかし妻の実家に不幸があり、物忌《ものい》み中である。

「推測しますに、わたしは年を取って頭が雪のように白くなった。一方、そなた達の志は雲のように高く豊かだ、といったところかと」

「なるほどの。で、だからどうだというのだ」

「和解の申し入れかもしれませぬ」

「先ほど来なかったことへのか」

「さようにございます。兼家さまとのご関係をかんがみれば、頼忠さまはあの場に出てお顔を合わせるのがお嫌だったのかもしれませぬ。さすがにそうは申せないから、年のせいにしておいでなのではありませぬか」

「老いたので高い志にはついて行けぬと」

「仰せのとおりで」

「腹が減ったの」

「は？」

「腹が減ったと申したのだ」

「であれば、下仕えの者に伝えますが」

真面目な義懐の顔がおかしかった。義懐を誉めるのが照れくさく、肩透かしをしたまでである。それに気づかず、わがままを受け入れようとしている。

「まことそちは堅物だの。真に受けるでないわ。しかし頼忠の心持ちが今申したようであれば、頼忠だけ招いて胸の内を聞いてみるのも悪くない」

「さっそく罷《まか》り出《い》でて、お邸へ」

「急《せ》くでない。表立っては兼家がうるさい」

「では、いいお知恵がありますか」

「実は馬が見たくての」

「またでございますか」

「そう嫌な顔をするな。今度はおとなしくしておるわ。で、その時にでもこっそり会うのはどうだ。どうせ兼家は競馬《くらべうま》には来ないだろう」

義懐は困った顔になった。花山の馬好きは知られている。眺めるばかりでなく、跨《また》がり、走らせるのだ。恍子を女御に迎えてひと月もしない去年十一月末、清涼殿と後涼殿《こうろうでん》の間にある朝餉壺《がれいのつぼ》と呼ばれる小庭で乗り回し、騒動になった。そのような場で帝が馬に跨がるだけでも例がないのに、女御達が住む後涼殿へ馬をけしかけたと非難された。わざとではない。手綱さばきに慣れておらず、馬が勝手に向かっただけだ。けれども兼家に取り入ろうとする連中はことさら大げさに言い触れた。悪評を広げて花山に退位を促し、新たな帝の元で行われる除目《じもく》で出世にあやかろうという腹だった。それでも花山の馬好きは止まらなかった。名馬と聞くと内裏に運ばせて跨がり、飽くことなく温かな首を撫で続けた。周囲の者はその度に仕事が増えるので、「帝の気まぐれに付き合うのもほとほと骨が折れる」と陰口を言っていると聞く。

「ならば、いつ会えばいいのだ。どれほど用心しようと、こちらの動きは筒抜けだ。至る所に間者《かんじゃ》がおるからな」

「声が大きすぎます」

「かまうものか。まことのことだ。われらはいつも見張られておる。違うか」

花山は控えている者らに聞こえるように声を張り上げた。

声は格天井《ごうてんじょう》から東廂《ひがしびさし》に抜け、天井板のない化粧屋根裏の暗がりへと消えていった。いるのは清涼殿の昼《ひ》の御座《おまし》である。簾や戸の向こうに警護番の武士や女房達が控えている。誰もが聞こえないふりをして息を潜め、物音ひとつ立てようとしない。沈黙は寒さを際だたせ、冷気が一段と張り詰めてくる。

孤独だ。花山は今さらのように感じた。声を張り上げても届かず、ただ消えていく。自分の声は誰にも受け止められず、空《くう》を漂う。歴代の帝も同じ思いを味わったのだろうか。

見上げれば、格天井の隅に一筋の光る糸を見つけた。蜘蛛であった。黒く丸い蜘蛛が頭をしたに下がり、辺りの気配をうかがっている。これから巣を張るところらしい。

「いかがなされました」

「いや、ただ、何とのうな」

義懐はそれ以上訊かなかった。義懐にも分かっていた。敵に囲まれながら頂点に立ち、歩み続ける労苦と怖さはお互い十分に理解していた。

「冷泉院のところにお知恵を借りに参ってはいかがでしょうか」

「父君のところにか」

「さようでございます。少しは道が開けるかもしれませぬ」

花山は義懐の心遣いが嬉しかった。冷泉に何の知恵もあろうはずがない。行くだけ愚かである。にもかかわらず、敢えて行こうという。帝であった父の顔を見れば、少しは気力が湧き、あらためて兼家と対決できると考えているのだ。

「そうだな。久しくお会いしておらぬからの。だが、競馬はやるぞ。頼忠ともな」

「承知いたしました」

義懐の顔は穏やかだった。

冷泉を訪ねたのは十日ほどしてからだった。雪が続き、解けるのを待っていた。牛車に揺られながら、花山は血を考え、不安に怯えた。自分もいずれ狂うのではないか。父がいつからそうなったか知らないが、やがて自分も同じ道をたどるのではないか。帝になって以来、この疑念に苦しめられ、父に会おうとする今、ことさら強く迫ってきた。

動悸がし、口が渇く。身体が強張り、見えない穴に落ちそうになる。いつものことだ。通り過ぎるのを待つしかない。朱雀院に着いた時にはだいぶ落ち着き、頭は冴えていた。

車寄せに着き、牛車から降りようと腰を上げた時である。

「もろさだぁ、もろさだぁ」

庭から甲高い声が響いた。父である。親王だった頃の名を呼ぶのは父だけだ。

「お久しゅうございます」

降り立った花山はこう言うのがやっとだった。父は裸足で駆けてきたらしく、足先は霜を踏んで白く凍え、足首には泥が付いている。袴は膝までまくれ、帝を退いた上皇とは思えない乱れた狩衣《かりぎぬ》姿であった。待ちきれずに部屋を飛び出したのだろう。侍者達はようやく追いつき、息を弾ませて申し訳なさそうに花山を見ている。

父は花山に抱きつき、しゃにむに顔をすり寄せてきた。背丈は花山の方が少し低く、父の顎髭が頬に当たる。

部屋に入ってからも父は興奮し、次から次に話しかけてきた。そのほとんどは意味をなさず、父の中だけを回っていた。しかし烏帽子を外し、中を覗き込んでから再び被り直した時、真顔になった。

「ばばははばばじゃ。逃げたがましよ」

「心得てございます」

何のことか分からなかったが、こう答えるよりほかなかった。父の中では様々な想念が生まれ、消えていく。そこに脈絡があるかどうか知る由もないが、そのひとつひとつは紛れもなく父の心から生じたものであり、父の言葉なのだ。

「まこと息苦しいの」

気が済んだとみえて冷泉は急に大人しくなり、組んだ足の甲をぽりぽりと掻いた。裸足で走ったので草の毒にかぶれ、赤くなっている。そして掻きながら部屋を見回し、開け放された半《は》蔀《じとみ》から身を低くして外を眺めている。真冬でも蔀を開けておくのは父のためであった。すべて閉めても、必ず自分で開けてしまう。はじめは侍者達も身体を案じてその都度閉めて歩いたが、際限がないので最近は好きにさせているという。

「恐れながら、糞とは誰のことにございましょうか」

控えていた義懐が真面目な顔で尋ねた。

冷泉は自分が訊かれていることに気づいたようだったが、まくれていた袴を下ろして黙って足をさすっている。兼家や為光よりずっと若い。にもかかわらず、内裏から離れ、半ば幽閉されて暮らしている。母の労苦を思いやった。若死にしたのも頷ける。

父は突然立ち上がり、練り絹の几帳の隅にうち置かれていた袴を取った。織り模様の入った高価な秘色《ひそく》（淡い水色）である。それを空《くう》に投げて広げると、腰の両端を器用に合わせ、さらに膝の当たりに手を差し入れて折り畳んだ。

「よしちか」

「はっ」

「穿いて帰れ」

「ありがたき幸せにございます」

そう答えたものの、困惑している。袴は朝儀用の束帯に合わせたもので、義懐が身につけている略装には釣り合わない。他の侍者達もそれに気づき、顔を伏せて笑いをこらえている。

父もそれに気づいたのかにわかに笑い、侍者達が顔を緩めたのを見てさらに笑った。子供のように邪気がない。よほど嬉しいのか、どたどたと半蔀に近づいて外を眺め、何度も頷きながら再び戻って部屋を回った。

「楽しいのう。どうじゃ。楽しかろう」

この言葉を合図に侍者はすかさず鼓《つづみ》を取り出し、差し上げた。父は何度も首を縦に振って受け取ると、肩に載せずに座って組んだ足に挟んだ。

どういうわけかよく響いた。足を締めたり、緩めたりして巧みに操っている。それに合わせて手拍子も始まった。

飾り刀よりよほどいい。誰も傷つけず、父自身の身体も傷つかない。

冷泉の眼は輝いていた。どこを見ているのか、ほとんど瞬きをしない。頭を前後に振り、拍子を取っている。伸ばした指の腹で力強く鼓の中央を叩いたかと思うと、手首をしなやかに動かして端を打ち、乾いた音を響かせる。駿河舞を思い出した。あの時は姉もいた。内裏の庭で並んで見物した。

「いよっ、いよおう」

冷泉はますます興に乗って打ち鳴らした。一方、これまで付き合っていた侍者達は興が醒め、呆れたように冷泉を眺めている。

止《と》めようと思ったが、幸せそうな父の顔を見てその気が失せた。宿命の中で生き、踊らされ、時には我に返って悔恨する。振り回され、没頭し、その落差に消耗する。安寧や平穏から見捨てられた生こそ父のさだめなのだ。父はその中で懸命に生きている。花山は父が打ち鳴らす鼓の音から、せめて何か聞き取ろうと耳をそばだてた。

二

朝から機嫌がよかった。心待ちにしていた競馬の日である。

花山は陽が高くなる前から清涼殿の東の庭に二十頭の馬を引かせ、どの馬が強いか見定めた。薄茶から濃い茶、白毛に黒の差し毛、灰色の斑点のまじった連銭葦毛《れんぜんあしげ》。いずれも選りすぐりの名馬であり、見ているだけで心が躍った。そこでせっかくだからと予定を変え、内裏の中でも最も広い紫宸殿《ししんでん》の南庭《だんてい》で行うよう命じた。気まぐれと言われようとかまわなかった。馬はもと山野《さんや》を駆ける。広いところを走らせるのは当然ではないか。怟子にも見るよう誘ったが、身体の調子が思わしくないらしく弘徽殿で休むと言った。他の女御は誘わなかった。

花山は義懐に尋ねた。

「そちはどの馬が一番速いと思うな？」

実は義懐は花山以上に馬が好きだった。乗りこなしも巧みで、馬上から弓も引ける。

「何と言っても連銭葦毛にございます。肩回りと尻の肉付きが違います」

「ふむ。しかしそれはならぬ」

「何ゆえでございましょう」

「まろの気に入った馬と同じでは賭けにならぬであろう」

「賭けるのでございますか」

「言わなかったかの」

「賭け禄《ろく》は何でございましょう」

「この首だ」

「滅相もないことを。戯れにもお口にしてはなりませぬ」

「命を賭けてこその競馬だろう。賭けで失おうと病で失おうと同じことだ」

その時、車が着いたと知らせがあった。身を乗り出すと、競馬見物に参内した殿上人の姿が渡殿の隙間から見えた。頼忠を見つけた。直衣《のうし》だけでは略装にすぎると考えたのか、白い丸紋の下襲《したがさね》を着て手には檜扇《ひおうぎ》を持っている。背が伸び、ふくよかな顔立ちだが、気弱な感じは隠せない。

　花山はいったん奥に戻って身支度を整え、供の者に囲まれて紫宸殿に赴いた。中央の簀《す》の子縁《こえん》から庭に向かって十八段の階《きざはし》が下がり、その最上部にだけ緋毛氈《ひもうせん》が敷かれている。花山の席である。馬の走りを見渡すには具合がいいが、地面から離れているので迫力に欠ける。しかし清涼殿から紫宸殿に変えさせたばかりなので、「下段に移せ」とは言えなかった。

　席に近づき、一同に迎えられて驚いた。緋毛氈の向こうに兼家が座っているではないか。花山の左右を頼忠と兼家が挟む形だ。競馬嫌いの兼家がどうしてきょうに限って現れたのだろう。

「これはこれはご機嫌麗しゅう」

　そつのない挨拶である。黒い腹の内をにこやかな笑いで隠し、さらに華やかな衣で飾り立てている。細面に切れ長の眼が涼しく、惹かれる女房達が多いと聞くが、花山には薄気味悪いだけだった。

「久しいの。達者そうではないか」

「おかげさまで、ようやく身体がよくなりまして」

「伏せておったのか」

「いろいろ気苦労が絶えませせぬゆえ」

　虫酸が走った。気苦労とは何だ。己の欲得のために策を弄しているだけではないか。聞こえぬふりをしていた頼忠も、呆れて兼家の横顔を見ている。

　いよいよ最初の二頭が引き出された。左衛府の武人が左方《さかた》、右衛府が右方《うかた》となり、左方が一馬身後から右方の先馬を追い掛ける手順である。左方は先ほど気に留めなかった青毛であった。体高はわずかに低いが、手綱を嫌がり、首を振って暴れている。一方の右方は濃い茶である。競馬に慣れているらしく、落ち着いて乗り手を待っている。勝負は決まったと思った。濃い茶の勝ちである。走る前から興奮している馬は、乗り手の鞭に素早く応じることができず、力を出せないまま終わるからだ。

が、花山は青毛が妙に気になった。この場から逃げたがっている。それも尋常ではないほどに。ここにいたのでは殺されるとでも思っているようではないか。

「義懐。連銭葦毛はそちに譲るぞ。まろはあの青毛にする」

後ろの義懐が答える間もなく、兼家が振り向いた。

「あれは気が触れておるようにございますな。何を好んであのような物狂いを選ばれますか。脳天をやられているか、血潮が穢れているか。そのいずれかにございましょう」

「そちは馬が分かるのか」

「人と同じにございますゆえ」

花山は唇を噛んだ。父冷泉ともども侮辱された気がした。

「では、青毛が勝ったら何とする」

「負けたらどうなされます」

「帝の座をくれてやる」

言った直後にしまったと思ったが、兼家の顔が引き攣るのを見て勝利を覚えた。「生意気な。お前ごときに即位と退位は決められない」こう言いたいのがありありだった。帝位に執着しない意思を告げられ、かえって兼家自身の執着が暴露されたからだ。周囲の者達もこの先話がどうなるかと聞き耳を立てている。しかし兼家はすぐに平静に戻り、柔らかな声で答えた。

「帝の座はしかるべきお人のもの。頂くのはそれにふさわしいお方でありましょう」

空は澄み、穏やかな冬の陽射しが右近の橘と左近の桜を照らしていた。まだ花はないが、光を受けて玉砂利に淡い影が落ち、その向こうには急ごしらえの埒《らち》が左右に伸びている。

花山が兼家の反撃を受け止め、再度攻める言葉を探していた時である。突然、青毛が立ち上がり、前足で二度三度と空を蹴った。と同時に合図の鼓が鳴り、二頭がそろって走り出した。

濃い茶は速かった。頭を前へ前へと突き出し、低い姿勢で疾駆した。青毛も負けていない。嘶いた分、出遅れたが、必死に喰らいついている。不様な走りだ。飛ぶような濃い茶に比べ、左右前後がばらばらで馬身が斜めになっている。砂利が跳ね、埃が舞う。前列の連中は拳を上げて喚き、彼方に走り去った後も勝敗は分からなかった。

しばらくして遠くで赤の扇が上がった。花山は飛び上がった。青毛の勝ちだ。義懐も喜び、下段の貴族達も肩を叩き合った。必ずしも兼家に靡《なび》かない連中だろう。

「残念じゃのお。帝の位をくれてやろうと思ったのにのお。ほっほっほ」

兼家は黙っていた。青毛が勝つとは思っていなかったし、帝位を弄ぶ台詞を続けて聞かされるのが気に入らないのだ。

「義懐。次はそちの馬じゃ。何を賭けるな」

「では、恐れながら、冷泉帝に頂いた袴を」

「よし。次もいただきだ」

花山はこう答えてようやく気づいた。先ほどの勝負で、兼家が自分の賭け禄を告げていなかったことにである。

「兼家。そちは何を賭けておったのだ。聞きそびれたぞ」

「運気にございます」

「なんと」

「敗れましたので、賭けた運気をそのまま帝の青毛にお渡ししましょう」

兼家は言葉巧みに頭を垂れた。小狡い奴。花山は自分の迂闊さを悔いたものの、負けを認めさせたことで満足した。

次の勝負も追い馬となった青毛が勝った。その次も、またその次も勝ち続けた。九番目で負けてしまったが、終わってみれば暴れ馬にしか見えなかった青毛が八連勝と圧勝だった。

花山は青毛の乗り手に褒美を取らすと、上機嫌で退出した。頼忠との面会は放っておいた。

忯子がいる弘徽殿に入ると、すでに花山の勝利は伝えられていて、控えの女房達が次々に祝辞を述べた。

「そちにも見せたかったたな。あれほどの馬はそうどこにでもいるものじゃない」

「できれば行きとうございました。けれどもきょうばかりは」

「何とした」

忯子が扇で顔を隠すと、「ご懐妊あそばされました」と侍女が告げた。

花山は一瞬、何のことか分からなかった。これほどたやすく子ができるとは思わなかった。

忯子とばかり床を共にしたので自然な成り行きだったが、自分に子ができるということが妙に受け入れがたかった。

「まことであろうな」

「はい」

忯子の声を聞いてようやく厳粛な気持ちになった。元服を終えたものの内裏ではなお若く、帝になってからも一人前と見られていないことは知っている。けれども子ができれば父になる。初めて血を分けた身内が誕生する。そう思うと満ち足りた気持ちになった。そして自分の誕生も父冷泉は同じ気持ちで迎えてくれたのかもしれないと考え、素直にありがたいと感じた。

「で、いつじゃ。いつ生まれる」

「秋頃でしょうか」

侍女は続けて「それまではくれぐれもお慈しみくださいませ」と念を押すように言った。

忯子がようやく顔を上げて花山を見た。晴れやかで嬉しそうだった。愚鈍な父為光によってもたらされる肩身の狭さは微塵もなく、早くも母になる幸せに浸っているように見えた。そして思い浮かんだのが譲位であった。男《お》の子《こ》であれば立太子《りったいし》の詔《みことのり》を出し、皇太子にした後で元服と同時に皇位を継がせる。自分は上皇となって親政の補佐をする。そうすれば今の自分のように心細い思いをさせないで済む。兼家の顔が見ものである。次の帝は孫の懐仁親王と決めつけているのだ。それを挫《くじ》いてやる。

「どうされました。思い詰めたお顔をして」

「男の子を頼むぞ。いや、女子《おなご》でも帝にしてしまえばいいのだ。先例はあるからな」

「お気の早いこと。そのようなお話はまだまだです」

忯子は助言を求めるように侍女を振り返り、侍女が肯いたのを見てから諭すように花山を見返した。

「承知の上だ。しかし急がねばならないこともある。蜘蛛の巣が張り巡らされてからでは間に合わぬからな」

侍女は気がつかないふりをして扇を広げ、忯子はばつが悪そうに畳の高麗縁《こうらいべり》に眼を落とした。

夏が近づくにつれて日照りが多くなった。京の周辺ばかりか西国一帯で雨が少なく、下々の間では作物が稔れずに飢えて死ぬものも出ているという。為す術がなく、頭を抱えていると、改元により凶事を断ち切り、星の進行を正すべきだと陰陽寮《おんみようりよう》から奏聞《そうもん》があった。奏聞の元となった吉凶は陰陽師の安倍晴明《あべのせいめい》が卜《うらな》ったに違いなかった。晴明はこのところ何かと朝政に口を出す。位階は従七位上と極めて低く、たやすく参内できないため、陰陽頭を通じて意見を申し立ててくるのだ。

「不快だな。何か意図を感じる」

「ご用心なさってください。卜いは神意とされるがゆえに従わざるを得ない気配がありますから」

義懐は続けた。

「といって、ひどくなる飢饉を前にほかに何ができるかと言えば、相手が天候だけに手の打ちようがございません。晴明はそこを巧みに突いてくるのです」

やがて内裏のあちこちで改元を求める声がささやかれるようになり、それは次第に大きくなった。

「帝は何をためらっておられるのか。天変地異の災いから逃れるためには古来、改元をしてきたはずだ」

「銭金や荘園には心が向いても、それ以上のことにはご関心がないのだろう」

こう言われると、穏やかではいられなかった。世の仕組みをあり得べき方へと正し、導く。それが政だと信じている。かつての醍醐《だいご》帝、村上《むらかみ》帝のような親政を為そうという志は今なお捨てていないのだ。けれども志を掲げればこそ、周囲の眼には政への関心が低いと映る。多勢に無勢では勝負にならず、結局改元を決断した。日付は四月二十七日。新しい元号は「寛和《かんな》」を選んだ。ほかに強く推されたものがいくつかあったが、敢えて拒んだ。

それでも雨は降らなかった。陰陽頭を参内させ、人を介して糺《ただ》したところ、今度は恩赦をすれば雨が降るという。事前に晴明に聞いてきたのは明らかだった。花山は反対だった。都では夜になると賊が現れ、刀で斬りつけて身ぐるみを剝ぐ。強盗だけでなく、女や幼子《おさなご》がさらわれ、遠国《おんごく》に売られているという。検非違使がようやく捕らえた罪人を放してしまっては都は乱れるばかりだ。

けれども公卿仗議では、またもやトいに従い、恩赦を求める声が多かった。都を正すことより、穀物の収穫を慮《おもんばか》るのが政だと反論された。税収なくして国の営みは成り立たないと。笑わせるな。国庫の蓄えより、私腹を肥やすことに力を注いできた連中が何を言う。荘園の整理を命じた時、あれほど反対したのはどこの誰だ。しかも詔勅を発したにもかかわらず、国衙領への没収は遅々として進んでいないというではないか。現地の国司が、受領が、と理由をつけて引き延ばし、時が過ぎるのを待っているからだ。

醜さにうんざりした。欲と保身に拘泥する連中とまともに話し合うのが愚かに思えた。国の営みが成り立たなければ彼らの暮らしは成り立たない。一方、いくら都が乱れようとも築地塀に守られた邸で暮らす彼らには何の危険も及ばない。それで恩赦くらいで雨が降るなら儲けものと考えているのだ。

花山が渋っていると、兼家が口を開いた。

「恐れながら申し上げます。遠く隋、唐の時代から帝は恩赦を施し、その徳によって天を喜ばせ、恵みを得ております。ほかに策がない以上、ここは古《いにしえ》の法に倣ってご決断なさいますよう」

花山は肯くよりほかに仕方がなかった。「ほかに策がない」この一言は、人智を超えた力に対しては呪術を以て臨むよう有無を言わさず迫るものだ。義懐を見ると、同じ悔しさを味わっているらしく、やはり黙っていた。

恩赦の効があったのかどうか知らないが、二日後に少しは雨が降った。どうあれ「降るにこしたことはない」と義懐と慰め合った。

知らせがあったのは五月に入ってすぐだった。姉の尊子《そんし》が死んだという。一条邸から文が届いた。それによると、亡くなったのは五月一日。隠棲していた大和で既に荼毘に付されたらしい。

立ち上がれなかった。悲しさより、驚きが大きかった。ちょうど二十歳。去年の十一月に祖父の法要で会ったのが最後になった。あの時は尼僧姿も様になってきたと思っていたが、あまりに呆気ない。即位してからは内裏に縛られ、気軽に外に出ることができない。ひとたび出るとなれば、帝の行幸《みゆき》として警護から供奉人まで大げさになる。一度でいいから大和の寺を訪ねるべきだった。独り身には慰めになっただろう。「忯子の前で義父を悪く言ってはならない」姉に言われたのを思い出した。処世訓にすぎない当たり前の言葉だ。しかし姉は、そのようなことを気遣わなければならないほど世事に縛られて生きていたと言える。入内、出家、逝去。短い生涯を振り返り、清涼殿で合掌した。

暑さが厳しくなった頃、里に帰っている忯子を見舞うため、幣帛《へいはく》の遣いを出した。戻った遣いから、忯子の身体があまりすぐれないと聞かされた。浮腫《むく》みがひどく、食べても吐いてしまうという。身重であれば、誰もが経験することなので心配はいらぬと言われたが、内裏にいても落ち着かない。馬に乗って気を紛らそうとしたが、左馬寮《さまりょう》、右馬寮とも、「夏は人馬とも疲れるのでご容赦を」と丁重に断られた。

やむなく麗景殿と承香殿にそれぞれ姚子《ちょうし》と諟子《しし》を訪ねることにした。気が乗らなかったが、他にすることがなかった。姚子は突然現れた花山に驚き、仕えの女房達も久しく通わなかった花山に怪訝な顔をした。「ご寵愛のゆえではなく、忯子さまが里帰りしているので仕方なく来た」と思っているのがありありだった。

姚子は部屋の隅に座し、不愉快そうに横を見ていた。着ているのは表が紅、裏が紫の夏向けの薔薇《しょうび》の襲《かさね》である。花山はこの色の組み合わせが好きではなかった。濃すぎ、しつこい感じがして安らげない。

「せっかく来たというに。顔を背けなくともよかろう」

姚子はちらりと花山を見たが、すぐに扇を広げて顔を隠した。

「ひとつ訊こう。そちは幸せか。こうして毎日を過ごして。そちは退屈せぬのか」

姚子は黙っていた。花山の低い声が夏草の几帳を物憂く揺らしただけである。

「まろではとても耐えられぬ。麗しい着物を纏《まと》い、美しい暮らしをしていても、虚しさにおかしくなってしまうであろうな」

女房の一人が花山を睨んだ。そう強いているのは花山本人だと言わんばかりである。それに気圧されてつい言ってはならぬことを口にした。

「そちもまだ若い。このような退屈なところを出て、新たにのびのびとした暮らしをしてもいいのではないか」

姚子の肩が震えた。花山はあくまで姚子の今後を気遣って言ったのだが、帝の口から語られた以上、事実上の退去命令にほかならなかった。

「恐れながら申し上げます」

先ほどから我慢がならぬという顔をしていた女房が両手をついた。

「それはあまりにお情けのないお言葉にございます。姚子さまは参内されて以来、慎ましく麗景殿に控え、帝のお越しをお待ち申しておりました。けれどもはじめに幾度かお越しになられた後はぱたりとお見えにならず、来る日も来る日も気に病んでおられたのでございます。そのお姿がお気の毒で慰め申し上げると、姚子さまは言われました。『わたくしは籠の鳥ですから』と。もっともなご返事であると同時に、あまりに悲しいお言葉でございました。たとえ籠の鳥であっても、愛されれば『ちちち、ちちち』と囀《さえず》るからでございます。帝からのご寵愛を支えに、それだけを慰めに、健気にも小枝に留まり続けておられるのが姚子さまであるとすれば、このようなところを出ろとはあまりに心ないお言葉」

「もうよい。おりたいだけおればいい」

花山は立ち上がり、振り返らずに簾を潜った。

背後で忍び泣きが聞こえた。姚子だろう。いや、女房かもしれない。

花山は大股で渡殿を歩きながら烏帽子を投げ捨て、髪を掻きむしり、ぴたりと立ち止まると天を仰いで唸った。

「どうせよと言うのだ。気が向かぬものは向かぬ。抱きとうないものは抱きとうない。まろ一人だけが悪者か」

ただならぬ気配に侍者らはひたすら畏まり、怯えている。

「つまらぬ女子を次々に押し付けおって。押し付けた奴らこそ咎められるべきではないか」

叫びそうだった。子を産ませ、帝の血を手に入れることで安泰を図ろうとする面々が見苦しく思えた。

烏帽子が差し出された。駆け付けた義懐である。

眼が血走り、口元が歪んでいる。

花山はそれほど粗暴な振る舞いだったかと反省し、恐る恐る烏帽子を受け取った。

けれども様子がおかしい。義懐は強張ったままである。

「もう分かった。そのように睨むでない」

「どうかお気を確かに」

「だから分かったと言っておるではないか。くどいぞ」

「恬子さまがお亡くなりになりました」

周囲から音が消えた。先ほどまで聞こえていた蟬の声も風の音も突然消え去り、黄ばんだ西日が檜皮葺《ひわだぶ》きの屋根を残忍に灼くだけである。

「人違いであろう」

「お気持ちはお察しいたします。されど、たった今、お里から知らせが」

「どのような知らせだ」

「ですから、恬子さまが他界あそばされたと」

「そちは見たのか。亡骸《なきがら》が恬子であると確かめたのか」

「いえ、それは」

「そうであろう。であれば、間違いかもしれぬではないか。恬子がまろを残して逝くはずがない。尊子も逝ったばかりだというのに」

「どうあれ、今はお伝えするだけでございます」

義懐は一礼をして退こうとした。

蟬の声がした。周囲に音が蘇った。

「待て。退《の》いてはならぬ。そのようなことを言うだけ言ってさっさと消えてしまっては、残されたまろはどうすればいいのだ」

「はっ」

「で、いつじゃ。いつ息を引き取ったのだ」

「半刻もしない前にございます」

姚子の部屋に向かっていた頃である。恍子がこの世を離れた時、自分は好きでもない女御の部屋に出向こうとしていたのだ。その後、別れを告げに来た恍子の御霊《みたま》は麗景殿で自分と姚子が向き合っているのを見てさぞ悲しんだことだろう。それで何も言わずにあの世へ行ってしまったのだ。取り返しのつかないことをした。今わの際に恍子と言葉を交わし損なうとは。

「帝。お支度を」

声が出ない。

「帝」

「聞こえておる」

「では、お召し替えを」

「のう、義懐」

「はっ」

「きょうはずいぶんと陽が傾くのが早いの」

「夏もそろそろ終わりにございましょう」

突然恍子の顔が蘇り、胸が裂けそうになった。

三

秋が深まるにつれて気が沈む日が多くなった。政務には今まで通り励んでいる。日照りも落ち着き、作物の収穫も少しずつ増えてきた。しかし忯子を失った虚しさは埋めようがなかった。馬を見ても興は起こらず、他の女御を訪ねるのも面倒だった。

先代の帝、円融《えんゆう》が出家したのは八月の末であった。九月の終わりにはそれまで住んでいた堀《ほり》川《かわ》院から西山の寺に移っている。病のためと聞いている。花山は出家を羨ましいと思った。子をもうけて譲位する望みが消えた今、出家は憂き身を慰める最善の道に感じられた。母を失い、姉を失い、忯子を失い、数え十八歳にして早くも人生を失った気がした。世を捨てて何の咎があるだろう。内裏では「往生要集《おうじょうようしゅう》」の写本が読まれていた。僧の源信《げんしん》が四月に著した極楽往生のための指南書である。阿弥陀仏の慈悲にすがり、極楽浄土に生まれ変わるよう願って残る日々を過ごすのも悪くない。

「叡山《えいざん》に行ったことはあるか」

「麓を回ったことはございますが、延暦寺《えんりゃくじ》まで登ったことはございません」

「行きとうはないか」

義懐は黙ってしまった。気が塞いだ花山に何を言っても無駄であることを知っているからである。兼家の網は十重《とえ》二十重《はたえ》に張り巡らされ、網に掛からない懐仁親王だけが健やかに育っている。即位して一年あまりが過ぎた今、世直しを続ける気力は萎えてしまった。かつて頼忠は「顧我長年頭似雪　饒君壮歳気如雲」と文を寄こした。老成した頼忠の感慨が今なら分かる。後で惟成から「白氏《はくし》文集《もんじゅう》から取った詩にございます」と教えられたが、老成は実際の年齢とは関わりがない。挑む心が失せた時、人はいつでも老いるのだ。

「やる気に満ちていた一年が嘘のようだ。取り戻せるものなら取り戻したい。しかし弱った心はどうにもならぬ」

「急いてはなりません。まだお心の傷が癒えないだけでございます。時が経てば、必ずや気力が戻り、政に専心できる日が訪れるはずです」

「どうだろう。すべて終わった気がする。確かにまだ若い。しかし何ゆえこれほど憂鬱なのか。高御座にゆったりと控えていればいいことは分かっている。日がな一日、管弦と詩歌《しいか》に遊べばいいことも分かっている。しかしそれができない。そのような慰めは一時だけだ。終われば、それ以上の虚しさに苦しみ喘ぐ。のう、義懐。救ってくれ。そちしかおらぬ。この苦しみからまろを救い出してくれ」

　義懐は身を乗り出し、花山の手を取った。力を込めて握る掌は皺が入り、無骨だった。

「恐れながら申し上げます。忯子さまを亡くされた悲しみは重々承知しております。しかしながら帝はこの世に一人しかおりません。たったお一人なのです。ですからここは耐えていただきたい。帝のお務めは何であるのか。為すべきことは何なのか。この義懐も精一杯に考えます。ですから今一度、気力をお取り戻しになり、親政を志していただきたい。かつての醍醐、村上と続いた輝かしい帝の御代を今一度蘇らせるのです。それこそご自身が今為し得る、いや、今為すべきお務めだと信じております」

真摯な言葉に花山は打たれた。その通りであった。輝かしい帝の御代を復活させること。けれども頭では分かっていても心がついてこない。立ち上がろうにも身体が動かない。だからますます苦しくなる。

「地獄だ」

これは言えなかった。せっかく励ましてくれた義懐を悲しませる。だが、もがいても這い上がれない。徒労と失望に苛まれる。義懐のほかに誰を頼ればいい。

「往生要集」を著した当の本人に会おう。源信である。この苦しみから救われるのなら、こちらから出向いてもかまわない。

「源信とやらはどこにおる」

「叡山の横川《よかわ》か飯室《いいむろ》でしょうか」

「よし。行くぞ。今からでも会いに行く」

義懐は驚いたが、拒まなかった。

「帝がお出ましになるのはたいそうな騒ぎになります。それでも行かれますか」

「かまわぬ。忍んで行くのだ。内裏にはそれらしいことを広めておけ」

「承知いたしました」

義懐は花山の決断が嬉しかったのか笑みを浮かべて頭を下げた。

出立したのは十日あまり過ぎてからだった。源信の所在がつかめるまで日を要した。源信は筑前《ちくぜん》、豊前《ぶぜん》、豊後《ぶんご》と西海道《さいかいどう》へ巡礼に出るため比叡山《ひえいざん》を下り、大津《おおつ》の石山寺《いしやまでら》に滞在していたのである。内裏には気の病を癒すため、密かに石山寺に参籠《さんろう》すると伝えられた。反発はあった。帝が都を離れるとは何事かと。しかし無視した。何をしたところで悪く言われる。であれば好きにさせてもらおう。こういう時、冷泉の血筋が役に立った。「あの父子に理《ことわり》は通じない」と向こうが諦めてくれた。

大津に入ったのは夕刻だった。公の行幸ではないので、供奉人はわずかである。

山門に到着した時、源信は不在と知らされた。既に発った後というのだ。今頃は宇治川《うじがわ》を過ぎ、淀川《よどがわ》を下っているという。帝がわざわざ下向してきたというのに礼を知らぬにもほどがある。花山は輿の中で息巻いた。

「とんだご無礼を致しました。師に代わってお詫び申し上げます」

上段の間に着座すると、早々に参上した僧が謝罪した。僧は厳久《げんきゅう》と名乗った。源信を師と仰いで仏教教学を学び、今は山科《やましな》にある元慶寺《がんぎょうじ》にいるという。見送るため、ここまで来たが、源信が不要な物を残していったので片付けをしていたという。

「帝がお越しになるのは承知いたしておりましたが、今、発たないと遅れてしまうと師が強く申しまして。不肖《ふしょう》ながらこのわたくしがお相手を務めさせていただくことになりましてございます」

「遅れるとな。まろをおいても出て行かねばならん用とは何だ」

「委細は存じませせぬが、もともと半月前には筑前に向かっていなければならなかったようにございます。宋の商人と約束があるとのことでございました」

「宋に渡るのか」

「分かりかねます」

厳久は床板に突いた手と頭《かしら》を上げた。真正面を向いた顔は美しかった。鼻筋が通り、眼は涼やかで額には仏の叡智が詰まっている。少なくとも花山にはそう見えた。若くはない。四十は過ぎている。だが、これまで対してきた僧はいずれも内裏での儀式ばかりを重んじ、それでいてどこか鬱屈した気配があったが、厳久にはそれがない。むしろ晴れ晴れとしている。源信がどれほどの僧か知らぬが、話を聴いてもらうには厳久でもかまわないかもしれない。

花山と厳久が口を開けたのは同時だった。当然、厳久が黙り、花山に譲った。

「かまわぬ。そちが先に申せ」

「では、恐れながら申し上げます。此度、帝がお越しになられたのは、とにもかくにも救いがほしいとのことと伺っております。さぞやお辛いのであろうとお心を推し量るばかりでございます。しかしながら、この厳久、未だ仏には遠く、力不足であることを怖れております」

「前口上はよい。とにかく苦しいのだ。救ってくれ。焦っておる」

厳久がこれまでの経緯を尋ねたので、控えていた義懐が忯子の死や帝を取り巻く内裏の様子などを簡単に告げた。

厳久はしばらく眼を閉じて考えていた。初冬の風が幾つもの灯りを揺らし、居並ぶ人影が壁を泳ぐ。花山は空腹を覚えた。

「率直に申し上げます。極楽浄土へは誰もがたやすく行けるものではございません。たとえ帝と言えども同じにございます」

「無礼な」

義懐が怒鳴ったが、花山がとどめた。

「仏の道に身分の差はございません。卑しき者も高貴な者も、みな凡夫であることを自覚することから始まるのでございます。そして修行を積み、ようやく準備が整うだけでございます」

「つまりまろには準備が足りぬと申すのだな」

「さようにございます」

義懐はまたしても顔を険しくしたが、花山に咎められたのでこらえている。花山は厳久の率直な申し述べに好感を抱いた。極楽に行くのはたやすくない。もっともなことである。修行を積んでいない者が誰でも極楽に行けるのなら寺も僧もいらない。

「では、どうしたらいいのだ」

「それはわたくしがお尋ねしたいところでございます。帝はどうなされたいのでございましょう」

「辛いのだ。苦しいのだ。とにかくここから救ってほしいのだ」

厳久は天井を仰ぎ、左右の欄間《らんま》を交互に眺めている。内裏では見ない彫り物である。桜か楓か分からないが、漆に光る枝が縦横無尽に走っている。宋からの渡来品だろうか。花山は厳久の視線が次にどこに向かうか注意していたが、一度灯りに眼を遣ってからこちらに来た。

「執着をお捨てになることです」

明快な答えだった。これほど的を射た言葉は初めてだ。

「何に対する執着を捨てろというのだ」

「まずは恆子さまへの。そしてこの世のもろもろの事どもに対する執着にございます」

「捨てれば救われるか」

「お誓いいたします」

「では、そちは捨てたのか」

厳久は言葉に詰まった。初めて見せる動揺だった。

「まろに捨てよと求める以上、そちはとうに捨てておるのが道理であろう。どうじゃ」

「捨ててございます。あらゆる一切を」

「であれば、救われるのだな。極楽浄土へはいつでも行けるのだな」

「恐れながら捨てても捨てても、知らず知らずのうちに身に湧き、溜まってしまうのでございます。未だ修行の身であれば、お許しいただくほかありません。仏に遠いと申し上げたのはかような意味でございます」

「なるほどの」

花山は僧を相手に対等に話している自分に驚いた。恆子を失ってからというもの、苦しみに喘いできたが、その苦しみが少しは考える力をもたらしたらしい。

「腹が減った。何か喰わせてくれ」

花山の申し出に厳久はほっとしたように退いた。

翌日は朝粥もそこそこに厳久に挑んだ。といっても、仏の教えを深く学べるわけはない。あくまで疑問をぶつけるだけである。それでも義懐や惟成が相手では味わえない満足があった。

「で、忯子は今頃どこにいるのか」

「極楽浄土におられるはずでございます」

「きのうは誰でも行けるわけではないと申したではないか」

「いかにも申し上げました。しかしながら、衆生は阿弥陀仏の慈悲により、みな等しく浄土に行き、仏になれるのでございます。ましてや忯子さまのように生前、善行を積まれたお人であればなおさらです」

「言うことが分からんな。誰でも行けるわけではないと申したり、誰でも行けると申したり。もっと分かるように言え」

　厳久は血色のいい顔で話し始めた。

「一口に仏の教えと言いましても、それはそれは広うございます。天竺《てんじく》で生まれ、漢で育ち、百済《くだら》を経てこの国に入りましてございます。その間、多くの学僧が思索を深め、さまざまな考えが生まれました。その結果、今や一見相反すると思われるような考えも含め、仏の教えは滔々たる大きな流れになっているのでございます。道を求める者にとりまして日々研鑽《けんさん》を積まねばならぬ所以《ゆえん》でございます。ちなみに難しい理屈を申し上げれば、誰でも等しく成仏できるという考えを浄土門、自らの力によって成し遂げようとする考えを聖道門《しょうどうもん》と呼んでおります。どちらが正しいとか、間違っているとかいうことではありません。どちらに重きを置くかというだけのことでございます」

「それなら誰だって浄土門の方がいいに決まっておろう。だいいち楽でいい」

「帝は正直でいらっしゃる。わたくしも同じ考えでございます。しかしながら、誰でもと言いながら、実はひとりひとり生まれ備わった力が違います。それぞれがそれぞれに応じて修行をする。その結果として浄土への道が開かれるのでございます。十貫の岩を片手で持ち上げられる男が、一貫の石をかろうじて手にできる女子に勝ったと自慢したところで物笑いになるだけでございます。つまり浄土門でありながら、そこには聖道門の役割も求められるのでございます」

「では、もうひとつ訊こう。その門を通って浄土へ行ったとしよう。なぜそれで終わりにしてくれないのだ。せっかく浄土に行きながら、輪廻転生、誰かに、何かに生まれ変わらなくてはならぬとは腑に落ちん。再び現世に生まれてしまっては苦しいばかりであろう。なぜ浄土にとどまることは許されぬのだ」

巌久は椀に入った白湯《さゆ》を飲んだ。木地師《きじし》が作ったばかりらしい木目の鮮やかな椀であった。

花山もつられて飲もうとしたが、既に飲み干しており、さらなる白湯を所望した。

小坊主が盆に載せて運んできた時である。巌久は花山が口を付けるのを待って話し始めた。

「先ほど申し上げましたように、今や仏の教えはさまざまでございます。輪廻を説く考えもあれば、輪廻はないという考えもございます。もともと輪廻は古代天竺にあった考えでございまして、お釈迦さまは『そこから出よ』と説かれたのでございます。出たところが浄土である、悟りであると」

「では、生まれ変わりはないのだな」

「さようでございます。浄土こそ、目指すべき地にございます。そしてまさにそこに到達することを『成仏する』と申すのでございます」

花山は晴れやかな気分になった。怟子の死は自分が原因だと責めてきた。しかし怟子が浄土に行き、いずれ自分も浄土に行けるのであれば、何ほどの問題もないと思えた。

厳久は穏やかに微笑んでいた。己の聡明さに満足し、誇りとしているのが分かる。このような男は内裏にはいない。少なくとも殿上人の間には。

「そちはなぜ出家したのだ」

厳久の顔がわずかに強張った。きのうに続く動揺である。偽りを隠せない男らしい。

「ほかに生きようがなかっただけにございます」

「生きようとな」

「貧しく生まれた者には貧しく生まれた者なりの知恵がございます。それで出家をいたしました」

何が言いたいのだろう。浄土への願いではなく、貧しさが出家の理由というのだろうか。しかし訊き返せなかった。貧しさと言われると、それ以上触れてはいけない気になる。これまでもそうだ。帝の血統に生まれ、貧しさというものを知らない。それに近づき、触れることは避けられてきた。自分の意志ではなく、周囲がそうさせた。「穢れる」からである。

「帝、そろそろ宮中へお帰りになられますよう」

義懐の言葉に厳久は一瞬、不可思議な表情を見せた。不快というほどではないが、確かに歪んだ顔であった。花山の知らない「貧しさ」という一点において義懐と厳久は通じ合っている。花山はそう直感した。それで話が貧しさに傾いた時、義懐が気を利かせて口を挟んだのだ。

「内裏か。ちょうどまろの悪口で盛り上がっている頃だな。よし、乗り込んで蹴散らしてやろう」

厳久は黙っていた。事情を知らぬ者が口出しするべきではないと自制しているのだ。けれども内裏で繰り広げられている生々しい戦いには心が動いたらしい。涼しい顔が引き締まり、一気に知恵が巡り始めたように見えた。

「そちのような僧を初めて見たぞ。覚えておこう」

「もったいないお言葉でございます」

「何のもったいないことがあろう。こんなものでよければ、いくらでもくれてやる」

「帝、お急ぎを」

義懐は花山を促した後で再び厳久に眼を遣った。「身のほど知らずな」と叱責しているように感じ、厳久が少し哀れになった。

四　寛和二（九八六）年

「帝。また観想でございますか」

「邪魔をするでない。日々念じて、少しでも浄土に近づくのだ」

義懐も惟成も苦り切っている。花山が朝から清涼殿の昼の御座で結跏趺坐《けっかふざ》し、眼を閉じて浄土を思っているからだ。厳久と会って以来、浄土への思いは一層強くなった。かつては忯子を失った悲しみから逃れるために漠然と憧れていた。今は違う。浄土で忯子と逢う。その一念でいる。愚かに思われようとかまわない。政で志を実現しようと貴族どもを相手に闘うより、こうして観想に集中している方がはるかにいい。

「恐れながら、きょうこそは公卿仗議にお出ましください。いつまでもお出ましがなくては殿上人への示しがつきませぬ」

「義懐。そちが出よ。連中の言うことには何でも同意してやれ。そもそも顔を出さなかったのは奴らの方だ」

「しかしながら帝は帝にございます。このままではますます……」

「ますます何だ」

「申せません」

「言え。胸にある通りに申してみよ」

義懐は唇を噛み、二度三度と首を横に振った。悔しいのだ。兼家の網がさらに強く細かく張り巡らされ、にもかかわらず、それと対抗できる手立てがないことが。

「政は捨てた。どうとでもなるがいい。世の安寧を顧みず、内裏での出世ばかりを狙う連中に何の用もない」

「そうと分かっておいでなら、なおのこと戦わねばならぬのです」

「戦う？　もう存分に戦ったであろう。そちともどもな。そしてどうなった？　少しは勝てたか？　連中の思惑を挫き、世に明るい光をもたらすことができたのか。おい。惟成。そちの考えはどうだ」

「申し上げます。まことに残念ながら、おっしゃる通りと申し上げるよりほかございません」

「何を言うか」

義懐が惟成に気色ばんだ。年は惟成の方が上だが、遠慮はない。

「結果はそうであっても、それを認めてしまっては、われらの努力を自ら否定することになるぞ」

「帝よりお尋ねがあったので申し上げたまでです」

「義懐。もういいのだ。そちの働きは存分に分かっておる。感謝もしている。しかしな。多勢に無勢ではどうにも歯が立たぬ。政は捨てる。金輪際《こんりんざい》きっぱりとだ。代わりに浄土を目指す」

花山は立ち上がり、義懐の肩に手を掛けた。筋肉が付き、見かけより分厚い。

「馬には乗っておるか」

「はい。二頭ばかり邸につないでおります」

「今度、見せてくれぬか。まろが出向いてもいい」

「それには及びませぬ。今すぐにでも引いて参ります」

「奴らが騒ぐぞ。政を顧みない馬狂いの帝と」

「その通りではありませぬか。馬狂いの浄土狂いにおはします」

「こやつ」

花山が小突こうとすると、義懐は身をかわして微笑んだ。惟成も笑っている。いずれも淋しい笑いだった。

厳久から書状が届いたのは、それからひと月ほど経った五月二十日だった。比叡山横川《よかわ》の首《しゅ》楞厳院《りょうごんいん》で二十五三昧会《にじゅうござんまいえ》が発足するので加わってはどうかというのである。横川は比叡山の三塔のひとつで、首楞厳院はその中堂である。三昧会の発起人は源信という。興を覚えたものの何のことかよく分からず、すぐに惟成を遣って詳しく聞かせた。それによると、三昧会とは往生を遂げることを目的に集まる会衆《えしゅ》のことで、毎月十五日の満月の晩、夜を徹して念仏を唱え続けるのだという。仏の教えの故事から人数は二十五人に決まっているらしい。

惟成は淡々と奏上したが、花山は聞き終わらぬうちから加わるつもりになっていた。義懐は黙っている。

「加わるにはどうすればいいのだ」

「さしあたっては、三昧会結縁衆《けちえんしゅう》の起請文《きしょうもん》に御名を連ねられるだけでよろしいかと」

「よし。すぐに手続きをしてまいれ。こういうことは早い方がいい」

花山は朝からの鬱鬱《うつうつ》とした気分が晴れるのを感じた。

「義懐。そのような顔をするでない。念仏を唱えたからとて、すぐに死ぬわけではないであろう」

「申し訳ありません」

「それとも帝ともあろうものが、そのような下衆と交わってはならぬと申すか」

「決してそのようなつもりはございません。ただ」

「ただ何だ」

「お人が変わられました。忯子さまが身罷《みまか》られてからというもの、帝は堪え性がおなくなりになられました。かつては若年であることなど顧みず、怯《ひる》むことなく関白さまや右大臣さまと対決なされておりました。それが今では浄土、浄土と。もちろん政をお捨てになったことは承知しております。しかしながら、はたしてそれでよろしいものかと」

言われずとも分かっている。花山とて浄土浄土で満たされるとは思っていない。だが、他に何がある。兼家に追い詰められた若年の自分とわずか二人の側近だけで何ができる。もはや現世で為し得ることがないのなら、浄土を希《こいねが》うしかないではないか。

「ちなみに申し上げますと、十五日は」

惟成が場の気配を変えようと高い声を出した。

「十五日は未《ひつじ》の刻（午後一時から三時）に参集し、申《さる》の刻（午後三時から五時）に読経をし、それが終わりましてのちに起請文を読み上げ、酉《とり》の刻の終わり（午後七時）に念仏を始めて翌日の辰《たつ》の刻のはじめ（午前七時）に結願《けちがん》となるとのことでございます。読む経文は十二巻、唱える仏号は二千遍とも聞きましてございます」

「ほう。よほど体力がないと完遂できぬな。老いた僧では身がもたぬであろう」

「お言葉ながら、その最中に臨終を迎えることになりましたのなら、それこそ往生の道とうかがっております」

「では、十日ばかり食断ちしてから臨めば、まろでも死ねるの」

義懐は耐えがたくなったのか、頭を垂れて退出した。

最初の三昧会は翌六月の十五日である。日が近づくにつれ、花山の心は昂ぶった。浄土を願う者だけが集まり、夜を徹して念仏を唱えるのだ。信仰の問題ではない。気迫の問題である。情念によって浄土に迫る。念仏によって浄土を目指す。滑稽に思う者もいるだろう。それこそ「物狂い」であると。しかし花山は老いも若きもそろってこの世を離れようとする烈しさに強く惹かれた。現世にどれほどの未練があろう。欲にまみれた輩がはびこり、保身のためには人を潰す。奴らはその醜さを隠そうとして着飾り、歌を詠む。そして思い付いたように寺社に寄進をして小さな社を建立《こんりゅう》する。現世での繁栄を手放さず、なおかつ来世で浄土に生まれようというのは欲が深すぎるではないか。

花山は気力が蘇るにつれ、公卿仗議へも顔を出すようになった。政に関心が戻ったからではない。顔を見せることは兼家達への抵抗になると考えたからだ。勝ち目はなくとも、せめて奴らが嫌がることをしてやろう。

そう思うと、歌合わせもしたくなった。これまでにないほど大掛かりに催し、自分がまだ健在であることを見せつけてやる。

惟成に命じて日を選ばせ、六月十日と決まった。いつもの面々に加え、敢えて兼家の息子達にも声を掛けた。歌合わせは戦いである。世の舵取りでは力が足りないが、歌詠みにおいては打ち負かす。招いたのは道隆《みちたか》、道兼《みちかね》、道長《みちなが》の三兄弟とその異母兄（弟）の道綱《みちつな》である。

けれども当日、姿を見せたのは、このうち道綱と道長だけだった。あとの二人は「物忌み」と称して来なかった。

歌題《かだい》は春として霞、鶯、桜。夏が時鳥《ほととぎす》、菖蒲《しょうぶ》、蛍。秋は霜、松虫、月。冬は紅葉《もみじ》、時雨、雪などで、さらに祝や恋も加えて計二十番の合わせとした。

「ずいぶんと大掛かりな歌合わせにございますね」

道長が着座するなり、隣の道綱に呟いた。

「帝直々の催しだからな」

花山は聞こえぬふりをしていた。道長は花山より二つ上だが、道綱は確か三十を過ぎている。しかしその愚才ぶりはつとに有名だった。当人もそれを分かっていて、ことさら人並みであろうと努め、それがかえって凡庸ぶりを際立たせた。けれども花山は嫌いではなかった。才覚のある人間のほうがよほど用心がいる。

惟成が進行役を務め、次々に題を割り振っていくが、列席者の反応は芳しくない。前回参加した公任《きんとう》も遠慮している。群を抜く力を持っているだけに右大臣家の子息と歌をぶつけ合うことにためらいがあるのだろう。

夏の歌に移ったところで道綱が手を上げた。一同は驚いた。道綱の歌など話題に上ったことはない。短冊に筆を走らせた様子もなく、公任も心配そうに見守っている。

眼を閉じた。思い付くままに詠じるらしい。けれども分厚い唇が海鼠《なまこ》のように動くだけで声が出ない。

「都びと」

ようやく五文字。しかし次が続かない。

「うむ。都びと。で、どうするな」

花山はからかい半分に道綱を励ました。道長は腹違いとはいえ兄弟であることが恥ずかしいらしく、冠が前に傾くほど俯いている。

　遠くで雷鳴が聞こえた。

　と、何を思ったか、道綱は懐に手を入れ、衣が緩むほどにまさぐった。すぐに見つけてくれればいいものを、この動作さえ時を要した。ようやく紙片を見つけて取り出し、一息つくと悪びれもせずに読み上げた。

「都びと　ねでまつらめや時鳥　いまぞ山辺をなきて過ぐなる」

「おお」

　歓声が上がった。失笑を隠すための讃辞であった。ことさら優れた歌ではないものの、辛うじて体面を保つことができたことに誰もがほっとしたのだ。けれども花山にはそれが耐えがたく、つい皮肉を言った。

「道綱。いつの間にそのような歌を準備しておったのだ。あらかじめ懐に忍ばせておくなぞ、なかなかできることではないぞ」

「このような場に備え、常日頃からいたしておったところにございます」

　笑いが起こった。遠慮のない、それでいて悪意もない笑いである。花山はおもしろくなって追い打ちを掛けた。

「常日頃ということは母上から賜る暇もあったということだな」

「とんでものうございます。わたくしめが、ない知恵を絞って作った歌でございます。この年になって母に頼ることなどあろうはずがございません」

「どうかな。母上は歌の道にかけては知られておるからの」

道綱は顔を真っ赤にして否定した。しかし否定すればするほど認めることになるということに気づいていなかった。

妙な具合で場が和み、祝の題に入った時、道長が落ち着いて朗じた。

「君が代に　あぶくま川の水清み　底にぞ見ゆる　よろづ代のかげ」

判者の惟成はこの歌を「勝」としたが、花山は居心地が悪かった。花山の御代が清らかに続くことなど本気で考えているはずがない。しかもそれを「祝」の歌として詠むとは不敵である。もしかすると、兼家が画策している懐仁親王の即位を念頭に詠んだのかもしれない。そう思うと、道長のしたたかさが恐ろしくなった。けれども一方で、それほど悪意はないのではないかという気もした。帝が誰であれ、その代を讃えるのが摂関家の立場だということを詠んだだけではないか。とすれば、極めて慎み深い歌と言える。

「帝。いかがなされましたか」

道長である。

「そちの歌を味わっていただけだ」

「ありがたき幸せにございます」

「ひとつ訊こう。右大臣兼家はそち達にとってどのような父であるな」

「厳しく、それでいて大らかであります」

「大らかとな。つまらぬことにはこだわらぬと申すか」

「さようでございます」

「けっこうなことだな」

花山は突然父の冷泉を思い出し、悲しくなった。

三昧会の前日である。弘徽殿から清涼殿に上がろうとした朝、呉竹《くれたけ》の植え込みから男が現れ、白砂に両手を突いた。陰陽師の安倍晴明と名乗った。初めて見る。この男が晴明か。長身痩軀の老人だった。烏帽子の下は禿げ上がり、わずかに白い鬢《びん》がほつれている。

侍者達は晴明が狼藉に及ぶのではないかと考え、花山の脇で身構えた。陰陽師の身分では清涼殿に昇ることは許されないが、清明は今にも飛び出しかねない気配である。

「恐れながら申し上げます。あすの三昧会に行ってはなりませぬ。卜したところ、凶のお告げがございました」

花山は馬鹿らしくなり、無視して素通りしようとした。

「お待ちください。凶のご神意は一度や二度ではございませぬ。合わせて五度《いったび》も示されたのでございます。神武《じんむ》天皇の御代から代々神事を司ってこられた家筋の帝が、御自ら念仏などという渡来の集まりにおいでになることに古《いにしえ》の神々が騒いでおるのでございます」

「無礼だぞ。下がっておれ」

侍者が制したが、晴明は引き下がらなかった。

「非礼僭越は重々承知の上にございます。ですが、この晴明、ここは命に代えても帝をお守りせねばなりませぬ。三昧会のことを伺って以来、七日に及んで卜し続けて参りました。身を清め、一睡もせず、食した物は春日《かすが》神社から運ばせた真水ばかり。何としても凶を吉に変えようとの一心からでございました。と申しますのも、三昧会が催される比叡山は都から見て艮《うしとら》（北東)の方角。今年寛和二年、丙戌の年は金神が遊行している最も忌むべき方角に当たり、その方角を犯せば罪なき衆生が殺戮されるのは必定《ひつじょう》だからでございます。それでも凶を吉に転じ、帝のご意志に沿った卦《け》をと、繰り返し卜してきたのでございますが、遂に五度とも凶と相成りましてございます。であれば、これを奏上申し上げるのが陰陽師の務め。そう思い定めて参上した次第でございます」

花山は少なからずたじろいだ。窪んだ眼窩の奥で充血した眼を見開き、下から伺い仰ぐ晴明が幽界からの鬼に見えた。とうに六十を過ぎている。兼家や頼忠よりも年上である。その老人が七日間、水だけを飲んで占い続けたと聞かされては無下にできない。

「では、そのほうの申し出を聞き入れなければどうなる」

「金神七殺《ななさつ》にございます。お身内の七人がご不幸に」

驚いた。しかし既に母はいない。姉もいない。父はとうに不幸である。残るは四人。顔が浮かぶのはせいぜい祖母くらいだ。

「知らぬ間に金神方を犯してしまったらしい。とうに三人は不幸になった。しかし残る身内は四人もいないぞ」

「それでもご不幸に」

「どうあっても脅すつもりか。では、金神以外の神はどうだ。六月の十五という日と艮の方角。ほかに障り、塞がりがあるなら申してみよ」

晴明はいくつもの言葉を思い浮かべながら、飲み込んだようだった。そして肩を震わせ、歯軋りをするように答えた。

「陰陽の道はそこまで傲慢ではございません。それ以上は何も申し上げられないのでございます。ただ、凶事は凶事であり、禍々《まがまが》しい気配であると重ねて奏すだけにございます」

どうかしている。頑迷に自説に拘り、引き下がろうとしない。陰陽師の身分では帝と直に言葉を交わすこと自体許されていないのだ。乱心者と処断し、牢に放り込んでやろうか。愚かさに溜息を吐いた。内裏には陰陽寮があり、歴代の帝はその卦を慮《おもんぱか》って時々の判断を下してきた。それが双方の務めであった。であれば、晴明の直訴をあながち責めてばかりもいられない。言い分はどうあれ、真剣に卜い、真剣に這いつくばっている。

花山は侍者に持たせていた香の壺を取り、晴明に差し出した。晴明は驚きのあまり、呆けたように口を開けている。昇殿《しょうでん》を許されない地下人に帝が直々に褒美を下賜《かし》するなど、あり得ないことだからだ。

「その方の申し立てはよく分かった。下がって休むがよいぞ」

晴明は震える手で香の壺を受け取り、額を白砂に押し付けた。覗いた首の周りに垢まみれの襟が見えた。同時に獣のような不快な臭いが鼻を突き、昼の御座に入ってからも、しばらくは胃のむかつきが消えなかった。

「いかがされるおつもりです」

「無視するまでだ。今からでは方違《かたたが》えも間に合わぬ」

花山は義懐に答えた。

「ひとつ奇妙なことがございます。どうして陰陽師の身分で清涼殿の庭まで入り込めたのでございましょうか」

「なるほどな。と言うことは」

「さようにございます」

兼家の差し金。

「しかしまろが叡山に上ったとて何の不利益があろう。兼家とて極楽往生できるよう叡山に堂《どう》宇《う》を建てておるではないか」

「右大臣さまは帝ではありませぬ。帝は内裏におられるべきもの。その帝が卑賤《ひせん》の僧と席を同じくすることが気に入らないのです。彼の方達にはしきたりがすべてでございますから」

「なるほどの。神意をかざしてまろを封じ込めようということか。だが、そうと分かればますます行きたくなる」

「お気の済むように。お止めしても無駄にございましょう」

「はっはっ。では、奴らに気づかれぬよう闇に紛れて抜け出すとしよう。後で知った時の奴らの顔が眼に浮かぶ」

頼れるのは厳久だった。外で待ち受ける者がいなくては帝と言えども抜け出せない。花山は元慶寺に人を遣って牛車や供奉人を手配させるよう義懐に指示した。

内裏を照らしていた十四日の月も夜が更けるにつれて雲に包まれ、紫宸殿の屋根や築地塀は闇に沈んでいる。清涼殿からでは人目が多いので麗景殿に渡り、女御と戯れる振りをした。

外で人の声がした。見れば裹頭《かしらづつみ》の男が衛門府の武士に守られて膝を突いている。

「お待たせいたしました」

厳久である。

「待ち侘びたぞ」

「しかしながらご翻意を」

「なに？」

「重ねて申し上げます。今一度、ご翻意を」

「今になって何を言う。三昧会には行かせぬと申すか。そもそも誘ったのはそちであろう」

「恐れながら申し上げます。三昧会は出家僧の集まりにございます。たとえ帝と言えども、在俗の御身であられては同じ会衆としてお迎えいたすことはできませぬ」

「何だと」

「ですから、まずはお名前だけの結縁ということに」

「話が違うではないか。浄土を希う者なら誰でも結縁衆になれるはずだ」

「おっしゃる通りにございます。しかしながらそれは出家された場合にございます」

女房や侍女は部屋の隅に肩を寄せ合い、扇の奥で息を潜めている。厳久は落ち着いていたが、花山の声が次第に高くなってきたからだ。

「では、出家せよというのだな。そうすれば三昧会に入れるのだな」

「さようにございます。忯子さまもそれをお望みのはずにございます」

忯子と言われ、心が揺れた。三昧会は浄土に行って忯子に会うためである。その忯子が出家を望んでいるというのだ。

「お覚悟が決まればいつでも参上いたします。浄土への思いがいかばかりであられるのか、ごゆっくりお考えいただきとう存じます。今夜はひとまずこれにて」

花山が声を掛ける間もなく、厳久は武士に囲まれて立ち去った。

部屋に控える女達を眺めながら自分が惨めでならなかった。行けぬのならなぜ始めからそうと言わぬ。これでは内裏脱出を試みたという企てだけが残ってしまう。奴らを嗤おうとして嗤われるのはこちらではないか。が、同時に帝の地位はあくまで俗界のものであり、そこに留まる限り、浄土を願う資格すら与えられないことを思い知った。考えてみれば当たり前のことであった。だからこそ歴代の帝は退位後に出家して法皇となり、己の死に備えたのだ。在俗か出家か。この厳しい選択を避けて浄土転生はあり得ない。

清涼殿に戻ると、義懐が驚いた顔で出迎えた。とうに内裏を抜け出したと思っていたからである。しかし経緯を聞くと険しい顔になった。

「ここは慎重にお考えくださ い。三昧会にお出でになることと、ご出家なさることとは天と地ほどの差がございます。忯子さまの願いと聞かされて動揺なさるのは分かりますが、ご出家されればすべてを捨てることになります」

「分かっておる。しかし、捨てろというのが厳久の教えだ。いや、それこそ仏の道だろう」

「帝。忯子さまはもうこの世にはおられないのです。その忯子さまの願いをいったい誰が知るというのです。あの僧とて現世にいる限り、忯子さまとは会っていないはずでございましょう」

「そちには分かるまい。厳久は情が分かる男だ。まろの苦しさを十二分に理解してくれている。その上で出家を勧めているのだ」

義懐は深い溜息を吐いた。花山が厳久に靡き、義懐に耳を貸そうとしないことが淋しいのだろう。しかし此岸のことで義懐を信頼できても、彼岸のことでは僧を頼るのが道理である。花山はこれ以来、義懐と話をするのが億劫になった。同志として戦い、苦労を共にしてきただけに話を突き詰めて溝が深まるのが恐かった。

三昧会の晩は満月が皓々《こうこう》と輝いた。花山は紫宸殿まで歩み、階《きざはし》から一人虚しく見上げた。なぜ帝の血筋に生まれたのだろう。壮麗な寝殿に住み、喰うにも遊ぶにも不足はない。しかし満たされぬ。我が国随一の贅の極みにいながら飢えている。この苦しみは何だ。若さ故ではない。その証に同じ年頃の貴族の子息どもはみな楽しそうに暮らしている。奴らは位階が上がり、出世できれば満足なのだ。しかし自分は違う。帝である。これ以上の頂点はない。十九歳にして既に頂点に立っている男にとって、戦い、勝ち取らねばならぬものなどとうにない。兼家は憎い。だが、兼家との戦いは、せいぜい帝の地位を追われないようにするための保身でしかない。もっと気高いもの、輝かしく、美しいもの。この身に代えても手に入れたいのはそうしたものだ。かつて老成した頼忠の心境を理解したと思ったことがあった。けれども今は錯覚だったと思い知る。

その時、花山は慄然として己の道を悟った。世を捨てる。歴代の帝のように法皇となって己の死に備えるためではない。しがらみばかりの俗世を捨てて純粋無欠に生きるためだ。浄土はその後で当然の如く手に入るだろう。

花山は義懐と惟成を遠ざけ、密かに厳久と文を交わした。出家への思いをつづり、いつでも覚悟はできていると繰り返し書き送った。が、厳久は歓迎してくれるどころかなお慎重にと諫《いさ》めるようになった。義懐の意向が働いているのではないかと訝《いぶか》ったほどである。けれども出家僧の厳久から、再考を促されれば促されるほど花山の決意は固く、揺るぎないものになった。

そして二十二日の宵、花山の決意が頂点に達したところで厳久から「今夜、ご出家を」と短い文が届けられた。花山は驚喜した。いよいよこの日が来た。遂に厳久も受け入れてくれた。

夕餉もそこそこに再び紫宸殿に赴き、さらに歩いて大極殿まで行ってみた。従えるのは三人の屈強な随身だけである。沓も脱がずに上がり、高御座《たかみくら》の前に立った。随身は花山のただならぬ気配に灯りをかざすだけである。

今夜を限りにこの高御座とも訣別する。きらびやかに飾られた牢獄。政と称する見えない神のために人身御供《ひとみごくう》にされる麗しき玉座。花山の眼には灯りに照らされる高御座が炎に包まれ、燃え上がっているように見えた。そしてどうせなら、今この場で火を放ってもかまわないとさえ思った。

額に汗が滲んだ。大極殿の高御座に帝が自ら放火する。この妄想の怖ろしさに身が震え、その美しさに卒倒しそうになった。

「楽しいのう。どうじゃ。楽しかろう」

父の声だ。この身体には狂帝冷泉の血が紛れもなく流れている。熱く滾《たぎ》る奔放な血だ。花山はなぜか嬉しくなった。これまでは父と同じように自分もいずれ狂うのではないかと恐れていた。しかし今は違う。狂ってやる。もっともっと狂ってやる。出家すればそれを存分に実現できる。もはや冷泉の血は呪いではなく、誇りとなった。

夜の大殿に籠もった後で思い付いたように承香殿に行き、提子の褥に潜り込んだ。女御の部屋に護衛は来ない。迎えを忍び入れるにはここしかない。

提子は頼忠の娘であった。温もりに触れるのは何ヶ月ぶりだろう。提子ははじめ驚いていたが、やがて力が抜け、身を任せるようになった。けれども花山が途中で止め、褥の上に半身を起こしたので怯えたように尋ねた。

「いかがなされましたか。やはりわたくしではお相手になりませぬか」

「そうではない。とりわけ今夜は」

「分かりませぬ。どうしたらよいのか。ようやくお越しになったにもかかわらず、そのようにつれなくなされては」

その先は言葉にならなかった。

花山は哀れに思い、力を込めて抱き寄せた。提子に罪はない。責められるべきは籠の鳥にした頼忠だろう。

首筋は温かく、唇で触れるとますます熱を帯びてくる。

「さらばだ。達者で暮らすがよい」

提子は後宮を追放されたと受け止め、辛そうに唇を噛んだ。

「思い違いをするでない。出て行くのはまろだ。今夜限りでな」

「まさか。いったいどちらへ」

「いずれ知れる。そなたも籠から飛び立つがよかろう。これまで淋しい思いをさせてすまなかった。悪く思うな」

抱きついてきたのは諟子だった。

「もったいのうございます。そのようなお言葉はわたくしのような者にはもったいのうございます」

花山も力の限り抱きしめた。白粉の香りがひときわ甘く、舌先に小さな耳が柔らかに逆らった。

声がした。いよいよである。

花山は諟子から離れて立ち上がり、開けておいた蔀を潜った。来ていたのは道兼であった。三兄弟の二番目である。

「いかがした。なにゆえそちが来た」

「帝のご決意を聞き、わたくしもお供することにいたしました」

「お供とな」

「帝と共に髪を落とします。さ、お急ぎを」

突然のことに戸惑ったが、ぐずぐずしている暇はなく、狩衣の袴をたくし上げて外に降り立った。後ろで諟子の忍び泣く声がした。足が止まりかけたが、振り返らなかった。

空は晴れ、月明かりは青く冴えていた。弘徽殿を右手に北へ進む。下から弘徽殿を見上げたのは初めてだ。ここで忯子を愛おしんだ。それさえ捨てる。車や輿に乗らず、自分の足で玉砂利を踏みしめるのは心地よかった。一歩ごとに腿に力が入り、前へ前へと身体を運ぶ。歩くことがこれほど楽しいとは思わなかった。

玄輝門《げんきもん》に近づくと、仗兵《じょうへい》が脇の潜り戸を開けて待っていた。脱け出ようとする者には帝と言えども門は開かれないらしい。屈辱を覚え、立ち止まった。

「いかがされましたか」

「最後くらい門を開けてはどうだ」

「何をおっしゃいます。そのような暇はございません。とにかく外へ」

花山は初めて振り返った。眼の前は貞観殿《じょうがんでん》と登花殿《とうかでん》が聳《そび》え、その向こうに承香殿から紫宸殿に連なる大屋根がわずかに見える。

捨ててやる。二度とここへは戻らない。内裏の外で、内裏以上の、内裏では決して得られない何かを必ず手にしてみせる。

「外に輿が待たせてあります」

「急かすでない。そちも出家をするならきちんと見届けておけ」

道兼は顔を伏せたまま花山の背中を押した。


元慶寺に着いたのは深夜だった。子《ね》の刻は過ぎているだろう。どうしたことか厳久の姿は見当たらない。

輿から降りて本堂に上がると、本尊の阿弥陀仏の前に白木《しらき》の台や湯桶が用意されていた。剃髪の準備である。香が薫《た》かれ、煙いくらいだ。到着が早かったのか、大急ぎで灯台が運ばれ、次々に火が灯された。動いているのは下働きの若僧ばかりである。

「どうすればいいのだ」

花山には万事が不案内であった。どこに座るべきやら、本尊にどう対してよいやら見当がつかない。不慣れな客人というより、場違いなところへ紛れ込んだ子供のようだ。

「おい。どうすればよいのだ」

ぞんざいな口を利く花山に若僧達は怯え、頭を下げて通り過ぎるだけだった。

花山はやむなく本尊の前に腰を下ろし、脚を組んだ。見上げると、仏の唇は厚く、小さな髭も付けている。両眼は細く開かれているが、どこを見ているか分からない。額と螺髪《らほつ》は天蓋の中で闇に埋もれ、おおよその輪郭が窺えるだけである。この仏が救ってくれるのか。

花山は烏帽子を取り、狩衣も脱ごうとした。けれども座ったままでは結び紐が邪魔で思うように動けず、胸元から破り裂いた。乱暴な振る舞いに若僧がうろたえたが、身軽になって初めて阿弥陀仏と対することができた。

「忯子はどこにいる。まことにそちらに行ったのか」

初めて浮かんだ言葉がこれだった。己が救われることより、忯子が気がかりだった。もちろん声には出さない。

「どうした。なぜ黙っている。まろは帝を捨てた。浄土のため、忯子と会うためにだ。今さら引き返すことはできない。どうあってもそなたに力を発揮してもらうぞ」

暗さに慣れてきたのか、本尊の眼差しを捉えることができた。何とこちらを見ていた。淡々と冷たく、無礼なくらいだ。

「ひどい目付きだな。疑っている。訝っている。そもそも何しにやってきたのだと言いたげだ。よいか。頂点にいた男がすべてを捨ててやってきたのだ。この覚悟は受け止めろ」

「お待たせをいたしました」

驚いた。厳久だった。

「準備が整うてございます」

山吹色《やまぶきいろ》の袈裟《けさ》を着け、これまでにない風格がある。

「出迎えもせず、どこへ行っておったのだ」

「申し訳ございませぬ。ご覧のように手狭な寺でございますゆえ、帝をお迎えするにも何かと手間が掛かりまして」

厳久は澄んだ瞳に灯火を映しながら答えた。

「では、さっそく御髪を」

この言葉に控えていた若僧達が花山を取り囲み、湯に浸した布を頭に載せた。絞りが弱く、背中と胸元へ滴が幾筋も流れる。髪が蒸されて柔らかくなったところへ、厳久が息を詰めて剃刀を当てた。額から頭頂へと手際よく削いでいく。

花山は眼を閉じた。捨てるのはまず髪からであると実感した。

読経が聞こえる。何を言っているのか分からない。しかし澄んだ若い声が清々しく、俗界から出ようとしている自分を讃えてくれているようだった。

剃刀の動きは滑らかで迷いがなかった。刃先が鈍くなれば香油を塗り、その油が微かに傷ついた頭皮に沁み込んでいく。

剃髪を終えたのと経が終わったのはほぼ同時だった。生まれ変わった気分で眼を開けると、深夜の本堂に鈴《りん》の音が響いた。

身体を清めるため、湯殿《ゆどの》に向かう。湯垢と黒黴《くろかび》が浮いた薄汚い板間であった。ここばかりは帝のために優雅に設える余裕はなかったらしい。丈の低い灯台が壁に掛けられると、一斉に羽虫が集まってきた。

薄い湯衣の上から水を浴びた。冷たさに身震いしたが、声を出すのは気が引けた。もはや帝ではない。一介の出家僧である。僧として堂々としていなければならない。

初めて頭に手を遣った。髪はおろか、ちくりとも逆らわない。捨てたのは内裏や帝の地位ばかりではなく、これまでの俗人としての人生であった。

僧衣に着替えて本堂に戻ると、厳久が合掌して出迎えてくれた。経文のようなものを唱えたようだったが、よく聞こえなかった。

「さっぱりしたぞ。僧衣も軽くて気に入った」

「それは結構にございます」

「道兼はどうした。剃髪は済ませたのか」

「とうに出て行かれました。右大臣さまのところに向かわれるとかいうことで」

「兼家のところだと？　今さら何の用だ」

「お父上にご挨拶かと」

「出家する者が挨拶などしては気が迷う。厳久、止《と》めるべきであったな」

「申しわけございませぬ」

厳久は頭を下げたが、身体はそれほど曲げず、手も突かなかった。

「まあ、よい。ほどなくして戻るだろう。夜明けまでに髪を落とさなければならぬという法もないからな。それより、何か喰わせろ。腹が減った」

「ここは素《そ》としたただの寺にございます。お口に合うものがございますかどうか」

「何でもよいのだ。日頃、そち達が食しているものを出してくれ。慣れておかねばならないかな」

厳久は頭を垂れ、厨《くりや》に向かおうと部屋を出た。

粥を思い浮かべただけで腹が鳴った。出家した直後に飯を食うのは前代未聞だろう。が、厳久は受け入れた。帝だからである。剃髪した直後では、まだ修行僧として扱えないらしい。

再び腹が鳴った時、遠くで声がした。喚いている。興奮した声である。ひっそりとした夜更けの寺で獣のようだ。

「厳久。厳久はおらぬか」

道兼だ。今頃戻ってきたのか。しかし様子がおかしい。剃髪のために呼んでいるとは思えない。

「神璽《しんじ》と宝剣は運び終えたぞ。お前の働きがあればこそだ」

耳を疑った。どういうことだ。神璽と宝剣を運び終えたとは。しかもお前の働きとは。

花山は立ち上がり、力任せに戸を開けた。

すぐ近くまで来ていた道兼は凍り付いた。闇の中でもはっきり分かる。花山が本堂に残っていたとは思わなかったらしい。しかも初めて見る花山の坊主顔に両眼を見開いて立ち竦んでいる。その向こうにも灯りがあった。中庭を囲むように曲がった外廊の奥だ。眼を凝らすと、角盆を頂いた僧と並んで厳久が険しい顔で立っている。どちらに先に声を掛けようか一瞬迷ったが、道兼が動いたので怒鳴りつけた。

「どこへ行っていたのだ。早く髪を落とさぬか」

「いえ、それは」

「迷うでない。共に髪を落とすと言ったであろう」

道兼はその場にひざまずき、両手を付いた。

「申し上げます。とうにそのつもりでおりましたが、父上の許しが得られず、今夜ばかりは何とぞ」

「たわけ。今さら嫌というならこの手で剃ってやる」

烏帽子をつかみ、顎紐を引きちぎろうとした時、厳久が駆け寄り、間に入った。

「恐れながら事は済んだのでございます。帝はご出家なされ、神璽は移りましてございます。ここは平らかにお受け止めを」

衝撃に力が抜けた。厳久を眺めながら二三歩下がった。燭を持った手をだらりと垂らし、その黄色い炎が端整な顔を下から冷たく照らしている。見れば、突然の騒動に寺の僧から下働きの男まで遠巻きにこちらを眺めている。

花山はおよそのところを理解した。謀られた。途中で花山の気が変わらぬよう道兼が「供をする」と偽り、内裏の外へ連れ出した。道兼はそれを見届けてから内裏に戻り、神璽と宝剣を懐仁親王のところへ運んだのだ。新帝の即位に備えて。

悔しさと怒りに身震いした。醜い輩はどこまでも醜い。

「よく分かった。帝位はくれてやる。神璽も宝剣も未練はない。だが、厳久。お前に訊きたい。お前も兼家の手先だったのか」

厳久は動揺を隠すように視線を足元に落とした。剃髪に使った湯が床にこぼれ、足袋を濡らしたらしい。が、すぐに息を吐くと、落ち着いて言った。

「盗人でもあるまいに手先とは、あまりのお言葉にございます。わたくしは仏に仕えるものとして右大臣さまやご子息さまと親しくさせていただいているだけでございます」

「何だと?」

「怒りは貪《むさぼ》りや迷いとともに三毒《さんどく》のひとつにございます。出家なされた以上、仏の教えとして肝に銘じていただきとうございます」

花山は全身が戦慄《わなな》くのを必死にこらえた。道兼はどうでもいい。兼家もどうでもいい。しかし厳久。お前だけは信じてきた。お前の教説に信をおけばこそ出家したのだ。それが兼家の意を受けてたぶらかしていたとは。出家は悔いていない。しかしその道筋を穢された。

「貪りと申したな。お前は何も貪っていないと申すか」

「お言葉ながら、それについては以前にもお伝えしたはずでございます。未だ仏には遠い身であると」

「仏に遠いお前が何ゆえにまろの髪を剃り落とした」

「罪障《ざいしょう》消滅のためにございます。わたくし自身の」

「ひとの髪を剃ってお前が浄められるのか」

「自分はすでに剃髪の身なれば、ひとさまの髪を落とすよりほかに仕方がありません」

「口の減らぬ奴だ。もっともらしい理屈ばかりぬかしおって」

「それもまた仏の道のひとつにございます」

花山は憤怒のあまり、己の歯を嚙み砕きそうになった。

# 第四章　死と生

## 一　寛和三・永延《えいえん》元（九八七）年

翌檜《あすなろ》の香りが風に運ばれてくる。檜《ひのき》より臭味が強く、嫌う人も多いと聞く。だが、厳久《げんきゅう》にはその臭味が心地よかった。どれほど足掻いても檜になれない樹の泥臭さであり、宿命であると感じるからだ。

兼家《かねいえ》の仮住まいもそろそろ終わりだろう。あとふた月もすれば焼けた東三条院の邸が完成する。百年ほど前の良房《よしふさ》の代に建てられた邸がほぼそのままの形で蘇るのだ。厳久は摂関家の力の大きさに今さらながら眩暈を覚えた。比べるつもりはない。自分は下級官吏の家に生まれ、父が殺されたのを境に出家した。母も後を追い、食べていけなくなったからである。それでも何とか生きてきた。今年で四十四歳。手にした職は元慶寺《がんぎょうじ》の阿闍梨《あじゃり》。僧正《そうじょう》や僧都《そうず》には及ばない末端の僧官《そうかん》だ。しかし満足している。貴族の家柄でなければ僧正や僧都になるのは難しい。職があるだけ感謝しなければならない。この地位とて世に仕えてきた褒美としてようやく授かった。苦労したとは言うまい。仏の道を究めることが眼目であれば、出世など非道だからだ。そう考えてきた。少なくとも三十になるまでは。だが、年を重ねるにつれて揺れが生じた。信仰にではない。人の世の、あるいは人の生の入り組んだ形に対してだ。

そろそろ出番らしい。兼家の仮邸で開かれた法華八講会《ほっけはっこうえ》に講師として列席している。今夕は四日あるうちの二日目。割り当てられた法華経を読まなければならない。

翌檜の匂いをたっぷりと吸い込むと、頭の芯が冴えてきた。臭味こそ己を目覚めさせ、奮い立たせる。

立ち上がって前に進み、いったん一同に向かって着座した。袈裟の緩みを整えてさりげなく見回す。一番右手前に摂政となった兼家、続いて息子である権大納言の道隆《みちたか》、権中納言の道兼《みちかね》、左少将《さしょうしょう》道長《みちなが》の三兄弟。左側には兼家の娘で一条帝の母、詮子《せんし》皇太后がいる。堂童子《どうどうじ》が祭壇の周りを歩き、花籠《けこ》から花を撒いた。蓮と菖蒲。厳久の好みに合わせた。

再び礼をし、くるりと背を向けて祭壇に向き合った。

鈴を鳴らし、読経を始める。声を出すのは心地よい。身体の毒が抜けていくようだ。半ばまで読み進めた時である。背後で気配がした。言い争っているらしい。次第に声が大きくなり、遂には怒鳴り声になった。

「放っておいてもらいましょう。そこまで兄上に言われる筋合いはない」

「慎め。法会の席だぞ」

「先に持ち出したのは兄上ではありませぬか。わたしがどこの女房と逢おうと関わりはないはずです」

厳久は読経の声を強め、背後の礼儀知らずどもを窘《たしな》めた。道隆と道兼である。父兼家は黙っている。その方面では内裏随一と評判の兼家にどれほどの言葉もないのだろう。

続いて戸が乱暴に閉められる音がした。道兼が出て行ったらしい。列席の一同から溜息と囁き声が漏れた。

数珠を鳴らし、続く経文に移ろうとしてはっとした。読むべき言葉を飛ばしてしまった。しかも大幅に。このまま進んではすぐに終わってしまう。気を散じたためとはいえ、今までにない失態だ。

厳久は声の調子を落とし、どうしたものかと思案した。どうせ誰も気がつかない。知らぬ顔をして終わらせてしまおうか。退屈な読経など早く終わったほうがいいに決まっている。万一、気づかれたとしても「兄弟喧嘩で機嫌を損ねたのだ」と解してくれるだろう。

「汝等既已知　諸仏世之師　随宜方便事　無復諸疑惑　心生大歓喜　自知当作仏」

最後の言葉をゆっくりと伸ばし、頭を垂れて経を閉じた。

「自らまさに仏と作《な》るべしと知れ」

終わりの五文字に込められた訴えに一瞬、我が身を恥じたが、すぐに平静に戻り、席に帰った。

法会が終わり、酒宴となった。詮子皇太后は仕えの女房達に囲まれて早々に引き上げた。公の場で酒を飲むのは憚られ、厳久も帰ろうとしたが、兼家に引き止められ、珍しい草苺《くさいちご》の絵が描かれた屏風の前に並んで座らされた。

「見苦しいところを見せてしまったな。早く忘れてくれ」

既に酒臭い。法会の前から飲んでいたようだ。

「はて何のことでございましょうか。見苦しいとは」

「とぼけなくともよい。馬鹿息子の狼藉だ」

「よくあることでございます」

「よくあることだと？　法要の場での兄弟喧嘩がか。まことお前はそつのない坊主だ」

兼家はそう言って酒を呷ると、少し身体が揺れた。酒豪と評判だったが、年を取って酔いやすくなったらしい。

「お若ければいろいろとありましょう。どの場であろうと揉める時は揉めるものです」

「ふっ。つまらぬ答えだ。いろいろあるのは若いからではないだろう。それはお前も知っているはずだ」

兼家は下から窺うように言った。かつて兼家に言われたことがある。お前ほど麗しい顔立ちの男が坊主でいるのはもったいない。舞人にでもなればあちこちから声が掛かると。兼家の色好みは知られているが、男色の噂は聞いていない。けれどもあの時、兼家はたしかにそうしたものとして自分を見ていたのだ。十年以上も前、兼家が延暦寺《えんりゃくじ》に恵心院《えしんいん》を建立した際の法要の場であった。当時、自分は三十半ばであり、見栄えの衰えに気づき始めた頃である。にもかかわらず、何憚ることなくそうしたことを口にする兼家を嫌悪したのを覚えている。

「出家の身が目指すのはただ一点にございます。それ以外に心は向きません」

「またその話か。どうせ浄土と言うのだろう。だが、生まれもった器量を活かさずに浄土へ行っては罰《ばち》が当たるぞ。それともあの世で天女を喜ばそうという魂胆か」

侍女が酒を注ぎに来たのを潮に厳久は話題を変えた。

「時に一条帝はおいくつになられましたか」

「ようやく八つだ。ついこの前までろくろくしゃべれんかったくせに、爺、爺と生意気になってな。それがまた愛らしい」

「それはそれは眼に浮かぶようでございます」

「帝であり、我が孫でもあるとは、かくも幸せなものかと初めて知った。わしなぞいつ死んでもかまわぬわ。その時は間違いなく浄土へ送ってくれ」

「何と言われます。兼家さまは摂政として帝をお守りするお立場。まだまだ存分にお仕事をなさらなくてはなりません」

兼家は嬉しそうに笑ったが、急に不機嫌な顔になってつぶやいた。

「おい。あいつはどうしておる。このところまったく見かけぬが」

「誰のことでございましょう」

「花山《かざん》だ。物狂いの子よ」

厳久は言葉に詰まり、茶碗に手を伸ばした。けれども白湯は残っておらず、持ち上げかけたところで漆塗りの盃台に置き直した。

「聞くところによりますと、叡山に」

「延暦寺か。山に籠もって修行でもしておるのか」

「そのようで」

厳久は短く答えた。花山のことには触れたくなかった。出家からそろそろ一年になる。出家させたのは兼家の意を受けてのことだ。忯子《しし》の死につけ込んで無常心《ごころ》を煽り、三昧会に誘いながらも乗ってきたところを断った。焦燥感を募らせ、出家の意志を固くさせるためだ。案の定、その後で出家の誘いを仕掛けると、迷わず出奔してくれた。

「あの山ならどれほど狂ってもかまわぬな。いっそ親父の冷泉《れいぜい》ともども籠もればよい」

「お言葉ながら、叡山は天台密教の総本山にございます。そのような方達が暴れるためにはございません」

「はっはっ。表向きはな。だが、とうに知れておる。山中は乱れに乱れているとな。相変わらず争いが続いているらしいではないか」

円仁《えんにん》派と円珍《えんちん》派の抗争を言っている。天台座主の人選を巡り、対立が続いているのだ。

「叡山と言いましても広うございます。精進に励む僧は大勢おります」

「分かっておる。だが、広い分、なまくらな奴らも潜り込んでおるということだ」

兼家は意地悪く眼を光らせて言った。

久しぶりに花山の話を持ち出され、小さな動揺が続いた。古い棘に触《さわ》られ、周囲の肉が疼き始めたらしい。

「この世の酒もそろそろ飽いてきたの。美味いものばかり飲み食いしすぎたようだ」

兼家の独り言を聞き流しながら、厳久は花山の様子を知りたくなった。


元慶寺に戻ると、墨を摺った。花山宛てに文をしたためるためだ。詫びるつもりはない。花山の出家は兼家の利得にとどまらず、世のためにもなったからだ。後ろ盾のない若い帝がいつまでも内裏にいたのでは政は動かない。世を治めるには内裏全般に睨みが利く兼家ほどの力量が必要である。

では、何を書こうというのか。出家した以上、我が身と同じである。浄土を観想するもよし、抖擻《とそう》の行に挑むのもいい。今さら取りたてて用もない。

墨を摺る手を止め、開け放たれた丸窓を眺めた。月は出ていない。庭木も石も闇に沈んでいる。その闇の奥から明かりを求めて羽虫が入ってくる。虫にとっても無明《むみょう》の闇は耐えがたいらしい。であれば、この虫どもは仏の知恵を求めていることになる。何とも尊い求道心ではないか。

けれども文机の上をおろおろ歩く蜉蝣《かげろう》を見て、尊さは消し飛んだ。翅《はね》が大きすぎて細い身体では支えられない。風に任せて飛んでいるので、いざ自分の脚で歩くとなるとよろめいてしまう。

筆先に墨を含ませてから蜉蝣の翅に当てた。見る間に墨が伝《つた》い流れ、透き通った翅が黒く染まった。墨は翅脈《しみゃく》を飲み込んで厚く膨らみ、その重みで立っていた翅は横倒しになった。細い身体が喘いでいる。空《くう》を掻く華奢な脚。毒針のように伸びた二本の尾毛。内裏の女房達に訊いてみたい。この虫のどこが儚《はかな》いというのか。生まれて死ぬのは生きものすべてのさだめである。にもかかわらず、この虫にばかり儚さを見るのは情緒に過ぎた無明と言える。弱々しさを気取り、弱々しさを見せつけ、弱々しさの中で死んでいく。そのすべては世の同情を惹こうとする策ではないか。

筆先を蜉蝣の頭に運んだ。黒い滴《しずく》がゆるゆると丸くなる。飛んでみろ。濡れた翅を広げ、墨を散らしてあの明かりまで。できぬなら、せめて嚙み付いてみろ。溺れる前に。

その時、ぽたりと滴が落ちた。頭は埋もれ、脚は折れて机に張り付いた。

厳久は筆を置き、合掌した。殺生戒《せっしょうかい》を破った。今に始まったことではない。何度も何度も破っている。その度に合掌して詫びている。けれどもこの残忍な快楽だけは止められない。これに比べれば不淫戒《ふいんかい》など守るのはたやすい。

そうだ。自分は花山に惹かれている。美しい顔立ちではない。眉の濃い獣のような顔だ。しかしあの獰猛な、愚かなまでに直情な物言いがいい。迷いを迷いとして見せることを恥じない奔放さがいい。だから内裏を追い出した。あの荒ぶる血は有職故実を重んじる宮中にいてはいけないのだ。内裏にとどまる限り、不穏の元凶となり、それを避けようとすれば花山自身は鬱結《うっけつ》する。

対極であった。精緻さと美しさを持った我が身とは。だが、嫌悪しつつ惹かれている。出家するよう仕向けたのは、兼家に取り入り、阿闍梨という貧しい褒美をもらうためだけでは断じてなかった。仏の心に照らして花山を救い、より生かそうとするためであった。花山に告げても分かるまい。憎悪が理解を阻むだろう。であれば、なおのこと文を書こう。瞋恚《しんい》の炎《ほむら》に油を注ぎ、炎熱地獄の苦しみを味わってもらおう。人を知らずして解脱はない。

引き戸を開け、階《きざはし》を下りようとして前のめりに転げ落ちた。突いた掌から泥が顔に跳ね、四つん這いになった背中には雨が激しく打ちつけてくる。

花山は捻《ねじ》った手首の痛みをこらえながら二三歩這い進み、泥の泡に眼を落とした。

「見えぬ。まだ何も見えてこぬ。浄土も仏も」

剃り上げた頭から滴が落ち、泥濘《ぬかるみ》に沈んだ手の甲に跳ねて消えた。

眩暈がした。朝粥を口にして以来、水も飲んでいない。終日、三昧堂に籠もり、ひたすら念仏に打ち込んでいる。独行に入ってきょうで二十日目。喉の奥は腫れて熱を帯び、足は浮腫《むく》んで膝の裏側がひどく痛い。

「大丈夫でございますか」

義懐《よしちか》が血相を変えて駆け寄ってきた。向こうの食堂《じきどう》でいつ出てくるかと待ち構えていたらしい。

「無理をなさりすぎです」

声には出さない。しかしそう思っているはずである。そろって叡山に入ったのは去年の秋だ。それ以来義懐は花山のあまりの行の激しさに何度も中断するよう訴えてきた。けれども花山が一向に耳を貸さないので最近では口にするのを諦めている。

「何ゆえ、それほどまでご自分を虐《いじ》められますのか」

訊かれた時は分からなかった。ただがむしゃらにやりたい。身体が壊れるまでやり抜きたい。その一心だった。が、今は分かる。打ち砕くためである。怨みと憎悪を。

正座して空を仰いだ。雨が顔に当たり、火照った身体に気持ちいい。

「よう降るな」

「さ、お手を」

義懐もみるみる濡れてきた。

「これだけ降ると、百姓は苦しむな。田畑の作物がことごとく流されてしまう」

「日照りよりよいかもしれませぬ」

「下界も山も難儀なものだ」

義懐に支えられて立ち上がった時である。世話役の若僧が泥しぶきを上げて駆けてきた。

「たいへんでございます。またしても奴らが」

「押しかけてきたのか」

「地蔵堂を打ち壊しております」

「くそどもが」

花山はふらつく足を動かし、若僧の後に続いた。

横川《よかわ》の杉林を抜け、講堂の水場を西に下ると、激しい罵声が聞こえてきた。円仁派の門徒が大挙して押しかけ、円珍派が建てた地蔵堂に襲いかかっている。

「やめぬか。地獄へ堕ちるぞ」

聞こえるはずがなかった。抵抗する円珍派の怒声に雨音も混じる。そもそも花山のことを悪僧達は知らない。屋根に上がって板を剝がす者もいれば、槌で柱を打ち倒そうとする者もいる。

花山は若僧に銅鑼《どら》を運ばせ、力の限りに連打した。

深い響きに動きが止まり、双方が顔を上げた。

「愚か者が。せっかくの地蔵堂をどうしようというのだ」

花山が恫喝すると、屋根に上がっていた悪僧の一人が剝がした板を投げつけた。板は回転しながら花山の頭上を過ぎ、杉の幹に当たって割れ落ちた。

「誰かと思えば小僧じゃないか。小僧に用はねえ。小便して寝ちまいな」

義懐が飛び出しそうになったが、花山が叫んだ。

「いかにも小僧だ。しかしそれではそちはただのおじじであろう」

笑いが起こった。内裏言葉に馴染みがなく、喧嘩にならないからだ。

屋根の悪僧が飛び降りて花山の前に立った。上背があり、肉付きもいい。わざと破れた僧衣を纏い、腕の入れ墨をさらしている。が、花山は怯《ひる》まなかった。

「壊した分を直して帰れ」

「何だと」

太い腕で胸を突かれ、花山はあっさり尻をついた。

「帝。大丈夫でございますか」

「帝だと？　笑わせるな」

悪僧がうずくまった花山に近づいたので義懐は懐剣を抜き、僧の脇腹に突き立てた。

「それ以上近寄ると容赦はせぬぞ」

「叡山で殺生はご法度《はっと》だ。しかも僧殺しは大罪よ。できるものならやってみろ」

義懐は一息に刺し、抜くと同時に僧を蹴倒した。僧は驚いて口を開け、脇腹も押さえずに後ろ手を突いている。

「殺せば大罪。刺すのは説教。よく覚えておけ」

刺された僧はようやく痛みを感じたのか青白い顔を歪め、仲間に抱えられて去っていった。

「お食事にございます」

若僧が花山と義懐が暮らす小子房《しょうしぼう》に届けてくれた。苦行に疲れた花山は食欲がなかったが、夕食を取らなくては修行が続けられなくなると思い、起き上がって戸口に向かった。

「おかげさまできょうは助かりました。あのような僧がはびこっては叡山も終わりでございます」

　花山は無言で応じた。

「あの、義懐さまは」

「奥で寝ている。たいしたことはない。あすも頼むぞ」

　粗末な食台ごと奥へ運ぶと、義懐が身を起こした。義懐は僧を蹴倒した時に足首を痛め、歩くのが難儀だった。

「申し訳ありません。帝にそのようなお気遣いを」

「帝と言うなと言っておるだろう。法名《ほうみょう》の入覚《にゅうかく》とどうして言わぬ」

「帝のほうが慣れていますもので。入覚とはどうも」

「ともかく食え。食わぬことにははじまらぬ」

「そろそろ広い房に移ってはいかがでしょうか。叔父に頼めば計らってくれるはずです」

「ならぬ。それでは何のために叡山に籠もっているのか分からなくなってしまう」

「ですが、日に日に悪僧どもは荒れてきております。帝の身に万一のことがあってからでは遅すぎます。叔父はああ見えて世の道理が分かった男です。堅苦しいことは言わないはずです」

　義懐の叔父は第十九代天台座主の尋禅《じんぜん》である。頼めば叡山の総管として配慮してくれる。しかしここは修行の場だ。法皇ゆえの厚遇は恥であった。

　花山にその気がないのを知ると、義懐はやれやれというように顔を伏せ、椀をすすった。義懐が出家したのは花山が出奔した翌日である。惟成《これしげ》も一緒だった。既に僧形となった花山を見て嘆き、迷わず髪を落とした。二人とも妻子がおり、妻は僧形の夫を見て泣いたと聞く。それを知ると、側近二人の暮らしは何としても守らねばならないと思う。法皇になってからは封戸《ふこ》からの収入がすべてだが、彼らに回す分をもっと増やしたほうがいいかもしれない。惟成は体調が思わしくなく、都にとどまっている。

「ここにいたのでは馬に乗れぬな」

「さようにございます」

「乗りたいか」

「乗れるものなら」

「では、座主の叔父どのに頼んでもらおうか」

「喜んで」

義懐が嬉しそうに応えた。山の中では馬に乗れない。つまりは一時、山を下りることになる。そのついでに義懐はいったん家に帰り、ゆっくりすればよい。帝時代ならともかく、出家してまで四六時中花山に付き合う必要はない。

「馬は近江《おうみ》の坂本で調達し、石山寺《いしやまでら》まで参りましょうか」

「おお、懐かしい。さぞ楽しいだろうな」

遠乗りの計画で盛り上がっていると、再び若僧の声がした。

「今度はわたくしが」

義懐は両膝で這い、戸口に向かった。馬の話を聞いて元気が出たらしい。

けれども戻った顔は曇っていた。

「いかがした」

「帝にお手紙でございます」

「ほう。誰からだ」

「申せませぬ」

外紙から取り出し、裏を返すと、「厳久」の文字が眼を刺した。手が震えた。今頃、何の用だ。どうしてここまで追って来る。読みたくない。読めば修行で浄められた心身が穢《けが》される。外に捨て置き、泥草履で踏みにじってやる。

けれども文を持った手は強張ったまま動かなかった。厳久は憎い。その文はもっと憎い。しかし同じ出家の身として語られる言葉を遠ざけてしまうのは情けなくはないか。

「わたくしが焼いて参ります」

「そうか」

花山は迷いながら文を渡した。義懐は何とか片足で立ち上がり、戸口に行こうと松明《たいまつ》に火を移した。

「待て。連れて行け」

雨はやんでいた。しかし雲が残り、月は隠れている。梟《ふくろう》の声がやけに大きい。

義懐が歩けないので遠くへは行けないが、花山はすぐ焼く気にはなれず、小子房から離れた森の中に分け入った。

「この辺りでいかがでしょう」

背後で声がした。やはり足が痛むらしい。

「では頼む」

黄色い炎が義懐の顔を下から照らしている。坊主頭に陰影はないが、その分、鼻頭が大きく、頬骨も張って見える。

手紙を焼くことは言葉を焼くことである。言葉を焼くことは厳久の魂を焼くことだ。それでいい。二度と関わりを持ちたくない。

義懐が松明を下げ、上から文を近づけた。白紙は炎に映え、火照った人肌のようだ。

「やめろ」

花山の叫びに義懐は驚いて文を遠ざけた。

「待ってくれ。今しばらく」

「いかがされましたか。厳久めの文などわたくしも見たくありませぬ」

「いかにもその通りだ。しかし今は」

「何でございます」

「忍びないのだ」

「何がです」

「分からぬ」

「分からぬのなら焼いてしまいましょう」

「だめだ。恟子だ。その文が恟子の肌に見えたのだ」

義懐は思いもよらぬ言葉にたじろぎ、手にした文をゆっくり下ろした。

「憎き厳久の文が恟子さまの御肌に見えるとは。修行のしすぎで、どうかなさったのではありませぬか」

「かもしれぬ」

花山はがくりと膝を突いた。枯葉に溜まった雨の滴が衣に浸みる。梟の声がますます大きくなる。恟子よ。どうして急に思い出したのだ。お前に会いたい一心で世を捨て荒行を続けてきた。しかし未だ浄土は見えぬ。浄土どころか、念仏のねの字もつかめない。

「義懐。許せ。この通りだ」

「何をなされます。わたくしに詫びることなどありませぬ。お手を」

「いいや。入覚はお前に罪を犯させた。あの悪僧に傷を負わせたからな」

「そのことでしたらお忘れくださいさい。悪僧は僧ではありませぬ。都であれば検非違使が処罰していたはずです」

「この手で刺すべきだった。叫んだのも突き倒されたのも入覚なのだ。抗うべきはこの身でなければならなかったはずだ。役立たずな男だ。叡山に来てつくづくそう思う。皆の者に傅《かしず》かれ、世話を焼いてもらわねば文ひとつ燃やせない。情けない。やるせない。しかしもうしばらく付き合ってくれ。未だ何もつかめぬが、必ずや得るべきものを手にし、生まれ変わってみせる。それまで見捨てないでくれ」

小子房に帰って手紙を床に置いた。持ち歩いたので折り目が浮き、小さな影をつくっている。どうして恟子の肌に見えたのだろう。仄暗い部屋の中ではただの紙だ。

文を開けば、書かれていたのは一条天皇のことばかりだった。内裏での振る舞いや皇太后との戯《たわむ》れ、池の舟遊びなど、花山自身も経験した幼帝ならではの日々。しかしそうした情景が縷々《るる》述べられた後、僧らしからぬ平易な文で問うていた。

「確かに出家も在家も穢土《えど》を離れ、浄土に生まれ変わることを願っております。しかしながら思うのです。実は未だ誰一人として浄土に行った人はおられないのではないか。浄土とは現世に生きる凡夫の慰めに過ぎないのではないかと。仏の道では死後、体軀が滅するまでの相を九つに分けて説いております。身体が膨れて死臭を放ち、次いで蛆《うじ》が身を破り、死血が滲み、そして骨は犬に食い散らされて最後は風に吹かれて消えていきます。これを九相《くそう》と言うのは、既に多くを学ばれている入覚さまはご存じのことと思います。誰しもこの宿命から逃れることはできず、であればこそ、浄土を希《こいねが》うのでございましょう。しかしその浄土が幻に過ぎないとしたら一切の修行は無意味になります。つまりは出家そのものが妄執による愚行ということになるのです」

花山は途中で文を投げたくなった。この男は何者なのだ。出家の身が浄土を信じないで何とする。怒りをこらえて先を読めば「下界に吹く夏の夜風は塵芥《ちりあくた》の匂いがします。そちらの澄んだ空気はこの迷いを晴らしてくれましょう　阿闍梨厳久」と記してあった。

迷わず灯台の炎に突っ込んだ。白地の紙は瞬く間に焦げて炎に喰われ、悪臭さえ灼いている。読む前の葛藤が嘘のようだった。同じ出家者の言葉を拒むのは情けないと思い、浴びてみた。しかしたいしたことはなかった。つまらぬ愚痴であった。あと五日で三昧会だ。三昧会には何度も出ている。その度に浄土への想いは強まり、修行に励む気になる。懈怠《けたい》は罪である。怠けている暇はない。

## 二　永延三・永祚《えいそ》元（九八九）年

厳久は何とか詮子皇太后に近づきたいと考えていた。これまでは兼家でよかった。しかしいずれ世を去る。次を考えておかなければならない。

機会は意外に早く巡ってきた。半月後の六月十七日に兼家が八壇修法《はちだんしゅほう》のため、叡山に登るという。皇太后も途中まで一緒である。何とか同行したい。叡山には花山もいる。会えるものなら会ってみたい。あの文を出して以来、一切やり取りはない。浄土への疑念は僧にとって最大の苦悩である。真摯な僧こそ認めるはずだ。花山も例外ではないだろう。文に仕込んだ毒がどこまで若い魂を蝕んでいるかこの眼で見たい。出家の厳しさは戒律の厳しさにあるのではない。悟りきれないことを自覚し、にもかかわらず悟りを得ようと行を積み、さらには高徳な僧としての振る舞いを求められることにある。この分裂に苦悶するのだ。

皇太后が東三条院にお出ましになるとの知らせを受け、駆け付けた。主の兼家が知らせてくれた。老摂政はこの美顔を拝みたくなって、わざわざ伝えてくれたのかもしれない。

着いたのは薄闇が漂い始めた宵であった。山科から京三条までの二里近くを歩き通した。汗に濡れた身体を生温い風が撫で抜け、僧衣の裾を乱す。

「元慶寺の阿闍梨厳久と申します。摂政兼家さまの命により、参上つかまつりました」

「まことであるか」

「まことにございます」

「邸で何をする」

「そのようなことにはお答えしようがありません」

門番の衛兵は隠微な笑みを浮かべている。制止したのは曲者と思ったからではない。若気《にやけ》と思ったからである。

「坊さんを虐めるもんじゃねぇ。さっさと通してやんな。殿もお年で淋しいのさ」

相方の衛兵はそう言いながらも、松明をこちらに近づけ、舐めるように見回した。

「秘め事をするにはいい晩じゃねぇか」

不快な言葉を背にし、中に入った。車寄せを素通りして回廊から中に上がる。摂政の邸に徒歩で来る客は皆無だろう。差し向けの車か、自分の車で来るはずである。しかし一介の阿闍梨に牛車など縁はない。

寝殿に入ると、新築の柱の香りがする。

戸口にひざまずき、顔を伏せて挨拶をした。

「本日はお招きに預かり……」

「そなた、見覚えがあります。名は何と申す」

上段の畳でくつろいでいたのは詮子皇太后だった。酒を飲んでいたらしく、顔が赤い。兼家は見当たらない。

「ご記憶いただけるとは光栄の至りにございます。元慶寺の厳久にございます」

「ああ、あの寺の。その節はご苦労でした」

詮子は一応の労いを見せた後、眼を輝かせた。二十代後半と聞くが、そうは見えない。老けている。いや、貫禄があり、腹の内がつかめない。けれども眼の輝きから、この自分に関心を寄せていると直感した。汗に光っている顔が気に入ったのだろうか。厳久は気づかぬ振りをして首を傾げ、左の横顔を見せた。若い頃、この角度の見栄えがいいと人に言われたことを思い出した。

しばらくして向き直ると、詮子は扇で顔を隠しもせずにまだ見ている。

「今宵の皇太后さまは、いつにもまして美しゅうあられます。まことに院が羨ましゅうございます」

「出家の身でありながら、なかなか口が上手いこと」

詮子は扇を広げ、大胆に笑った。男に誉められたのが久しぶりとでもいうような無邪気な笑いだった。

「汗が見苦しい。拭いなさい」

詮子は衣の音をさせて立ち上がると、夜風に膨らんでいた几帳《きちょう》をつかみ、止め紐から引きちぎって厳久に差し出した。

驚いた。透き通った夏の生絹《すずし》で汗を拭えとは花山並みの奇行ではないか。

「ありがたき幸せにございます」

厳久は平静を装って答えたが、拭うどころか額に触れる程度に留め、使った面を内側に畳んで床に置いた。

「遠慮はいりません。身体も拭いなさい」

　控えの侍女達は戸惑い、顔を見合わせた。僧の裸など見たくないのだ。厳久も同じである。顔に自信はあっても、身体は痩せ、薄い肉が緩んでいる。

「ご容赦を」と言おうとした時である。屏風の脇の引き戸が開き、兼家が姿を見せた。厠《かわや》にでも行っていたのだろう。灯台の位置が悪いのか、顔色はすぐれない。しかも几帳の生絹が外れ、厳久の前に畳まれているのを見て異変に気づいたようだ。

　詮子は父兼家に甘えるように伝えた。

「厳久が脱ぐと言って聞かぬのです。汗を拭きたいと」

「かまわぬではないか。夏は仏の身も生身になる。存分に拭かせてやれ」

　兼家は詮子から少し離れて腰を下ろし、しばらく顔を上げて待っていた。けれども厳久がいつまでも身を硬くしたままなので、恫喝するように掌で畳を叩いた。

　目の前にいるのは摂政と皇太后である。内裏にいて世を治めるのが務めのはずだ。しかし自邸の灯りの下では残忍な父と娘でしかなかった。罠で捕らえた老いた動物を広間に放し、怖じ気づいて動けなくなっているところを嬲《なぶ》り、楽しむ。厳久は初めて屈辱を覚えた。摂関家ゆえであれば聞き入れようと努め、できなかったとしても己の力不足と受け止める。しかし父娘の歪んだ性向ゆえであれば聞き入れる義務はない。歪みは迷いであり、無明の闇に属する。無明の闇に屈することは僧であることの否定になる。これを辱《はずかし》めと言わずして何と言おう。仏にはなお遠いながらも、その道を捨てようと思ったことは一度たりともないのだ。

「そのような顔をするな。ほんの戯れだ」

「どのような顔でございましょう」

「お前の美しさをお前自身が悔いてる顔だ」

ぐさりときた。さすが摂政まで上り詰めるだけのことはある。厳久は生絹の膨らみに眼を落としてから皇太后を一瞥した。扇を膝に置き、父に責められている僧がどう反論するか待っている。屈辱と感じたのは仏道が冒瀆されたからではなかった。貧しい肉体をさらすよう求められたからだ。貧相な体躯が顔の美しさを貶めてしまうのが怖かったのだ。美と醜が互いを打ち消すものだとすれば、身体の貧しさを悔いることは顔の美しさを悔いることと同義になる。が、厳久は粘った。

「悔いてはおりませぬ。そもそも美しくはございませぬ」

「嘘を言うな。皆が噂しているぞ。元慶寺には女子《おなご》のような僧がおると。目許涼しく、鼻筋には気品があり、立ち居振る舞いは花のようだと。知らぬとは言うまい」

「そうです。父上の言う通り。お前は自分の美しさを知っていて知らぬふりをしている。知っていることを悟られるのが怖いからです。自惚れと言われるのが恐ろしいからです。理由は簡単。お前は僧だから」

厳久は黙った。とうに承知している。それも下働きの小僧の頃からずっとだ。年の近い僧から妬まれ、嫌がらせを受けたのも一度や二度ではない。しかし美しさは責められるべきだろうか。しかもその盛りを過ぎてなお。厳久は軽く眼を閉じて気を鎮めた。ここへ来たのは美醜を論じるためではない。詮子に取り入るためである。目的は半ば達せられたと言えるが、もうひと押ししなければならない。

「それはそうと、十七日の叡山へは是非ともご同行させていただきたく存じます」

「おお、そうであったな」

詮子はすかさず兼家を見て続く言葉を待っている。叡山は女人禁制なので、麓の女人堂に籠もって兼家の帰りを待つのだろう。しかしその道中、話す機会が持てると思ったらしい。

「来てくれるのか」

「願ってもないことでございます。仏道でお役に立つのがわたくしの務め。何があろうとお供させていただきます」

「厳久もあのように言っています。同行してくれれば何かと心強いもの。父上、ここは是非ともご承諾を」

「安心せい。はなからそのつもりだ」

兼家はそう言い切って訝《いぶか》しそうに付け足した。

「しかしどうしたことだ」

「何がでございましょう」

「叡山など見向きもしなかったお前が俄《にわか》に菩提心《ぼだいしん》を起こすとは。お前、こやつに惚れたな」

詮子は頬を赤らめて扇に隠れた。厳久も何と答えていいか分からない。控えの侍女達はあからさまな兼家の言葉に驚き、呆れている。詮子の夫は円融《えんゆう》法皇である。帝時代の円融が詮子を差し置いて頼忠《よりただ》の娘を中宮に引き上げて以来、兼家、詮子との間に溝ができ、それは未だに続いていると聞いている。兼家の一言はその冷え切った関係をあらためて明るみに引きずり出したのだ。けれども厳久にとってその溝はありがたかった。溝があればこそ付け入ることができる。年では勝てない。円融は一回り以上も若い。が、知恵では勝てる。

「恐れながら申し上げます。皇太后さまがわたくしのような老いた僧に心を寄せるはずがございません。どうかお苦しめなさいませぬよう。皇太后さまも、お父上のお戯れを真に受けてはなりませぬ」

「余裕だな」

「……でございましょうか」

「お前の美貌が勝利したゆえの余裕だ。お前自身、気づいておろう。これ以上は言うまい。せいぜい余生を楽しむがいい。と言っても出家の身ではどうにもなるまい。いっそ還俗《げんぞく》して髪を伸ばすか」

兼家は豪快に笑った。娘を恥じ入らせても頓着するどころか笑いの種にしている。帝を孫に持ち、自らも摂政に就く身は神仏すら怖れないらしい。そう思うと、厳久はつい余計なことを言いたくなった。

「叡山には花山院もおられます。お会いなされますか」

「何と申した」

「花山院もおられると申し上げたのでございます」

「その後だ」

「お会いなさるかと」

「無礼者が。何ゆえあのような物狂いと会わねばならん。あのまま放っておけばよいのだ。さすれば、自ら滅びてくれよう」

厳久は兼家の立腹が楽しかった。もはや兼家に用はない。詮子を手に入れたからである。気が散った。三昧堂に入っても心が落ち着かない。叡山に来てから初めてである。理由は分かっている。兼家が来ているからだ。知らなければよかった。考えただけで虫酸が走る。あのような輩に仏の道など必要ないではないか。

義懐はどうしているだろう。山を下りて五日になる。惟成の具合がよくないので見舞いにやった。ついでに家族に会ってくるはずである。

花山は組んだ蓮華座を崩し、内側から堂の戸を眺めた。戸の外は騒がしい。依然、円仁派と円珍派の争いが続き、半月ほど前には厨で双方十数人が乱闘し、二人が死んだ。花山はどちらかといえば劣勢の円珍派に親しい僧が多く、話を聞く度に円仁派を憎く思った。ましてやきょうは兼家が側近を連れて法要に来ている。気を鎮め、できるだけここに籠もっていよう。

灯芯が細り、火が小さくなった。義懐がいないので自分で替えるしかない。立ち上がり、重い引き戸を両手で開けた。

まぶしい。暗い堂内にいたので目が眩む。気が散ると思いながら、とうに午《ひる》は回っていたらしい。夏の陽射しが樹々の緑を抜け、坊主頭に照りつけてくる。

遠くで誰かが頭を下げた。小さな仏舎利《ぶっしゃり》の手前である。陽を避けようと額に手をかざすが、相手は木陰に沈んで分からない。かまわずに階を下り、裸足で地面に立った。すると相手は今度は胸の前で合掌した。

厳久だ。どうしてここにいるのだ。兼家の側近に加えられるほど出世したのだろうか。三昧堂は法要がある金堂から谷をひとつ隔てている。人に聞いてわざわざ来たとしか思えない。

花山は気づかぬふりをしてその場を離れ、痺れた脚を引きずるようにして蔵に向かった。小子房で使う分も併せ、灯芯は多目に取らねばならない。

「お久しゅうございます」

後ろでよく通る声が響いた。恥知らずなくせに声だけは澄んでいる。

蔵番の僧に鍵を開けてもらい、中に入った。いつもの竹籠から灯芯を五本ほど引き抜くと、戸口で厳久がまた言った。

「たいそう修行を積まれているようで何よりでございます。しばらく見ぬ間にずいぶん逞しくなられました。それも修行の成果でございましょう」

花山は答えずに三昧堂に帰ろうとしたが、我慢できずに口を開いた。

「さっさと帰れ。お前の顔など見たくもない」

歩き出して気がついた。これまで見上げていた厳久と背丈がほぼ同じになっていた。知らぬ間に背が伸びたようだ。

「お怒りはお怒りとしてお受けいたしますが、せっかく叡山に参ったのでございます。少しばかりのやり取りはご慈悲かと」

「では訊こう。用件は何だ」

「忯子さまとはお会いになれましたでしょうか」

忯子と聞いて心が動いた。けれどもすぐにこれが厳久の手口だと気づき、顔を背けた。

「ここではなかなか難しいかもしれませぬ。聞くところによりますと、叡山もいろいろと物騒なようでございますから」

「何が言いたい」

「熊野《くまの》に行かれてはいかがでしょう」

「熊野だと？」

「さようにございます。あそこであれば心ゆくまで仏の道を究めることができるはずです」

熊野は古来、霊場《れいじょう》として名高いが、行ったことはない。

「行けば恍子に会えるとでもいうのか」

「あるいは」

「頼りない答えだな。どうせ思い付きで言っているのだろう。もうよい」

再び歩き始めた花山を厳久は引き止めようとしなかった。

夏草が素足に絡みつく。裸足に慣れると、草履は邪魔に感じる。現世に執着しなくなった証だろう。実際、三昧堂に籠もり、観想念仏に打ち込んでいると、意識が身体を離れて空を漂っているような気になることがある。堂内を自在に飛び、外に出て空に舞い上がり、鳥さえ見下ろす。阿弥陀如来も観音も現れないが、軽やかな陶酔と幸福感を覚えるのは確かだった。

階を上がろうとした時である。

「入覚どの。まだまだ経典を読まねばなりませぬぞ。法華経、無量寿経《むりょうじゅ》、阿弥陀経は言うに及ばず、大日経《だいにち》、金剛頂経《こんごうちょう》、理趣経《りしゅ》、秘密大教王経《ひみつだいきょうおう》……」

「帰ってくれ。入覚にかまうな」

花山は重い戸を引き、戸に身を隠すようにしてゆっくり閉めた。

ごとりという音とともに外界は消え、堂内の闇に眼が眩む。陽に眩み、闇に眩むとは、眼は何とも不便な器官ではないか。

手探りで灯台を探したが、火は付けなかった。しばらく闇に留まっていたかった。金剛頂経、理趣経……。名前は知っている。しかし読んだことはない。つまり未だ無明の中にいる。であれば、この闇はまさに己自身だ。どれほど肉体を追い詰めたところで知恵はない。知恵がなければ解脱はない。厳久から叱咤されたのは悔しかったが、未だ闇の中で喘いでいることは認めざるを得なかった。敵は厳久ではない。厳久が仕掛けてくる人間の闇そのものだ。それを突破せねばならぬ。

花山は火打ち石で灯芯に火を付け、油皿に載せた。まだ十分に油を吸い上げていないので火は縮み、消えそうになったが、掌で囲い、息を吹きかけると大きく伸びた。

赤黄の灯火が堂内を照らした。正面に小さな阿弥陀仏。その前の床板は汗で黒ずんでいる。この狭い堂が今の花山には世界のすべてだった。気を込めてその果てに迫り、想念の限りに果てを超える。そうしてもうひとつの世界に辿り着く。そこでもまた同じようにその果てを超え、さらにもうひとつの世界に到達する。これを繰り返してようやく小さな千の世界を経巡ることができる。しかしそこで仏は言う。全宇宙とは三千大千世界であると。つまり小の世界が千集まって中千世界となり、中千世界がさらに千集まって大千世界となる。総じて三千大千世界であると。眩暈がしそうだった。けれども今、花山の意識はその凄まじい無辺の広さを執拗に追いかけ、捉えることができた。互いに反射し合い、響き合う世界と世界の連なりがそれぞれ一斉に浮かび上がる。初めてだった。厳久への嫌悪が意識の刃先を研ぎ、冴え渡らせたらしい。

だが、極楽浄土はどこにある。死後行く浄土、恀子のいる浄土は。

花山はうろたえた。生身の自分を取り巻く世界の解釈と、死後行くであろう世界の解釈が一致しなかった。そもそも人は死後本当に浄土に行くのかが依然謎であった。そして恀子を懐妊させ、死に追いやった己の業はどうすれば祓《はら》われるのか。観想念仏と称名《しょうみょう》念仏だけで足りるのだろうか。

その時、外で悲鳴がした。誰かが襲われたらしい。続いて怒鳴り声もする。円仁派も円珍派も争いを好んでいる。修行よりたやすいからだ。

意識が外に向いた途端、頭が濁り、三千大千世界はふっと消えた。叡山を下りるべきかもしれない。そして厳久の言うように熊野を目指すべきなのだ。しかし自信がなかった。熊野に行ってもなお悟りを得られないとしたら、その時は死ぬしかない。

九月に入り、叡山は大騒動になった。天台座主の尋禅が体調不良を理由に引退し、代わって第二十代座主に円珍派の余慶《よけい》が任じられた。円仁派は黙っていなかった。山徒悪僧数百人が講堂を閉鎖し、任命式の開催を阻止しようとした。余慶は講堂に閉じ込められながらも読経を続け、一方の悪僧達は朝廷からの勅使を取り巻いて任状を奪い、破り捨てるという暴挙に出た。余慶は動じず、任状なしで粛々と式を進めたが、これ以降、双方の対立は一段と激しくなった。余慶が執り行う仏事はことごとく妨害に遭い、聴衆の間から余慶に向けて矢が射られたこともあった。座主を殺すことすら厭わない非道ぶりに円珍派は戦《おのの》き、余慶の身辺警護を厳重にした。

惟成が他界したという知らせを受けたのは十一月だった。花山はこれを機に下山することを決めた。この先、叡山にいても何も得られない。熊野に行くかどうかは決めていないが、とにかく騒動から離れたかった。

　惟成の亡骸は思っていたより小さかった。花山に続いて出家して以来、床に伏せがちだったという。三十七歳。死んでいい年ではない。内裏での歌合わせが思い浮かぶ。弔いの段取りや見舞金は義懐に任せ、花山は久しぶりに父に会いに行った。

　僧形の花山を見て驚いたのは侍者達だった。出家したという話は聞いていても、会うのは初めてである。

「坊主頭はさっぱりしていいぞ。お前達も剃ってみろ」

　花山の言葉にそろってひれ伏したが、怯えているのは他に理由があるらしかった。

「父上はどこだ。達者でおられるか」

「恐れながら申し上げます。お会いいただく前に一言だけ」

　侍者の頭である別当《べっとう》が苦しそうな顔で声を張った。

「聞こう」

「冷泉院におかれましては、このところはなはだご不明、ご不調であらせられる日が多く、ご不穏、ご不当の言動から、手前どもご不興を買うのは覚悟の上、許されざる処置と思いながらも致した次第にございます」

「何が言いたい。はっきり申せ」

「これ以上は」

　別当は額を擦りつけたまま顔を上げなかった。良い話でないことは察しがつく。が、実のところどうなのか分からない。

「そち達の心配りは受け止めた。何を見ても驚かぬし、叱りもせぬ。案内せい」

「ははっ」

花山の言葉に別当は安堵したように顔を上げて立ち上がった。

襖が開けられると目を瞠った。冷泉は汚物にまみれ、部屋の真ん中に横たわっていた。しかも両の手首と足首がそれぞれ細帯で四隅の柱に縛り付けられているではないか。

「父上っ」

花山は汚れるのもかまわず、床を走り、冷泉を抱いた。

「おお。帰ってきたか」

冷泉は正気だった。

「お久しぶりでございます」

「とんだところを見られてしまったな。何の因果か、このところこんなふうに暮らしておるのだ」

「お許しください。もっと早く来るべきでした」

花山は糞尿の臭いの中で、父の痩せた背中に手を回し、抱き起こした。冷泉は起こされて腕が伸び、つながれた細帯がぴんと張った。

「さぞ、お辛いことでしょう。すぐに楽にして差し上げます」

花山は別当に向かって細帯を切るよう大声で命じた。

「ならぬ。それはならぬ」

「何ゆえでございます」

「こうしてつながれておらねば迷惑が掛かるのだ」

「誰にです」

「わしに仕える者達にだ」

花山は父の気心に胸が締め付けられ、泣きたくなった。

「仕える身の上であれば苦労は当たり前です。このような扱いをされては我慢がなりませぬ」

冷泉は眼を閉じ、唇を嚙んだ。閉じた目尻に涙の滴が溜まっている。

「父上。いかがされましたか。何ゆえお泣きになられますか」

花山は冷泉の手首に縛られた細帯を解き、足首の分も解こうとした。

「ならぬと言っておるではないか」

「ですが」

「わしが命じたのだ。縛ってくれとな」

冷泉の眼は穏やかに澄んでいた。しかしその申し訳なさそうな顔が、さらに花山の胸を突いた。

「わしもいつまたあちらに行ってしまうか分からない。そうなったら手を付けられん。その時に備えて縛っておかねばならぬのだ」

花山も涙をこらえられなかった。実の父とわずかな正気の間に交わす言葉としてはあまりに情けなかった。汚物などどうでもいい。襖を破り、柱を裂こうがかまわない。むしろ破ってほしい。暴れてほしい。罪人のように縛られているより、はるかにいい。

「前世の因縁だな」

「決してそのようなことは」

「いや、悪業の報いだ。逃れようがない」

「輪廻を断ち切り、解脱すれば救われます」

「そんなことができるのか」

「今は無理です。しかし必ずや近いうちに。父上がこれ以上苦しまれることのないように修行に励む覚悟でございます。ですから、今はお許しを」

花山は冷泉の手を握り、頰に付けた。瘦せた掌は乾き、木の肌のようにがさがさしていた。

このまま都にいるわけにはいかない。熊野に行こう。熊野で修行を積み、父を救おう。花山は父に何度も詫び、邸を後にした。

三　正暦《しょうりゃく》三（九九二）年

草庵《そうあん》の脇の清水で身体を洗っていた時である。遠くから義懐の呼ぶ声がした。

「どうした。蝮《まむし》にでも嚙まれたか」

「お急ぎください。今からやるというのです。あの坊主めが、とうとう」

「熊野を離れたのではなかったのか」

「いったんは下山したらしいのですが、やはりここで往生を遂げる決心をしたそうです。僧達が続々と阿弥陀寺の裏山に集まっております。入覚さま。急ぎましょう」

花山は濡れた身体を拭きもせずに衣を纏うと、義懐に続いて小径を走った。

草庵からは谷を駆け上ることになるが、花山の鍛えられた脚ではたやすい。熊野に入って三年。荒行を繰り返し、筋骨が逞しくなった。両手で枝を掻き分け、飛び出した木の根を軽々と飛び越えていく。

最後の石段を上り、境内に入ると、既に大勢の僧が押し寄せていた。どこから聞きつけたか旅回りの芸人もいる。人混みに分け入り、前に出ると、気づいた寺の貫主《かんじゅ》が近くに来るよう目配せした。

裏山といってもたいした高さではない。全体は盛り土をしたように丸く、麓の開けた所は涅《ね》槃会《はんえ》や施餓鬼《せがき》の際、下働きの男達に食事が振る舞われるのに使われる。その中央に枯れ枝や笹が敷かれた火壇《かだん》が設えられ、そこに無禿《むとく》と名乗る僧が乗って結跏趺坐していた。

無禿は半月ほど前に現れ、山野で修行をした後、いったんは消えた。生い立ちは不明である。くぐもったしゃべり方をし、聞き慣れない言葉の抑揚があった。陽に灼けた髭面と風貌から大人びて見えたが、花山は自分より年下らしいと感じていた。それだけに気になった。どこの誰とも知れぬ若者が、仏への供養のために自らの身体を焼くというのだ。法華経の中に記されている薬王菩薩《やくおうぼさつ》の焼身供養と同じ苦行を成し遂げるという。身を焼いて何になる。死ねば終わりではないか。

夕刻の陽が無禿の横顔を赤く照らした。髭は剃っていた。やはり若い。

その時、無禿の顎から頬にかけて傷があることに気づいた。刀で斬りつけられたような細く鋭い肉線である。傷の正体をさらに見極めようと眼を細めると、無禿の声が響いた。法華経の薬王菩薩本事品《ほんじほん》だ。

好奇の眼で見ていた観衆も、無禿の読経に合わせ、一人二人と唱和を始めた。晩夏の樹々は西日を受けて長い影を作り、無禿の顔だけが赫々《かくかく》と照り映えている。

次第に大きくなる読経の声に花山は身震いした。ここにいる誰もが無禿を死に追い詰め、その死を讃えているように思えた。花山は怖ろしさに身が竦み、声を出すどころではなかった。この狂気を今すぐ止めなければならない。無駄な死を今すぐ阻止しなければならない。しかし異様な熱気が渦を巻き、迂闊に立ち上がれば、花山までもが焼身供養を強いられそうだった。

「香油塗身　於日月浄明徳仏前　以天宝衣　而自纏身已　灌諸香油　以神通力願……」

経に従い、無禿は目の前に置かれた香油の壺を取り、ゆっくりと頭から浴びた。衣は油に濡れ、てらてらと身体に張り付いた。

無禿は両眼を開いて正面を見据え、一際力強く経を唱えると、小さな棒を手にした。松明だ。炎が小さく、陽射しに透けていたので分からなかった。無禿はさらに声を張り上げ、膝下の枯れ枝に左右代わる代わる火を放ち、自分の背中と腹にも火を付けた。

「而自燃身　光明遍照　八十億恒河沙世界　其中諸仏　同時讃言　善哉善哉　……」

無禿はしばらくこらえて読経を続けていた。だが、炎が顔を包み、耳の端が溶けるように燃え上がった時、苦しそうに口を動かして前のめりに転げ落ちた。

火の粉が上がった。横向きに丸くなり、合掌した手を震わせた。足の指が激しく地面を掻き、仰向けに反ったきり動かなくなった。
脂が焦げる臭いが鼻を突く。主を失った火壇はようやく最後の炎を上げている。唱和は知らぬ間に終わり、手足が残った炭は苦悶に硬直したまま燻《くすぶ》り続けた。

幾日たっても動揺は収まらなかった。花山にとって出家以来、最大の危機だった。無禿の死を目の当たりにしたからではない。なぜ焼身したかに気づいたからだ。焼身は仏への供養のためではなかった。たしかに法華経に記されたように薬王菩薩の焼身は教えを説いた仏への感謝と供養のためであったろう。しかしそれだけでは人は死ねない。仏道へ身を捧げることを証立てる究極の布施が焼身というのは、あくまで経典の中のことだ。にもかかわらず、なぜ無禿は成し得たのか。

供養ではない。救済なのだ。救済を希求する強烈な意思の表れなのだ。阿弥陀でも観音でも誰でもいい。とにかく現れてこの世を救ってほしい。そのためなら喜んでこの身を捧げよう。そこに到達したからこそ無禿は死ねた。無禿一人が往生を遂げようとしたのではない。もろもろの凡夫を、貧しき衆生を救いたい。ただこの慈悲の一点において焼身は意味をもつ。恨子を救うことはできなかった。蔑まれ、糞尿にまみれている父冷泉さえ未だ救えない。花山よ。何をしている。恨子を、父を本気で救いたいと願うなら、今すぐにでも焼身すべきではないか。迷わずこの身を捧げるべきなのではないか。

こう思い至った時、花山は己の烈しさに恐れ戦いた。まさに物狂いの思想であった。けれども恐れ戦くこととその思想を否定することは別である。むしろ戦けば戦くほど、その思想が真であることを示していると感じられた。忯子の記憶は既に遠い。死別して七年。覚えているのは顔かたちではない。愛おしんだという感情だけだ。父の暮らしに変化はないと聞く。であれば、未だに手足を縛られている。ここは諸仏に登場してもらい、父を救ってもらおう。弥勒菩薩《みろくぼさつ》でも帝釈天《たいしゃくてん》でも誰でもいい。とにかく動いてくれ。焼身がそのための働き掛けになるなら喜んで捧げよう。

「どこかお身体の具合でも悪いのですか。このところ塞ぎ込んでおられるようで」

「そう見えるか。だとすれば気のせいだ」

花山は義懐の言葉をいなしながら、那智大社《なちたいしゃ》から滝に向かって下りていった。山は秋の訪れが早く、夜明け前後はぐっと冷え込む。熊野に来た当初は法皇という身分を隠し、紹介された山伏について修行を続けた。穀断《こくだ》ちをして山中を走り、蔓《つる》を巻いて崖を登り、滝に打たれた。叡山で堂に籠もっているより過酷だったが、荒行は肉体を鍛え、精神を活き活きとさせた。

義懐がくしゃみをした。僧衣一枚では寒いのだ。

「無理に付き合わなくてもいいぞ。滝行は苦手だろう」

「何をおっしゃいます。大日如来《だいにちにょらい》を見るまではあきらめません」

「見えるものか。山伏が言うことを真に受けてどうする。滝行は集中力を高め、直感を鋭くするためだ。見えたというのは負け惜しみだろう」

「それは入覚さまの解釈。わたしはわたしの考えでやります」

磨り減った石段を下りきり、滝壺に来た。早くも五、六人の山伏が滝に打たれている。数珠を摺り、真言《しんごん》を唱え、震えているものもいれば、そうでないものもいる。花山は帯を締め直し、裸足のまま水に入った。

石に付いた苔が足の裏を舐め、指先から足首まで一瞬にして感覚が奪われる。深い滝壺を回り込み、何度か膝まで浸かりながらいつもの場所に近づく。飛沫で濡れる。義懐は花山の後に続かず、水面から顔を出した平たい岩に向かって進んでいる。

滝に入った瞬間、凄まじい水量に襲われ、頭と両肩に衝撃が走った。息が詰まり、身を低くして踏ん張らないと倒れそうになる。

「而自燃身　光明遍照　八十億恒河沙世界　其中諸仏　同時讃言　善哉善哉　……」

思い付いたのは法華経の薬王菩薩本事品だった。炎の熱で水の冷たさを忘れようとしたのではない。滝の冷たさを炎の熱さと思い、無禿と同じ苦しみを味わおうとしたのだ。滝に耐えられれば炎にも耐えられる。いや、焼身に耐えるには滝など嗤《わら》えるくらいでないとだめだ。

その時、少し離れた左側で音がした。落石かと思った。落ち続ける水に逆らって顔を向けると、つい今しがた岩に立っていた山伏が俯せに倒れて浮いているではないか。冷え切って手足は白く、足は膝の裏からふくら脛《はぎ》まで肌が透けるようだ。

助けようにも動けない。誰も同じである。苦行に入ったが最後、他人に手を貸す余裕はない。迂闊に動こうものなら滝に呑まれ、こちらが命を落とす。ましてや同じ修行者である。脱落者は捨て置くのが習いであった。

浮いた身体はしばらく花山の近くを漂っていたが、水に押されて少しずつ暗い深みに向かっていった。頭が滝に直撃された。同時に巻き込まれるように胴が潜り、わずかに水面から足が上がったのを最後に消えてしまった。一瞬だった。滝壺に獰猛な獣が隠れていて水底に引きずり込んだようだった。

二度目であった。熊野に来たばかりの頃、岩場を駆け下りる行に挑んでいた時、先を走っていた若い山伏がつまずいて大きく飛んだ。落ちた所は崖から迫り出した低木の繁みだった。その下は谷底に向かって崖が剔《えぐ》れている。若い山伏は恐怖に顔を強張らせながら大声で命乞いをした。しかしどうすることもできなかった。取り付く岩の出っぱりも、ぶら下がれそうな蔦もない。万一、下りることができたとしても二度と上がれない。験力を備えたはずの老山伏ですら手の下しようがなかった。結局、捨て置いたまま修行を続けた。後日行ってみれば、若い山伏の姿はなく、破れた繁みがあるだけだった。

失敗すれば死ぬ。これが熊野の掟だ。己の身を扱えない者に他人の身を扱えるはずがない。ましてや他人を救うなど能わざることである。

急に身体が熱くなった。ここでは死ねない。焼身の行に挑まなければ。その思いが身体中の熱を集め、滝の痛みに抗っている。

見れば義懐は滝から離れ、石段の下で震えていた。今朝はここまでにしよう。花山は凍りついた足を慎重に動かして滝壺を離れた。

その晩、眠れずに草庵を出た。月は赤く燃えている。いよいよ時期が来たらしい。認めるのは怖い。しかしこれほどの気力の充実は初めてだ。香油はなく、火壇もない。かまうものか。焼身は人に見てもらうためにするのではない。あくまで己の信の強さで成し遂げるものだ。

頭は冴え、感覚は鋭敏になった。梟の鳴き声から何羽がどの樹にいるか正確に直感できる。

妖しい月の輪郭も月光に埋もれる星々のざわめきも、鮮やかに感じ、聞き取ることができる。

火が要る。袖を破り、枯れ枝に幾重にも巻き付ける。ここに油を染み込ませればいい。阿弥陀寺の常夜灯《じょうやとう》からもらおう。

油は朱色の皿になみなみと入っていた。夜通し絶やさぬよう日没時に僧が足すのだ。巻き付けた布を浸し、火を付ける。煙とともに辺りが明るくなった。

樹々の間で誰にも知られずに焼身しよう。生い茂る枝の間から湿気った空を見上げ、滴るような月の光を浴びる。周囲は樹々の密やかな息吹と落ち葉を行き交う虫の足音。三千大千世界はここに凝縮されているではないか。兼家を思い出した。死んで二年になる。あの男はこの至福を知らなかった。俗事にまみれ、それだけをこの世と信じ、そこでの栄達を望んで死んだ。何と貧しく、哀れなことか。この世を超えた無辺を知らず、身の浄化を知らず、ましてや救済のための捨身《しゃしん》など思いもしない。自分はあの男を超えた。かつては毛嫌いしていたが、今や兼家を上回ったと断言できる。厳久。得体の知れぬ坊主であった。生臭く、抜け目がなく、それでいて深く鋭い。そしてあらゆる矛盾を隠し果《おお》すあの涼やかな美顔。だが、さすがの厳久とて焼身には及ぶまい。知が邪魔し、情が怯える。であれば、厳久さえ超えたことになる。

斜面を登ると開けた場所に出た。どこか分からない。月の位置から考えて南向きらしい。最期の場と決め、腰を下ろした。火の枝を土に刺し、呼吸を整えて蓮華座を組む。父上。燃え尽きるまで見届けてほしい。肉が焼け、骨が割れる最期まで。義懐よ。世話になった。

火を取り、左の指先を焼いた。これも経にある。両手足の指先を焼き、その光でこの世を照らせと。激痛に手が震える。爪が燃え、肌が膨れる。恒子よ。いくぞ。

けれども火を持ち替えようとして落としてしまった。溶けた皮膚と指の肉が突っ張り、手首から先が思うように動かない。親指の付け根を使って辛うじて挟み持つと、今度は右手を焼いた。熱さのあまりすぐに離した。もういい。苦しいだけだ。あとは一気に焼身しよう。

天を見上げた。月は巨大な熟れ柿のように赤く、ぶすぶすと燻っている。このような月は見たことがない。冴えた光がほしい。澄み渡った群青の空が見たい。これが最後の月かと思うと情けない。

風の匂いを嗅ぐ。樹々の霊気は青く濃密だ。もろもろの事どもが懐かしい。しかしもろもろの事どもは虚仮《こけ》である。だから訣別する。大いなる発動のために。

がばりと火をつかみ、両手で抱きかかえた。喉と顎が焼ける。胸が焼け、腹が焦げる。衣に火が点き、燃え上がった。耳が焦げる。鼻が焼ける。肩が、背中が燃え上がる。苦しさのあまり絶叫した。あらん限りの力で喚き飛ばした。見ろ。これこそ捨身だ。人知れない山奥で一人自ら燃え上がる。見ろ。これこそ焼身だ。この意志を以てしてこの世が動かぬはずがない。

厳久は東三条邸から牛車に乗った。のろりとした歩みでは山科に着く頃には陽が落ちているだろう。それでも満足だった。兼家が死んでからも着実に詮子の信を得ているからである。詮子はかつての詮子ではなかった。去年九月、病のため出家した。死を覚悟するほど重篤《じゅうとく》だった。かつて兼家の比叡山入りに同行した帰り、「重病になったら出家する」と言っていた通りに実行したのだ。けれども出家した途端に回復し、女ながらに初めて院号を称し、東三条院と名乗った。皇太后が上皇に準じる地位を手に入れたのだ。院になってからはますます元気になり、一条帝の母としてこれまでにも増して政に介入するようになった。摂政は兄の道隆であり、その弟の道兼は内大臣、詮子より下の道長は権大納言にそれぞれ出世している。臆することなく口を挟めるはずである。厳久にとって何より幸運なのは、詮子の夫の円融院が去年他界したことだ。独り身の詮子が相手なら憚ることなく近づける。

きょうもわざわざ来るほどのことはなかった。故兼家の法要は七月に済ませたばかりだし、帝へのご進講《しんこう》なら他に相応しい学僧がいる。つまりは公然とした逢い引きであった。といっても詮子との間に交わりはない。身分の違いはもとより、一回り以上も年が離れた相手ではその気になれない。が、身体の交わりはなくとも、言葉の交わりはある。言葉は身体以上に深く、際限がない。こうした関わりこそ望んでいたものだ。無防備な相手に言葉を与え、迷わせる。一度味わったらやめられぬ。

「厳久。お前がいなくては自分が分からなくなります。容赦のないお前の言葉は胸を刺し、いつまでも頭の中を回るからです。仏の道から学んだ数々の言葉、馴染みのない不可思議な言葉。それを理解しようとすればするほど迷いは深まり、苦しくなります。お前は悪人です。僧と呼ぶのさえ憚られる。けれどもそれが……」

「それが何です」

「わたしの口から言わせるのですか」

「是非とも院のお口から」

詮子は唇を緩め、眼を落とした。とうに扇を使わなくなった。兼家、円融と身近な死が相次ぎ、厳久には裸で向き合ってくる。それが痛ましくもあり、可愛らしくもある。

「お答えください。逃げてはいけません。言葉が見つかるまで、訪れるまで待つのです」

言ってすぐに白々しいと感じた。弟子を前にした師を気取っていると思えたからだ。けれども詮子は気づかない。言われた通り、何とか答えようと悶えている。厳久はわずかな欲情を覚えた。眉間に皺を寄せ、恥じらいも忘れて悩む詮子の顔に色気を感じた。初めてだった。自惚れの強い生意気な小娘としか見ていなかった詮子に色気を感じるとは不覚であった。厳久は気を落ち着かせようと、居住まいを正し、軽く眼を閉じた。

詮子は何に勇気づけられたのか、太く力のある声で言った。

「お前のような者は地獄に堕ちます。悪の中の悪、極悪人の報いとして」

すかさず反撃した。

「よくぞ言われました。逃げずにおっしゃったことはすばらしい。しかしながら、そうとお思いでありながら、院はなぜわたくしとお会いなさるのでしょう。お答えいただかなければならないのはまさにそこです」

「言ったではないか。地獄に堕ちると」

「答えになっておりません」

「だから愛おしいと言っている」

詮子は力尽きたように項垂《うなだ》れた。

声がして車が止まった。追いかけてきた遣いの者らしい。戻れと言っている。東三条院詮子さまのご命令という。逢い引きは節度があってこそ楽しめる。それを知らぬとはまだ幼い。

さきほどとは別の部屋だった。現れたのは詮子に仕える別当であった。

「厳久と申したな。その方にも伝えておけという院からのご命令だ」

「謹んでお伺いいたします」

「法皇がお隠れになったらしい」

「法皇？」

「花山院だ。熊野でな」

耳を疑った。熊野にいるとは聞いている。自分が教えた通りに叡山から移ったと知った時はほくそ笑んだ。それが死ぬとはどうしたことか。

「しゃみらしい」

「は？　何でございますか」

「さあて。ここには自ら身体を焼いたと書かれている」

捨身だ。この別当はしゃしんと読めないらしい。それにしても花山が捨身の行に挑んだとは驚きだ。それも最も過酷な焼身を。

「いつでございます。お亡くなりになったのは」

「一昨日。といっても、それはこの知らせが書かれた日付。そこから二日過ぎておるから四日前になる」

鼓動が激しくなり、こめかみが絞られるように痛くなる。あの花山が死んだとは。いったい誰が想像しただろう。既に兼家はいないが、道隆や道兼はこれをどう受け止めているのだろうか。そろって花山を騙し、出家させた。厳久も同罪である。陰謀はそこで終わったが、内裏を追われた花山は、追われついでにこの世から出て行ってしまった。

「ご遺体はまだ熊野でしょうか」

「そうであろう。きょうあたり荼毘に付されたかもしれぬ」

厳久は胸が熱くなり、唇を噛んだ。厳久にとって花山はまず何よりも畏れるべき相手であった。帝だったからではない。父譲りの破天荒さが恐ろしかった。しかし同時に憧れてもいたのだ。逡巡と躊躇ばかりの自分に比べ、迷わず突き進む烈しさが羨ましかった。帝という至上の地位すら捨て、叡山、熊野と修行に励む。凡俗は手に入れたものを失うまいとするが、花山にはそれがない。そして遂には自分の命さえ捨ててしまった。

「動揺しているのですか。お前らしくもない」

詮子も現れ、立ったまま言った。自分でも分かっている。実はすぐに心が揺れ、感情を乱してしまう。平素は悟られないよう気をつけているだけだ。しかし花山の死を聞いて穏やかでいられるはずがない。

詮子は初めて厳久を打ち負かしたような顔で屛風の真ん中に腰を下ろした。

「焼身と聞けば動揺もします」

「ますますお前らしくない。あっさり認めてしまうとは。お前の底意地の悪さも、法皇の死の前では項垂れてしまうということですか」

厳久は答えられなかった。仏の道に生涯を捧げたはずでありながら、真に捧げたのは花山であった。敗北した。わずか数年の修行しか積んでいない花山にあっさり追い越されてしまった。そう思うと、居ても立ってもいられなかった。花山が焼身した場に行ってみたい。せめて供養の読経をしたい。このままでは自分が惨めだった。仏と浄土を説きながら、この身は未だ現世に留まっているのだ。

## 四

　覚えているのは雨だった。火ぶくれになった腹と胸と喉を冷やし、疼き出る熱を洗い流した。それでも息苦しく、全身が泥に埋もれたように怠《だる》かった。死に損なった。生きてしまった。燃えるには油が足りなかった。それ以前に熱に耐えられず、転げ回って僧衣を脱ぎ捨ててしまった。焼身を果たした無禿の気迫にとても及ばず、仏にも届かない。役立たずの生焼けの肉。挫折と失望に沈んでいた時だった。霧雨が残る森の上を強い光が斜めに射し抜けた。

　愚かだった。妄執に囚われ、志と力量と方向を顧みなかった。にもかかわらず、無理強いした。無理強いしてでも突破したかった。山伏の一群に発見され、那智の東筋の小屋に運ばれたのはその日の午後だった。きょうで十日を過ぎただろうか。

　横を向き、肘を突いて身体を起こした。胸から腹が爛《ただ》れている。ぐずぐずと滲んだ皮膚は剝がれ落ち、下から新たな皮が蘇生しつつあった。けれども炎を抱え込んだ喉の周囲と顎は傷みがひどい。

「ご所望の経典はその棚にございます。足りなければ、また手に入れて差し上げましょう」

「大儀である」と言おうと思ったが、喉が痛むので声には出さなかった。山伏もそれを分かった上で話している。

「ここでは船さえ来ればどんなものでも買えます。海が近いですから。都に届けられるはずのものでも、銭の支払い次第では密かに回してもらえるのです。その方が商人も荷が軽くなって楽なんでしょう」

下々の暮らしとはこういうものかと初めて知った。内裏にいては到底分からぬ。これではいくら律令を整え、勅令を出しても、世の末端に浸透するはずがない。そもそも不正という自覚がない。その日その日の銭がすべてであり、法はどこからか降ってくる見えない網のようなものなのだろう。

もちろん山伏達は別である。銭に関心を示さない。義懐が当座の銭を渡しても最初は受け取るのを拒んだほどだ。今も経典を手に入れるのに使った残りを壺に入れて保管している。花山焼死の一報を那智大社を通じて内裏に伝えたのも彼らであった。焼身に失敗したことを知られたくなかったので、死んだことにしてもらった。身体は焼き損なっても、過去は焼き捨てたつもりだからだ。山伏達は最初、法皇と聞いて本気にしなかったが、今は畏まりながらも同じ修行者として扱ってくれる。

「水をくれ」

「はい。ただいま」

きょうの世話番は花山と年が近いように見える。境遇は知らない。しかし無禿といい、この山伏といい、若くして修行の道に入る者が多いのは意外だった。暮らしが貧しいことは想像できる。けれどもそれだけではないだろう。

差し出された椀の水をゆっくりと流し込んだ。顎を開けすぎると皮膚が捩《ねじ》れ、血が滲んでしまう。それではいつになっても治らない。

水を飲むと生きていることを実感する。皮膚は爛れても臓腑は働き、身体中に染み渡る。焼身により、この事実をあらためて知った。まず身体があり、言葉はその次なのだ。

花山は肌を破らないよう気をつけながら、立ち上がって経を手にした。読んだこともない文字が並んでいる。経についての注釈書らしいものもある。死後の浄土は求めない。諸仏による救済も願わない。頼れるのは我が身ひとつ。惨めにも焼け残ったこの身ひとつを出発点に新たな知恵に到達しなければならない。死に拒まれた後の生を強く肯定できる思想を。

格闘が続いた。馴染みのない言葉の海で迷い、何度も溺れそうになった。その度に立ち戻り、支えとしたのが生の肯定という原則だった。生は苦である。滅却《めっきゃく》し、解脱せよ。これが釈迦の教えであった。だが、もはや古かった。その昔、天竺《てんじく》で説かれた当初、どれほど斬新であったかは知らない。しかし生を苦と捉え、もろもろの欲を煩悩として罪悪視するのは無理があった。欲は煩悩であったとしても、修行ごときで捨てられるものではない。生きている限り。この生より他に在るべき場はどこにもないからだ。従って源信《げんしん》が説いたように死後の極楽浄土ばかりを希求する考えもすっかり色褪せて見えた。

経典の学習に打ち込みすぎると、体調を崩した。発熱し、軽い吐き気を覚えた。その時は書を捨て森に出た。樹々の霊気を胸に吸い込み、大気の光に身を浸した。すれ違う見知らぬ山伏達は怪訝な視線を向けてきた。修行者ではなく、山で暮らす杣人《そまびと》にも見えない。下顎と頰が引き攣れ、喉にも火傷《やけど》の痕がある。無精髭を生やし、若いのか年を取っているのか分からないからだろう。熊野にあって花山は自在だった。何にも属さず、何ものにも従わず、従えない。歩きながら気になった言葉を呪文のように唱え、崖を登り、谷底で結跏趺坐した。

次第に根本になる思想が固まりつつあった。理解できる経典もあれば、できないものもあった。むしろ数から言えば、よく分からない方が多かった。それでも粘り強く考えを重ねていくうちに根本に据えるべき考えは会得《えとく》できた。一切の肯定。ありとあらゆる事象の肯定。自分がここにいることもいずれ死ぬことも、この世があることも滅びることも、あるいはそうした極端な提起の是非も含めた一切の肯定。生の肯定を原則として出発した以上、当然すぎる帰結ではあった。しかしこれは強固だった。厳然として揺るがなかった。本気で生を捨てた者にしか分からない身体に根ざした思想だからだ。

「しばらくお会いしないうちにずいぶん回復なされました」

帰京していた義懐だった。祖母の恵子《けいし》が他界したので、代わりに墓参に行ってもらった。知ったのが遅く、法要には間に合わなかった。

「確かに回復したらしい。しかし今度の回復は、これまでの状態に戻ったという意味ではないぞ。これまで以上に、これまでより大きくなったのだ」

義懐は黙っていた。焼身供養の騒動で花山には辟易しているのだ。突然行方知れずになり、探した挙げ句、山伏からの知らせで初めて事の次第を知った。忠実な臣下であればこそ花山の勝手な振る舞いに腹が立ったのだろう。すまないとは思う。しかし相談すれば止められるに決まっていた。

「それよりどうだったのだ。都の様子は。花山が戯《たわ》けたことをしでかしたと、さぞ喜んでいたのではないか」

「仰せの通りです。はじめはお亡くなりになったものと信じ込んでいたようです。行く先々で尋ねられました。法皇は本当にご無事なのか、どの知らせが真実なのかと。今回ばかりはお人が悪いでは済まされないでしょう」

「案ずるな。もともとよくは思われてはおらぬ。あの冷泉の子。これが生まれた時から与えられた称号だ。それに死に損ないという新たな称号が加わっただけだ」

義懐は眼を細めて顔を逸らした。自虐に走る花山を見たくないのだろう。あるいは話す度に引き攣れた顎と喉が動くのを不気味に感じたのかもしれない。花山はこの時、労苦を共にしてきた忠臣に対してすまないという気持ちと、これからますます辟易させるだろうという予感が交差するのに気づいた。けれども躊躇はなかった。それも肯定しなければならないからだ。

「では、そろそろ都に戻るかな。内裏を飛び出して六年だ。だいぶ顔ぶれも変わったろう。そうだ。お前はどうする。こんな死に損ないにいつまでも付き合う必要はないぞ」

義懐は驚き、顔を上げた。

「妻子とゆっくり暮らしてはどうだ。位田《いでん》と位禄《いろく》は漏れることのないよう命じておく」

「突然のことで、何と申し上げてよいやら」

義懐は明らかに当惑していた。願ってもないことと受け入れたい。一方、側近の地位を追放されたようで悲しくもある。こう思っている。

「お前にはずいぶん迷惑を掛けた。それに懲りずに尽くしてくれた。礼を言おう。だからそろそろこの辺でな。お互い内裏の政からは解き放たれているのだ。残りの人生は好きに生きた方がいい」

「帝」

「入覚だ」

「いえ、今ばかりは帝と呼ばせていただきます。率直に申し述べれば、ただ今のお話、まことにありがたく存じます。帝が即位されてから苦楽を共にして参った身の上としては、帝の下を去るのは心中複雑でございます。しかしながら、もしそれが許されるのであれば謹んで従おうと思います。ですが、ひとつ条件がございます」

「遠慮はいらぬ。言ってくれ」

「二度とあのような真似はしないとお誓いください。帝が死んで誰が喜びますか」

久しぶりに聞く義懐の本心に花山はうろたえた。

「仏の道においてあのように烈しい行がどう説かれているかは存じません。しかし馬鹿げています。あれほどのご覚悟がおありなら、ほかにお向けになるべきです。お約束いただけますか」

炎を抱えた時の決意が蘇った。諸仏に身を捧げ、この世を動かす。亡き忯子を救い、病苦の父を救う。本気でそう思ったのだ。その愚かさと悔しさが込み上げてきた。

「約束しよう」

「まことでございますね」

「二言はない」

「安堵いたしました。これで気兼ねなく帝の下を離れることができます」

「さぞ静かな暮らしになろう」

「そう願いたいところですが、なかなかそうもいかないようです」

「何かあるのか」

「実は息子が行方知れずになりまして」

「何と」

聞けば、義懐が出家して間もなく父に従って出家したが、仏道に馴染めず、還俗したという。けれども仕事をするでもなく家におり、自堕落な暮らしぶりを周囲が諫めると、突然家を出てしまったという。

「いろいろと気苦労が絶えぬの」

「馬に乗れば忘れます」

「またいいのを見つけたのか」

「内緒でございます。そのお話は都に帰ってから存分に」

義懐は無理に笑顔を浮かべた。

陸路より楽だろうと言われ、舟にしたが、御坊《ごぼう》を過ぎると波が高くなった。船頭は痩せた小男で頼りなさそうだったが、口は達者で、退屈すると船客にも話しかけた。

「そらそら、ひっくり返るぞぉ。こんなちっぽけな舟はすぐにやられちまう。はっはっは。旦那、恐いかい？　震えてなさるね」

花山は船体の中ほどに義懐や雇いの供奉人達といたので、自分が話しかけられたことに気づかなかった。

「旦那だよ。旦那。おっかねぇ人相の」

これまでの義懐なら「無礼者」と飛び出すところだが、きょうは笑って花山の出方を窺っている。

「おい。船頭。おっかねぇと申したな。どういうことだ。恐ろしいということか」

居合わせた客から失笑が漏れた。

「このお人はおっかねぇが分からんのかね」

「下々の言葉を知らんとはよほど貴きお人らしい」

もちろん皮肉である。誰一人、法皇とは思ってもいない。花山の受け答えが妙なので、からかっているだけだ。

その時、船首で女が老人の背中をさすっていることに気づいた。老人は苦しそうに顔を顰《しか》め、船縁に額を押し付けている。

花山は義懐を小突いた。義懐は肯《うなず》いて船首に移動すると、鹿袋《しかぶくろ》から薬玉《くすだま》をいくつか取って女に渡した。ついでに義懐が何か伝えたのか、女は花山を見て笑いながら頭を下げた。花山も慌てて会釈した。女は美しかった。女に美しさを感じたのは久しぶりだった。出家以来、初めてかもしれない。花山はこの時、叡山、熊野と続いた修行が終わり、下界に降りてきたことをあらためて実感した。下界には女がいる。酒もある。今年で二十五。まだまだ生きていたい。

海風は冷たく、遠くの山々は深まる秋に色づいていた。

潮でべたついた顔を拭おうと、懐から手巾《しゅきん》を出してうろたえた。この顔で女と対したのか。顎と喉が醜く引き攣れたこの顔で。旅の若い僧として女に会釈したつもりだったが、女に見えていたのは奇怪な風貌の汚れた僧であった。

慌てて顔を伏せ、汚れた僧衣の前を合わせた。惨めさで身体が縮んだ。内裏の言葉遣いは戯れとして済ませてくれるだろう。しかしこの傷は。この火傷の痕は。まさに狂人であることの証ではないか。

船首に背を向け、海を見た。義懐も気づいたようである。

「まずは冷泉院にお会いなられますよう。あまり久しくしていると、お忘れになられるかもしれません」

「そうだな。都に着いたら、その足で行くとしよう」

花山は答えながらも動揺は収まらなかった。美男でないことは承知している。父の邸にいた時でも即位して内裏で暮らした時でも、己の顔を自慢に思ったことは一度としてない。それでも女房達をからかい、女御を抱いた。帝だったからだ。ところがその地位はとうに捨てた。下界に降りて来たものの、実は楽しみより苦しみが、快楽より屈辱が待っているだけなのではないか。すべてはこの風貌ゆえに。

歯軋りした。道を求めればこその決死の傷は、世間では忌むべき異形《いぎょう》でしかないことに竦《すく》み、その落差に身悶えした。

冷泉は眠っていた。暴れることは少なくなったらしく、手足に帯は結ばれていなかった。

「このところよくお眠りになるので、わたくしどもも……」

別当はそこで口籠もった。「暴れないから楽」というのが本音なのだろう。しかし口に出すのは慎んだらしい。

「午《ひる》を回っているというのにお目覚めにならないのか」

「いえ、今朝は夜明けと同時に起きられ、わずかばかりの粥を食された後で長いこと外を眺めておられました」

「ここからか。見慣れた景色であろうに」

「わたくしどもには分かりませんが、このところ亡くなったお后さまが遊びに来られるらしいのです」

「母上が？」

「その時の院は、それはそれは悲しそうなお顔をしてお出ましになるのですぐに分かります。場所はたいていあの紅葉のあたりでございます。そこに腰を下ろされると、立て膝に顎を載せていつまでも座っていらっしゃるのです」

花山は簾の奥で寝息を立てる父の横顔をあらためて眺めた。母が他界したのは八歳の時である。葬儀のすぐ後、都で催された祇園御霊会《ぎおんごりょうえ》の笛の音が哀しく聞こえたのを覚えている。いや、あれはその後の法要の記憶だろうか。いずれにせよ父は母を女御として迎え、共に暮らしたのだ。花山の知らない思い出がたくさんあるのは当然だった。

冷泉が寝返りを打ち、低く唸った。別当は侍者に目配せをし、簾の奥に向かわせた。侍者はそれぞれ白い布を手にしている。すぐに湯桶も運ばれてきた。花山はこれから始まる儀式が何か忌まわしいことのように思え、その場を離れようとした。けれども逃げてはいけないと思い直した。父から眼を背けることは、すべてを肯定するという根本の思想に背くことになる。

冷泉は身体を起こされ、着物を脱がされた。痩せ細った肩と胸が、乾いた板のようだ。侍者達は慣れた手つきでまず冷泉の両腕を取り、指先から肩へと拭いていく。冷泉も気持ちがいいのか、眼を閉じておとなしくしている。次に胸と背中を拭い、別の布で丁寧に顔も拭いた。鼻と両眼が終わった時、冷泉は侍者の肩をつかんで立ち上がり、催促するように腰を振った。萎びた男根が右に左に揺れている。冷泉は眼を閉じ、されるがままだ。にわかに男根が大きくなった。ゆるゆると膨らみ、上を向いた。突然、冷泉は眼を開けて大きく叫んだ。

「超子《ちょうし》。おお、超子」

花山は愕然とした。呼んだのは母ではない。別の女御だ。しかも兼家の長女である。冷泉は自ら男根を握ろうとして侍者達に抑えられ、新しい下帯の中に押し込められた。新鮮な衣を着せられ、床に寝かされてもなお迫り上がった情欲を放とうともがいている。

「父上」

花山は胸の内で叫んだ。声に出せるはずがない。出せば恥をかかせる。そう思いながら、いずれ自分も同じ道を歩むかもしれないと気づき、暗澹《あんたん》となった。老いて我を失い、周囲の手を煩わせる。子供になり、ついにはただの生き物に還ってしまう。

父の呻き声がした。

侍者達は務めを終え、簾から出てきた。花山は思わず頭を下げた。別当は気まずそうな顔をしていた。見せたくないところを見せてしまったためか、あるいは別当自身、見たくないものをまた見てしまったためらしい。

早くも鼾《いびき》が聞こえた。無邪気に深い呼吸である。花山は部屋を離れた。

「超子さまとは驚きました」

後を追ってきた別当だった。

「お后さまがお出でになるとおっしゃるものですから、てっきり懐子《かいし》さまの方とばかり思っておりました。とんだ失礼をいたしました。何しろお名前を呼ばれたのは初めてでしたから」

「気にすることはない。超子の方が後で亡くなったのだ。それだけ記憶に残っているということだろう」

別当はほっとした様子で花山を車寄せまで見送った。

「この後、どちらへ」

「決めていないが、東一条院にでも住み着こうと思ってな」

「あの伊尹《これまさ》さまのお邸ですか」

「そうだ。久しぶりに母を思い出した。母の実家も悪くないだろう」

「それはよろしゅうございます。またいつでもお越しください」

「父上をよろしくな」

花山は頭を下げて輿に乗り込んだ。別当は最後まで火傷の痕に触れなかった。内裏では花山を見る眼が変わったはずだと義懐は言ったが、思い過ごしかもしれない。今さら何の関心もないのではないか。知らぬ顔をしてくれるに越したことはない。

花山が都に帰ったと聞いて厳久は落ち着かなかった。そろそろ半月になるが、未だ続いている。生きているという知らせを受けたのは詮子と会って五日ほどしてからだった。一日でも早く熊野に下るつもりでいたが、方角が悪い、日が悪いと陰陽師から邪魔が入り、出立できなかったのだ。一介の仏僧にとって陰陽道など畏れるに足りなかった。しかし詮子がこだわった。「熊野に棲む魔を軽んじてはならぬ。お前の身にもしものことがあったら」と泣きつかれた。兼家に死期が近づいた時、娘の詮子が加持祈禱に最も熱心だったことを思い出し、やむなく従った。が、結果として日を延ばしたのは正しかった。「法皇ご安泰」の知らせが届いたからである。

それにしても帰洛《きらく》と聞いて落ち着かないのはなぜだろうか。花山に焼身供養を勧めたわけではないし、助かったのであればまずはめでたい。にもかかわらず、何ゆえ心がざわめくのか。出家をそそのかした後ろめたさは承知している。けれども六年も前のことだ。焼身を遂げたと聞いた時は心からその死を供養したいと考えた。しかし生きて帰洛し、同じ都で暮らしている。

そうだ。怖れているのだ。花山の言葉を。一度は生を離れ、死に触れた男の言葉が怖ろしいのだ。これまでは言葉において花山を迷わせ、翻弄することができた。仏の教えについての知識が優っていたからである。しかし花山が焼身に挑んだことでその優位は大きく揺らいだ。ここに花山が乗り込んで来たら、そして会得したばかりの言葉をあれこれぶつけられたら。

「ここにおられましたか」

寺に入ったばかりの小坊主である。

「池が見たくてな。紅葉が浮いてひときわ鮮やかだろう」

思考が中断され、出まかせを言った。小坊主は頭を垂れて聞いている。

「何の用かな」

「お客様でございます」

「おらぬと伝えてくれ。どうせ経を詠んでくれというのだろう」

池の南から北へ回ろうとした時、小坊主が続けた。

「お車でお越しになり、とうに門の中にお入りです」

「車でだと？　何と名乗っておる」

「義懐さまと」

一瞬、誰のことか分からなかった。けれどもすぐに思い出した。花山の側近である。何度か会ったが、いつも険しい視線を投げてきたので覚えている。わざわざ山科まで訪ねてくるとはどうしたことだろう。

後ろに組んでいた腕を前で組み直し、空を見上げた。落ち着け。花山のことを考えている時に突然側近が訪ねてきたので混乱している。池から離れて本堂に向かおうと思ったが、やはり北を回ろう。遠回りになるが、かまわない。考えてみれば、花山本人が来るよりましだった。義懐は花山の後を追って出家し、叡山、熊野と回ったと聞く。しかしさほど求道心は持ち合わせていないだろう。

書院に入り、義懐と対して違和感を抱いた。痩せていた。やつれていた。肩回りが厚く、文官より武官に近いという印象だった。が、剃り上げた頭頂部は禿げ、陽に灼けて老けて見える。

「突然に伺いましてご無礼いたしました。何とぞお赦しを」

「お気になさることはございません。再びお会いできて嬉しく思っております」

丁寧な申し出に厳久も礼を以て答えた。しかしますます分からない。義懐はこのような男だっただろうか。

「お伝えしたい儀があり、参上いたしました。花山院のことです」

「都にお戻りになられたと伺っております」

「今は東一条院のお邸で暮らしておいでです。実はそこに難点がございまして」

「どういうことでしょう」

「東一条院はわたしの父伊尹の邸です。わたしはそこで姉と育ちました。ご存じのように姉は花山院を産んだ懐子です」

驚いた。義懐が花山の叔父に当たるとは聞いていた。しかしその姉が花山院を産んだとは。言われてみればあり得ることだったが、義懐を父方の叔父とばかり思っていた。

「つまり義懐さまにとって花山院は甥であり、その母上は姉であると」

「そうです。しかし難点はそこではありません。わたしには腹違いの妹もおります。その妹に院が心を寄せておられるのです」

「叔母上に、ですか」

義懐は肯いた。その顔には怯えがあった。道に背くことへの嫌悪以上にどう受け止めていいのか分からないという顔である。厳久も同じだった。叔母に心を寄せるとは尋常ではない。

「おそれながら、それは確かなお話でございましょうか」

義懐は答えなかった。認めたくないのかもしれない。

「それでわたくしにどうしろと」

「是非とも見守っていただきたい。院の今後を。厳久どのにはその責務があると思っている」

口調が変わった。本心が出た。

反論しようにも考えがまとまらなかった。立ち上がると、義懐は驚いて見上げ、眼で追ってくる。無視して仏の前に正座した。合掌して眼を閉じ、心を鎮めてから再び義懐と向き合った。

「失礼をいたしました。あまりに突然のことで仏にお伺いを立てておりました。それで義懐さまに重ねてお訊きいたします。院の懸想《けそう》はまことでございましょうか」

「院ご自身が打ち明けられたのだ。契りをもったと」

顔が強張るのをこらえた。間違いない。花山ならやる。

「では、見守る務めをわたくしにお求めになるのは何ゆえでございましょう」

「院の暴走を止められるのは厳久どのをおいて他にいないからだ」

「義懐さまではご無理ということですか」

「分かり切ったことを訊くでない。もはや院はかつての院ではない。焼身供養をされてから、お人が変わられてしまった」

「烈しくなられたのでしょうか」

「そうとも言えるが、そのものになられた」

「そのものに？」

「そうだ。花山院そのものにだ」

脅威に感じた。死に触れた人間ならではの強さを思った。だが、それに気づくと、急に花山に会いたくなった。対決したい。どこまでそのものの存在なのかを見てみたい。もしかすると死に触れた相手を高く見上げ過ぎているだけかもしれない。実は破れかぶれのただの獣かもしれないではないか。

「分かりました。どこまでお役に立てるか存じませんが、できる限り、お見守り申し上げましょう。わたくしの務めとして」

「まことですか。これで安心して院の元を離れられます」

納得したらしく、口調が戻った。

# 第五章　淫と乱

## 一　正暦六・長徳《ちょうとく》元（九九五）年

「愚かなことを。そのようなことをして何になる」

「古《いにしえ》からのしきたりでございますれば、瑞兆《ずいちょう》を招来できるのでございましょう」

「そちはすぐ連中の肩をもつな」

「入覚《にゅうかく》さまが手厳しすぎるのです」

「厳しいものか。愚かなことを愚かと言っているだけだ。考えてもみろ。正暦と長徳の間にどれほどの差がある。改元ごときで何が変わる」

花山《かざん》はかつて自分もしたことを棚に上げて非難した。

「どうあれ改元はされたのですから、それを今になって」

理子《りし》は溜息を吐いた。二月の末である。夜になればまだまだ冷える。用意させた火桶では少ないのか、重ねた袿の襟元を白い手できゅっと合わせた。花山はその指先に自分の身体が弄ばれるのを思い出し、微かな高まりを覚えた。

「関白道隆《みちたか》の意向だろう。帝はそこまで頭が回らぬ」

「まあ。ご自分と一緒になされますな。一条帝は聡明なお方と評判です。十六にもなれば、いろいろと関白さまにお考えを伝えておられるでしょうに」

「そうかもしれぬが、関白が実権を握っていることに変わりはない。そこに陰陽寮《おんみょうりょう》や図書寮《ずしょりょう》の連中が取り入り、元号をあれこれ奏したのだ」

「では、入覚さまはどうしろと」

珍しく理子が反論した。真顔になると年上であることを気づかせる。腹違いのせいか母と似ているると思ったことは一度もない。

「今夜のそなたは、ちと妙だ。どうしてそう突っかかってくる。何か嫌なことでもあったのか」

理子は俯いた。わずかな黒髪が肩から胸の前に音も立てずに流れ落ちる。袿の下に隠れた薄紅と萌黄の桃の襲《かさね》は黒い筋を迎えてかえって華やいで見える。

「おととしの歌合わせを覚えておいでですか」

「懐かしいな。確か春と夏に二度催した」

「わたくしの歌はいかがでしょう。春に詠んだ歌です。思い出せますか」

歌の真意は覚えている。恋に狂う花山を諫《いさ》める歌だ。けれども始めの五文字も続く言葉もすっかり忘れてしまった。

「あの歌を詠んだ時、わたくしは入覚さまが怖ろしくてなりませんでした。若さの一心で来られては逃げようもありません。それであの歌を」

理子は一息に言うと、花山とは眼を合わせず、几帳《きちょう》を睨むようにして静かに詠じた。

「よろず代も　いかでかはてのなかるべき　仏に君は　はやくなるらむ」

そうだった。この歌だ。「終わりのない人生はない。あなたもいずれ仏になる。だから少しでも早く荒ぶる情欲をお鎮めください」こう解釈した。しかし聞き入れるつもりはなかった。一切を肯定するのが信条だからだ。東一条院の邸を訪れた時、寝殿で出会って一目で惚れた。落ち着いた佇《たたず》まいと澄んだ声が美しかった。扇で隠された顔は、扇を支える指先の可憐さで勝手に思い描いた。歌を交わし、待ちきれずに強引に迫った。叔母と知ったのはこの後のことだ。しかし悩まなかった。一切の肯定の前にありきたりな悩みなど消し飛んでしまった。それより生きていると実感した。煩悩のままに生きることの清々しさに歓喜した。煩悩即菩提。菩提即煩悩。その瞬間、戸惑い、立ち止まることこそ煩悩の源だと喝破した。

「どうして今夜に限ってその歌を思い出すのだ」

「入覚さまは今、他の女子に気を移しておいでだからです」

うろたえた。その通りである。理子に仕える乳母を密かに好いている。言葉を交わしたのは数えるほどだ。しかし心が動いた。これまでの女子にはない豊かさを感じた。儚げではない。むしろゆったりとし、満ち足りた安堵がある。そこに色香を感じた。夫は中務省《なかつかさしょう》の役人と聞く。娘もいる。しかしそのようなことは妨げにならない。

「乳母を好いてはまずいかな」

理子は答えなかった。

「そなたに仕える女子を好いてはそなたが傷つくのであろうな。わたしという女子がありながら、よりによって目下の乳母に心を奪われるとはどういうつもりかと。しかし自分はそのように考えないのだ。そなたはそなた。乳母は乳母。それぞれに美しさがあり、それぞれに輝きがある。ともに心惹かれるのは自然だろう」

「それは殿方の巧弁にすぎません」

「かもしれぬ。であれば、そなたも他の男を好けばよい。内裏ばかりでなく、大内裏の役人も含めればいくらでも麗しい男に出会えよう。まして身分や血筋にこだわらぬとなれば、相手はきら星のごとくだ」

　理子は立ち上がり、几帳から抜け出て半蔀《はじとみ》をわずかに押し開いた。眼が覚めるような寒風が吹き込み、灯りが大きく震えた。それでも理子は蔀を支える手を下ろさなかった。花山は戦いた。いつもはもの静かな理子が荒れている。色香ではない。もっと激しく、力強い命に襲われ、輝いている。

　花山も立ち上がり、後ろから抱きしめた。うなじに唇を這わせ、耳朶《じだ》を嚙んだ。漆黒の髪が鼻先で踊り、顔にまつろう。理子は身を捩らせた。逃げようとしたのではない。その証に火照った吐息が花山の腕の産毛を愛撫した。

　回り込み、唇を重ねた。手を離したので蔀が落ち、音を立てて閉じた。理子は身を任せ、花山は寒さを忘れて潤んだ肌に身を沈めた。

　事が終わり、汗を冷たく感じた時である。理子の指が花山の引き攣れた顎を撫でた。理子は並んで横になったまま、こちらを向いている。指は赤く波打つ痕を彷徨《さまよ》うと、それに飽きたように喉の崖を滑り、つるりと白い胸で止まった。火傷の痛みはとうにない。しかし爪をたてられると、直に肉に食い込む気がした。薄い膜のような皮膚の下には滲んだ血の痕が点在している。指はそれをひとつひとつ確かめるように撫でてふっと空《くう》に消えた。

「終わりにしましょう。もう二度と」

「だめなのか」

「わたくしは平凡な女子です。入覚さまのようにはなれません」

「どうしても乳母の顔が消えぬのだな」

「お止めください。最後のひとときにそのようなことは」

花山は身体を起こし、廊下から部屋の中を眺めた。

「あら、雪」

理子の声に花山は代わって蔀を支え、眺め渡そうと上まで押し開いた。

茫洋と真白い闇である。輝きもせずに広々と辺りを埋め尽くし、この世の穢れを、つまりは煩悩の源を清浄な景色に変えていた。

「二年の歳月は人を変えるのでしょうか」

「そうは思わぬ。二年ごときで何が変わるものか」

「それではなぜに心変わりをなされましたか」

心変わりではないと答えようとした。しかし無駄と気づいた。煩悩即菩提の極意は死に触れた者にしか分かるまい。

「人を変えるのは歳月とばかり限らないだろう。たとえば」

理子は続く言葉を待って花山を見た。花山は気づきながらも、霧のように舞い降る雪を見続けた。修行ではない。苦行でもない。ましてや焼身供養の実践でもない。人を変えるのは、つまるところ……。

「わたくしの煩悩は最後の炎を燃やし尽くしたようです。この雪が燃え尽きた灰を優しく覆ってくれましょう」

煩悩と聞いて驚いた。理子の口からその言葉が出ようとは思ってもいなかった。そうだ。人を変えるのは煩悩かもしれない。煩悩の力が言葉を突破し、言葉を捨てさせる。そして言葉が無力になればなるほど、煩悩は輝き、燦然と魂を浄化する。この連動が人を変える。いや人を人に近づけるのだ。そのものとして。

「人を変えるのは失望の念かもしれない。もういいという心持ちとでも言おうか」

「では、わたくしに飽いてしまわれたと」

「そうではない。もういいというのは、大切にしてきたものが手に入らず、あるいは大切にすることに疲れた時のことだ。そのような気持ちになれば、荷を下ろして楽になれる。傍目には人が変わったように見えるだろう」

「では、本当には変わっていないのですね。他人の眼にそう映るだけで」

花山は寒さを感じて半蔀から離れた。言われてみればそうである。今の説明では変わっていないことになる。

「では、こう考えたらどうだろう。人を変えるものなどそもそもないのだと。人を変えるのはと問うから分からなくなる。人が変わらないのはと問えば次につながる」

「どうつながりましょう」

「人が変わらないのは煩悩から逃れられないからだ」

巧いことを言った。と思った瞬間、すぐにおかしいと気づいた。変えるのが煩悩であり、変わらないのも煩悩ゆえということになる。何が言いたいのか自分でも分からなくなった。このような時、厳久《げんきゅう》ならどう答えるのだろう。

「ということは、その火を燃やし尽くしたわたくしは、変わることができるということですね」

「そうなるな。だが、そなたはどう変わりたいのだ」

「ありのままのわたくしでいられれば幸せにございます」

「ありのままか」

「ほかに言葉が見つかりません」

理子はとうに考えることを止めてしまったように微かな笑みを浮かべている。

花山はそれ以上訊けず、女の髪を撫でることさえできなかった。

四月になり、元慶寺《がんぎょうじ》では開花が続いた。梅、桃、杏《あんず》が終わっても幾種類もの桜が境内を彩った。山桜、深山桜《みやまざくら》、大山桜。強い色の花弁が青い空に映え、歩くだけで幻惑された。厳久は花に迷うことはよしとしていた。朝夕変わる空の色も山里のせせらぎの音も、花の濃密さには及ばなかった。そこでは言葉は戸惑い、たじろぎ、立ち竦んでいる間に溶かされてしまう。

「梅の花　咲きて散りなば桜花　継ぎて咲くべくなりにてあらずや」

確か万葉集ではなかったか。花の美しさを前にすると、言葉はその輪郭をなぞるのがせいぜいである。

けれどもこのところ花に酔ってばかりもいられなかった。流行病である。勢いが凄まじいのだ。鎮西《ちんぜい》で発生した後、東へ進み、都に入ると瞬く間に広がった。死人が溢れれば読経を頼まれて忙しくなる。都中の僧が力を尽くしている時に自分だけ断るわけにいかない。出歩けば日々の平穏は失われる。

そして昨日、詮子《せんし》から関白道隆が危ういと聞かされた。内裏も脅かされるようになったのだ。道隆は死を覚悟して息子の伊周《これちか》に関白を譲ろうとしたが、一条帝が許さず、さらに道隆のすぐ下の弟道兼《みちかね》も猛反発したという。道兼にすれば父兼家《かねいえ》も就いた関白の座を甥に取られたくなかったのだろう。

十日。「関白ご逝去」の知らせが来た。疫病ではなく、飲水の病という。酒や料理の贅沢が祟って身体が浮腫み、体調を崩してからは水ばかり飲んでいたらしい。死因はどうあれ、空いた関白の座に道兼を推す声が強まり、二十七日に就任した。内裏の誰もが伊周にだけはやらせたくなかったと聞く。去年、父道隆の意向により、三人抜きで内大臣になって以来、増長が目立ち、嫌われていたからだ。

五月に入ると、遂に内裏にも死者が出た。関白に就いたばかりの道兼が八日に他界し、公卿、貴族も次々に倒れた。いずれも身体中に発疹が現れ、膿が出たという。道兼が死んだのでその弟の道長《みちなが》が十一日に内覧に就任し、当面の政務をこなすことになった。内覧とは太政官から帝に奏上される文書に眼を通す役で、関白亡き後では最も帝に近いと聞く。さらに道長は右大臣に昇り、内裏の実権を握るに至った。当然、背後では姉の詮子が動いたろう。息子の一条帝を操れば身内の昇進などたやすいからだ。

六月も末になってようやく疫病が衰えた。内裏での死者は納言以上二人、四位、五位の殿上人六十一人という。賀茂川に捨てられた庶民も含めると恐ろしい数になる。

厳久は僧の非力と仏の冷たさを恨んだ。死に絶えた家は数知れず、残された子は飢えて死ぬか盗みをして食いつないでいる。どれほどの読経もひとかけの粟餅《あわもち》に及ばない。分かっていたはずである。しかし今度ばかりはあらためて仏の慈悲を疑い、僧であることの欺瞞《ぎまん》に懊悩《おうのう》した。救えるとは思わない。救いたいとも思わない。だが、この悲惨さは何だ。これほどの惨状を前に言葉に何ができる。言葉に力がないということは、教えに力がないということだ。

蒸し暑い宵だった。厳久は行き先を告げずに寺を出た。詮子か花山か。どこへ向かおうとしているのか自分でも分からなかった。東三条院か東一条院か。遠いのは同じである。しかし意味はまったく違った。詮子に会うのなら、そろそろ阿闍梨《あじゃり》より上の位にしてもらいたいと伝えるつもりだった。僧であることに苦しめば苦しむほど僧官が必要になる。世俗の階層は煩悶する魂の支えになるからだ。位なくして己は支えられない。弱さではない。理《ことわり》に属する。支えることが肝要なのであって、強くあろうとして折れてしまっては元も子もない。五十二にもなれば、人生の強弱とその慰め方は心得ている。

では、花山に会うとすればどうだろう。義懐《よしちか》に見守るよう求められてから何一つしていない。できるはずがない。今の花山は獣であり、近づこうものなら噛まれて血が流れる。焼身後の花山がどの経を読んだかは想像できた。理趣経《りしゅ》だ。性愛に突き進む経といえば他にない。叡山で会った時、帰り際に勧めたのだが、まさか本当に読み解くとは思わなかった。

「妙適清浄《みょうてきせいじょう》の句　是《こ》れ菩薩の位《い》なり　愛縛清浄《あいばくしょうじょう》の句　是れ菩薩の位なり　色清浄《しきしょうじょう》の句　是れ菩薩の位なり　設《たと》え広く積習《しゃくじゅう》するも　必ず地獄等の趣《しゅ》に堕《だ》せず」

厳久が初めてこの経を知ったのは十七の頃だった。煩悩を止滅し、解脱を説く釈迦の教えとは真っ向から対立した。汚らわしいと思った。天竺の下層賤民の邪《よこしま》な教えであり、学ぶに値しないと考えた。再び読もうと思ったのは十年ほどしてからだ。真意を会得するのにさらに十年を要した。言っていることは難しくない。男女の交わりも互いに惹かれ合うことも清浄であり、菩薩の位に値する。清浄とは自他の別がないことだ。しかもそれらを広く積み重ねても決して地獄へは堕ちないという。ここで説かれているのは徹底した現実肯定である。来世を憧憬する浄土の教えとは決定的に異なる。花山は間違いなくこの経を実践している。

厳久にとってそれは脅威であると同時に愚昧でもあった。経の実践はあくまで内的でなければならない。つまりは認識でなければならない。しかし花山は身を以て実践してしまっている。山伏との修行《ぎょう》が行を重視させたのかもしれないが、厳久は生まれもった花山の資質がそうさせていると考えた。厳久にとって行為は最も慎重であるべきであって、できればそれなくして物事を理解したいと思っていた。確かに理解は言葉を通じてだが、明晰な言葉の積み重ねは肉体を凌ぐと信じている。

気がつけば東山を北に回り、白川《しらかわ》に来ていた。心が迷っている証である。東三条に行くなら、元慶寺から西の六条山を越えて六波羅《ろくはら》に入り、賀茂川に沿って北上した方が早い。山越えは骨が折れるが道筋は近くて済む。白川に来たということは、一条と三条のいずれにも行けるということだ。

立ち止まると汗が噴き出した。手巾《しゅきん》で額を拭き、鼻筋の左右を交互に拭った。川沿いには物乞いが集まり、戯れ女《たわめ》が衣《きぬ》をはだけて誘っている。

白川を渡り、賀茂川に差し掛かった時である。怒鳴り声がした。呻き声もした。身構えたが、暗いので分からない。

「いい気になるんじゃねぇぞ。右大臣ごときでつけ上がりやがって」

銀杏《いちょう》の陰に身を潜め、様子を窺うと、数人の男たちが暴れているのが見える。

「死に損ないめ。病に罹ってくたばっちまえばよかったんだ」

蹴られているのは一人である。倒れて身を丸めている。

「おい、加減するな。思い知らせてやるんだ」

「これ以上は死んじまうよ」

「かまやしねぇ。首を取りゃいい。嬲《なぶ》り殺して首をさらしてやろうぜ」

頭目らしき男の命令に手下が躊躇しているのが分かる。男達の動きが止まり、縦に影が伸びた。数えれば五つ。大きいのも細いのもいろいろだ。

「痛めつけるだけのはずじゃ……」

「けっ、意気地がねぇ。こうやるんだよ」

ぎぇっという潰れた声がし、ごきりと鈍い音がした。厳久は顔を背けてしゃがみ込んだ。がっ、がっという音が続いている。首の骨を断っているのだろう。刀が小さいのか、実際にやるとなると手間が掛かるらしい。そういえば「右大臣」と言っていた。「つけ上がりやがって」とも罵った。右大臣と言えば、従二位の道長である。就いたばかりだ。道長が供回りも連れずに出歩き、襲われるはずはない。ではどうして右大臣と言ったのだろう。やられたのは道長の家の者だろうか。とすると、襲ったのは誰だろう。

恐怖は興味に変わった。道長は詮子の弟だ。この場を巧く利用すれば詮子に貸しができる。

「川で洗って届けてやろう」

「伊周さまのお邸ですかい」

「たわけが。生首を見たら腰を抜かすだろう。殿はああみえて酷いことはお嫌いでな」

「命じてるくせにですかい」

「殿上人なんてそんなもんよ。自分達は手を汚さねぇ。だからいくらだって残忍なことができるのさ」

しばらくすると男達の気配が消えた。首を洗いに行ったのだろう。厳久は恐る恐る身を乗り出し、横たわる黒い影に眼をやった。向こうの橋では、どこから来たのかお囃子《はやし》の一座が笛と太鼓を鳴らし始めた。つられて人が集まり、時季外れの精霊会《しょうりょうえ》のようである。揺れる灯りと踊りと死体。厳久には同じこの世の出来事とは思えなかった。凶行は闇に隠れ、人声は闇に映えた。いや、隠したのは闇ではない。そぞろ歩いていた京衆だ。彼らの無邪気さが凶行を無きがごときものにしたのだ。

立ち上がり、銀杏の陰から出た。血の臭いに誘われたのか、早くも犬がやってきた。頻りに鼻を鳴らしているが、まだ亡骸まで辿り着かない。死体は仰向けで、確かに首がなかった。下人が着ていた水干《すいかん》は血に濡れ、草履がそれぞれ飛んでいた。

凶行であることに間違いない。だが、許し難いとは思わなかった。凄惨であればあるほど、人の真に触れた気がした。同情も湧かず、むしろ嬉しかった。人は人を殺す。当たり前ではないか。

厳久はその場を離れ、橋に向かった。浮かれた京衆がぶつかってきた。踊り手は次から次へと沸いてくる。呆けた顔に呆けた声で楽しそうに節を取っている。お前らが殺したのだ。お前らこそ殺されればよかったのだ。行く手を阻まれた厳久は胸の内で怒鳴りつけた。この群衆に比べると、首を取った賊の方がはるかに意志があり、明快だった。

三条に行こう。詮子に知らせよう。検非違使庁にはいずれ伝わる。

橋を渡り終えた時、厳久は自分が変わったことに気づいた。はっきりとは分からない。しかし疫病で夥《おびただ》しい死人が出た時に感じた憤りと動揺は今はなかった。殺すも殺されるも連中のことだ。それより、愚鈍《ぐどん》な群衆に腹が立った。疑わず、考えず、誘われ、浮かれる。笛と太鼓が凶行を命じたら、彼らは迷わず殺しにいくだろう。無邪気な顔で善意に満ちて。これこそ恐れるべきことではないか。おまけに彼らはこう言うのだ。知らなかった。笛と太鼓に誘われただけだと。

「確かにそう聞いたのですね」

「間違いなく伊周さまのお名前でした」

詮子は側近に眼で合図し、悔しそうに歯軋りした。殺されたのが誰かは分からないが、右大臣への攻撃であることは明らかだった。道隆の後、関白就任を狙った息子の伊周は拒まれ、代わって叔父の道長が右大臣に昇進して実権を握ったのだ。伊周側には嫌がらせをする動機が十分ある。

「どうなりましょうか」

「今、検非違使庁に遣いを出しました。いずれ謀叛人は捕らえられるでしょう」

　厳久は落胆した。聞きたいのはそのようなことではない。「よくぞ知らせてくれました。いざという時は頼りになります」こうした礼と感謝の言葉だ。

「しかしながら、これしきのことで右大臣さまの地位は脅かされるものではありません」

「当然です。われらを何と心得ておる」

「これはとんだご無礼を」

　厳久は驚いて頭を下げた。道長の政権基盤は盤石だと言いたかっただけである。立腹するほどのことはない。突然の知らせに気が立っているらしい。と思いながら、厳久はひやりとした。自分は用済みなのではないか。五十を過ぎた美顔の男になど、とうに魅力を感じなくなったのではないか。こう思ったのは不覚にも初めてだった。道隆、道兼の兄弟亡き後、弟の道長だけを頼りに政を執り行おうという切迫した気持ちならいい。いずれこちらに戻ってくる。しかし飽きられたのだとしたら事は重大である。

「ひとつ訊きましょう。お前は人が殺されるのを黙って見ていたということですか」

「黙ってと言われますと」

「止めもせず、仲裁もせず、戦いもせずにただ見ていたのかということです」

　詮子の視線は鋭かった。持統《じとう》、孝謙《こうけん》とかつての女帝達もこうだったのではないかと思わせる威圧があった。

「お言葉ながら、気がついた時には賊は首を取って立ち去るところでした。とてもそのような暇はございません」

「ないのは暇ではなく、勇気です」

詮子はうつむき、扇で顔を隠した。分からない。どうしてここまで厳しく当たるのだろう。憎であるこの身があの場で賊と戦えるはずはない。戸惑っていると、扇の奥からすすり泣きが漏れた。ますます分からなくなった。何を泣くことがあろう。身近な者が殺されたわけではあるまいに。けれどもこの時、厳久はこれで形勢を逆転できるとほくそ笑んだ。目の前にいるのは国母《こくも》ではない。ただの女である。泣いている女ほど扱いやすいものはない。感情に溺れれば感情で導くことができる。

「申し上げます。おっしゃる通り、わたくしには勇気がございませんでした。足蹴を受けているのが右大臣さまの縁者かもしれないと気づいていながら、見殺しにしたのでございます。お詫びするよりほかございません」

聞こえたのかどうか分からない。詮子は小さな握り拳を高麗畳に擦りつけて震えている。

「この通りでございます。お許しください。あの場を離れ、真っ先にこちらへお知らせに上がるのが精一杯でございました。なにとぞお許しを」

いつまで待っても声はなかった。頭を下げすぎて首の後ろが痛くなった。ゆっくり顔を上げ、上目遣いに詮子を見た。厳久の言葉が通じたのか、泣き声はやみ、肩の震えも止まっている。

「悪いのはお前ではない」

絞り出すような詮子の声に厳久は躍り上がった。何とたやすい逆転だろう。攻めていた女帝が一瞬にして女子になった。どれほど強がったところで関白家に生まれ育った姫にすぎない。今度はこちらが攻めさせてもらおう。

「いえ、このわたくしが機転を利かせていれば、右大臣さまのお家に災いが降りかかることを防ぐことができたのです。深く恥じ入るばかりでございます」

詮子は扇を下げて身を乗り出した。

「それは違うと言っているのです。つい先日、道長と伊周が内裏で大喧嘩をし、それ以来、二人が険悪になっているのは人の知るところですから」

驚いた。道長は三十、伊周は二十歳を過ぎたくらいだろう。いくら内大臣とはいえ、年下の伊周が叔父に楯突くというのは尋常ではない。しかも殿上人の面前であれば相当な覚悟がいる。

「それだけではありません。伊周方の祖父か誰かが、道長に災いをもたらすよう夜ごと呪術をしているとも聞いています。そこへ来て今度は人まで殺されたのです。驚きと恐ろしさで動転しました」

率直な詮子の言葉を厳久は頭を下げて受け止めた。そういう事情であればやむを得ない。詮子がいつもの詮子に戻ったので、厳久もこれ以上の反撃はやめにした。

「あまりお心を痛めてはお身体に障ります。右大臣さまは大きなお方とうかがっております。帝とお心を合わせて乗り切って行かれることと思います」

立ち上がろうとした時、詮子が口を開いた。

「阿闍梨の上の僧官は何といいますか」

「内供《ないぐ》、已講《いこう》とあり、これを有職三官と申しております。その上は僧綱《そうごう》と申しまして、下から律師《りっし》、僧都《そうず》、僧正《そうじょう》と上がります」

「では、律師にしましょう。今すぐというわけにはいきません。いずれ時期を見てお前を律師に任じましょう」

「これは願ってもいないことでございます。その時は謹んで拝命つかまつります」

「真っ先に駆け付けてくれた恩に報いないわけにはいきません」

巌久は頭を下げながら、これほど振り回され、疲れた夜は初めてだと思った。


「お許しください」

中務は脚を閉じ、花山の指から逃れた。今に始まったことではない。理子に続く相手として選んだつもりが、馴染みきれないでいる。恐れているのだ。花山という人間を。

「やはりだめなようだな」

女は薄布で身体を包み、正座して額《ぬか》ずいた。黒髪が床に広がり、妖しく波打った。

「もうよい」

女は安堵したのか、上げかけた頭を再び下ろし、ひたすら畏《かしこ》まった。

ゆったりとした振る舞いに色香を感じたのは誤りだった。焼身した我が身を受け止めてくれると思い込み、溶けるほどの情を期待した。が、いつまで経っても女から怯《おび》えは消えず、火傷の痕に触れようともしない。物狂いはどこまでも物狂いであり、女の領分には入れてもらえないらしい。

明け方、醒めた気分で立ち上がり、床を抜けた。女は衣を羽織り、申し訳なさそうに簾越しに花山を見送った。

戸口から出て門の外の牛車に向かった時である。人の気配に振り返ると、呉竹《くれたけ》が伸びた網代《あじろ》戸《ど》門の脇に別の女が立っていた。亡者かと思った。朝霧の中で竹の細枝を片手で押し曲げているさまは冥界から彷徨い出た死人のようだった。女は紅仕立ての袿を着て髪は後ろで結んでいた。まだ若い。花山と同じくらい上背がある。花山を見て微笑んだ。白い顔に赤みが差した。

「何か用かな」

女は答えず、すっと身を落として膝を突き、頭を下げた。頭蓋は前後に少し長い。しかし優美な丸さがある。珍しい形だ。

「ひとつだけお聞かせくださいませ」

「申すがよい」

「今夜もお出ましになられましょうか」

「お出まし？　ここへか」

「さようでございます」

「はっはっは。何かと思えばそのような。分かるわけがないであろう。帰ろうという時に今夜のことなど。何ゆえに知りたがる」

「お越しになられますのなら、わたくしの部屋も是非訪ねていただきとうございます」

これほど大胆に誘われたのは初めてだ。女はようやく顔を上げて花山を見た。睫毛が長い。瞳も大きい。が、その色は少々青みがかっている。

「そなたの部屋には何か珍しいものでもあるのかな」

「未だご覧になられたことのないものをお目に掛けて差し上げます」

「ほう。見たことのないものをな。覚えておこう」

花山は少し離れた所に止めさせた牛車に向かった。

あの女は誰だろう。下女ではない。気品がある。娘だろうか。であったとしても、中務の娘が突然どうしたのだろう。見たことのないものを見せるとも言った。興味を覚えたが、たとえ見たことがなくても、見てしまえばつまらなく感じるに違いない。せいぜい渡来の玉《ぎょく》か獣の皮の類だろう。そもそもここへはもう来ないつもりでいる。

東一条院に帰り、身体も拭かずに横になった。眠りたかったはずが、寝返りばかり打つ。気になっている。あの女だ。花山と承知で誘ったのだ。話がしたい。どのような女子なのか。どうしてあそこで暮らしているのか。

行きたい気持ちはあっても中務の眼が気になった。「邸をお訪ねになりながら、何ゆえわたくしのところへは来られないのでしょう」こう思うに決まっている。女には逢いたい。しかし中務には逢いたくない。

悶々と過ごすうちに陽が暮れた。蟬も静かになり、薄闇が辺りに澱んでいる。既に答えは出ていた。逢いに行く。迷わず女の部屋を訪ね、言葉と情を交わす。中務には泣いてもらう。

いつもの場所に牛車を止めた。他に車は来ていない。先に侍者を遣って女の部屋を調べさせた。庭を抜けた先の西の離れという。離れといっても渡廊でつながっているので、途中から上がればいい。

花山は顎と喉に手をやった。いつもの癖である。とりわけ女と逢う時はつい皮膚の爛《ただ》れに触ってしまう。

簾を上げると、女は深く頭を下げた。

「来いと言われたので来てしまったぞ」

「お待ち申しておりました」

花山は壁際に敷かれた畳に腰を下ろした。

女は早くも秋の装いだった。表が白、裏が縹《はなだ》の花薄《はなすすき》といわれる色合わせである。夕暮れの名残が軒先から忍び込むので灯台はまだ一つしか灯されていない。

「そち、名は何と申す」

「娘の平子《へいし》にございます」

「やはりそうであったか」

平子が怪訝な顔をしたので花山は続けた。

「いや、そうは思ったが、誰か分からなかったのでな。いくつになる」

「十九でございます」

「九つも下だな」

そう答え、昔、怟子《しし》が入内した時は十六だったと思い出した。

「母は三十の半ばを過ぎております」

平子の笑顔に戸惑った。中務の年は訊いていないし、考えてもいない。母と娘は別だと思って来ている。

「珍しいものとは何かな」

「それは」

と言って黙り込んだ。しかしすぐに髪を払って「今しばらくお待ちを」と小声で答えた。

「では、何か飲ませてくれ。喉が渇いた」

立ち上がった平子はすらりと背が伸び、着物の色が映えていた。花山より大きく見える。

運ばれた酒肴と食器を見て少なからず落胆した。中務を訪ねた時と変わらなかった。同じ邸だから当たり前だが、女主人の家とはこういうものらしい。

盃を重ねた後で花山が尋ねた。

「そなたは珍しい容貌だな。この世の女子とは思えない」

「本心と受け止めてよろしいですか」

「本心のほかに何がある。どうしたのだ。そのように」

「お許しください。そう言ってくださる殿方は初めてですので、ついご無礼を申し上げました。嬉しゅうございます。来ていただいて幸せにございます」

平子は新たに運ばれた酒入りの片口長柄《かたくちながえ》を取って言葉を続けた。

「わたくしの中には異国の人の血が流れているのでございます。いつの誰かは存じません。どこの誰かも分かりません。けれども何かの弾みで突然その血がわたくしの中に現れたのでございます。それでわたくしはこのように……」

平子は顔を傾け、簾を眺めた。長柄は膝に載っている。はじめ花山は平子の気持ちが分からなかった。その容姿を気に入っていたからだ。けれども平子は違う。憎んでいる。人並みから外れた容姿を忌まわしいと感じている。哀れだった。花山も冷泉の血を呪ったことがある。誇りと思えるまでには時を要した。

侍女が簾を上げて灯りの点いた灯台を差し入れた。

「それでこのように醜く生まれついたのでございます」

平子はようやく言い終わると、穏やかな顔で長柄を持ち上げ、花山の盃に注ごうとした。花山は盃を取らず、平子の細い手首を取った。

「つまらぬことを言ってはならぬ。誰が醜いのだ。誰が言ったのだ。そなたはそなただ。愚かな連中の言うことなど放っておけ」

平子は一瞬驚いたようだったが、すぐに平静に戻り、長柄を突き出して盃を取るよう促した。注がれた酒は光っていた。金箔が入っているらしい。

「美しい。光る酒も、そなたも。この世に美しくないものなど何一つとしてない。醜いものがあるとすれば、醜いと騒ぎ立てる連中の魂だけだ」

花山は一気に飲み干した。甘みがあり、とろりとしている。先ほどの酒とはまた違う味わいがある。

「そなたもどうだ」

花山は長柄を取り、盃を平子に取らせた。長い指の間で盃が小さく見える。が、勢い余って溢れさせてしまった。思えば、酌をしたのは初めてだ。

「これはすまぬ。溢れた酒が泣いておるな。こぼれて捨てられるために生まれたのではないと」

「あるいは、わたくしに飲まれるくらいなら、溢れて消えた方がましと思っているかもしれませぬ」

平子は笑った。これが素顔なのだ。

そう思った時、平子は静かに盃を傾けた。袖の袂《たもと》が滑り落ち、白い腕がのぞいた。柔らかな肌は縹色の衣に触れ、肘につながる奥の暗がりへと誘っている。花山は平子の手を取った。平子はうつむかず、花山を見詰め返した。瞳は深く、青い。平子の高まりを花山も感じた。平子は花山の手から逃れるように立ち上がると、表の白を脱ぎ落とした。花山は驚き、目を瞠った。大胆だが、狂乱ではない。澄んだ力が平子の身体から溢れ、花山を見下ろしている。平子はそれに満足したように一呼吸すると、縹の衣の襟を崩して肩を脱いだ。豊かな乳房が露わになった。と思った瞬間、前を開いて衣を背中から後ろへと滑り落とした。

灯りは二つだけだった。女の右手の背後と花山の左の前である。それぞれの光が女を照らし、影を作っている。

両腿の間には遮るものは何もなかった。そよぐものも何もない。ただ小高い鼻から下りる見えない一条の筋が臍《へそ》の下まで来て形を現しただけである。女は挑むように見下ろしている。花山は躙《にじ》り出て女の腿に手を当てた。柔らかな柱に震えが走り、肉に力が入った。悲しみの溝に舌を入れ、足が開いた時、さらに身体を寄せて炎に攣れた己の顎を押し付けた。忌むべきものなど何もない。慈しみだけが異形《いぎょう》を超え、溢れる情が互いの異形を溶かし込む。その時、異形は悲しみから解き放たれ、憎しみも捨てて天を翔る。そこで一つの声を聞く。その声は。その声こそ……。

## 二　長徳元（九九五）・二（九九六）年

厳久が権律師《ごんのりっし》に任じられたのは陰暦十月十七日であった。

それからしばらくして大宰府の藤原佐理《すけまさ》が大宰大弐《だいに》の職を罷免されたと聞いた。去年、豊前《ぶぜん》宇佐八幡《うさはちまん》の神人《じんにん》と乱闘した咎《とが》である。相手が八幡の神人では佐理の側に理があると考えられる。神人達は古来の神を信じるわけでもなく、崇めてもいない。そのくせ神の威光を振り回して人々をひれ伏させる。信じてもいない神と、神を信じ切れない人々との間に立ち、ことさら信じる振りをすることで権力を手にしているのが神人である。

もうひとつ気になることがあった。夏の殺しの犯人は伊周の弟の隆家《たかいえ》の家人という。検非違使庁から詮子に伝えられた。殺されたのは道長に仕える侍者である。犯人は道長に報復できれば誰でもよかったと供述しているらしい。内大臣の伊周がどのような男かは知らない。しかし密かに弟と謀って叔父の道長への復讐を企てるとは尋常ではない。詮子が警戒するのも肯ける。

師走に入った。夜明けの寒さに身体を縮め、衣を肩まで引き上げた時、呼ぶ声がした。

「お客さまにございます。いかがいたしましょうか」

「誰だな。このような時分に」

「花山院でございます。それもお一人ではなく、恐ろしげな男達と一緒でございます」

眼が覚めた。突然の来訪である。男達も連れているという。会わないわけにはいかないだろう。追い返してもまたやって来る。

「お通ししろ。本堂でいい」

「かしこまりました」

身支度を整え、時を稼いだ。会うのは叡山以来である。六年は経っている。焼身供養に挑んだ後、「そのものになられた」と義懐は言った。心して向き合わねばならない。戸を開けると、冷気に震えた。裏庭の枯れ枝は凍りついて動かず、地面には白く霜が降りている。足の裏が冷たく、痛い。軒先の床板では夜露がざらりと氷結している。

本堂に入ると、男達を見ずに一礼し、本尊の前に座った。鈴を打ち、手を合わせる。背後で苦笑が漏れた。手下の男たちである。

「客はこちらだ。仏像は後にしろ」

花山の一声に手下達は快哉《かいさい》を叫び、手を叩いた。厳久は聞き逃さなかった。仏と言わずに仏像と言った。仏への侮辱どころか、こうして道心を捧げている厳久さえ嗤《わら》いたいらしい。

「いつまでそうしておる。早う、こちらに来て生身の人と話さぬか」

花山の声に厳久は立ち上がり、正座して向き合った。

精悍で凄味があった。修行で日焼けしたのか、顔は浅黒い。顎から喉と胸にかけて醜い火傷の痕がある。これ見よがしに衣の胸元は開けてある。首に巻いているのは何だろう。数珠らしい。が、ただの数珠ではない。とにかく大きい。柑子《こうじ》だ。柑子蜜柑《みかん》をいくつも紐でつないで首から提げている。

「お久しゅうございます」

こう言うのが精一杯だった。この奇態を前にして他に言葉が見つからない。

「達者なようではないか。聞いているぞ。権律師に出世したとな」

「お恥ずかしい限りにございます。どうしたことか東三条院さまから身に余る賜りものを」

「嘘を言うな。出世は生きる要。恥ずかしいと思っているはずがない。そうであろう」

厳久は唇に力を入れて押し黙った。

「どうした。なぜ黙る。お前の素顔を糺《ただ》してやっているのだ。礼くらい言ったらどうだ」

朝早くから猛烈な勢いである。明け方に叩き起こされたばかりで、まだうまく頭が回らない。花山はいつ眠っていつ起きたのだろう。汚れた法衣の奥でどしりとした膝頭がこちらを向いている。

「これは気がつかずに申し訳ありませんでした。まさか入覚さまが直々にわたくしの素顔を糺しておられようとは。この通り御礼申し上げます。しかしながら、わたくしの素顔はわたくしにもよく分からないのでございます。そもそもいくつあるのか。仏道と出世。いや、仏道ゆえの出世、出世ゆえの仏道。いずれも顔であって顔でない。ましてや糺す以上は、どちらへ向けて糺すかをあらかじめ決めていただきませんと、糺しようがないものと思うのでございます」

花山が黙ったので厳久は安堵した。ようやく頭が動き始めた。焼身に挑んだくらいで大きな顔をされては困る。言葉の術にかけてはこちらが上だ。精緻な言葉は経験を超えることを示してみせる。

「相変わらず口がうまいな。お前は喋《しゃべ》れば喋るほど相手を惑わし、混乱させることができると信じている。しかし甘いぞ。言葉はある一線を超えると落剝する。それまでぴたりと寄り添ってきたはずが、ある所に近づくと怖じ気づいたように立ち止まり、そこではらりと落ちていく。その程度のものなのだ。と言っても、お前には分からぬだろうがな。はっはっは」

誇らしげな花山の笑いに手下もそろって笑い転げた。ある所とは生死の境を言っているのだろう。自分には焼身に挑んだ過去がある。これは誰にも負けない。生から離れた瞬間、言葉は勢いを失い、はらりと落ちて消えてしまった。こう言いたいのだ。

「恐れながら申し上げます。確かに入覚さまの言う通りかもしれませぬ。しかしある所とは、それほど大事な一点でございましょうか」

「何だと？」

「ある所を通らずとも、言葉が剝がれる瞬間を感得することはできるのではないかと申しておるのでございます」

「いつだ。言ってみろ」

激しい反応に思わず詰まった。

「どうした」

「それはつまり……」

「みろ。言えまい。口から出任せで反論したところで、その先が続かぬではないか。それを思い上がりというのだ。恥を知れ」

負けたかと思った。確かにその先が続かない。けれども、ここで引き下がるわけにはいかなかった。巌久は巧みに反転した。

「たとえば、蝶にございます」

「蝶？　ひらひらと舞う蝶か」

「さようでございます。蝶は気まま自在に空を飛び、花から花へと移ります。この時、言葉はどこにございましょう」

「戯けたことをぬかすな。蝶ごときにわれらの言葉と何の関わりがある」

「もののたとえでございます。よろしいですか。さきほど入覚さまは蝶は舞うと言われました。その通りでございます。舞うのです。舞うとは、ひたすらある所を目指すのではございません。軽やかに行きつ戻りつしながら、ただ移ろうのでございます。その蝶が、もし言葉を持っていたとしたら、どこで落剝を感じるのでございましょう」

「その手には乗らん。幻惑しようとしても無駄だぞ」

「幻惑ではございません。あくまでたとえでございます。よろしいですか。舞っているものにとって超え行かんとする一線などどこにもないのでございます。言葉がはらりと落ちるのを感得するための、ある所など不要なのでございます。もちろん蝶とて言葉の落剝を感じる時がございます。それはいつか。色模様の翅がこの世の外側に触れた瞬間でございます」

　厳久は汗ばむのを感じた。戸口に立った時の寒さなど消えていた。幻惑と言われようと、攻め続けなければならない。

　花山はわずかに首を傾げて考えていたようだったが、何を思ったか、首に提げた柑子を握り、弄んでから、気を抜いて言った。

「おお。忘れるところだった。そのような話のために来たのではない。伊周と隆家のことだ。

何か聞いているか」

「何かと言われますと」

「女院からだ。あの女は内裏の細事をことごとく知っているはずだ。入覚が訊いたところで言うはずがない。お前が聞いているところを話してほしいのだ」

厳久は微笑んだ。まだ若い。三十にもならぬ男を相手に本気になった自分が愚かであった。気が緩んだ厳久は知っていることを話して聞かせた。隠すことはない。そもそも隠さねばならぬほどのことは聞いていない。

「なるほど。道長をな。奴ら、兼家の血を引いているだけのことはある。おい。聞こえたか」

「へい」

手下達が一斉に答えた。

「どうする。やるか？　手強い相手だぞ」

「やりましょう。恐れる敵はどこにもおりやせん」

厳久が不快な顔をしているのに気づいた花山は誇らしげに説明した。

「頼もしい奴らだろう。言うことは何でも聞く。入覚を信じてどこまでも付いてくる。どうだ。羨ましいか」

「わたくしはそのようなことには」

と答えて、自分の顔を思い出した。老いてなお美しさが残っているはずである。言葉によって磨かれ、彫琢《ちょうたく》されるからだ。それに比べ、この者どもの胡散臭さはどうだ。銭ほしさに付き従っているだけではないか。どうせ河原のはぐれ者達だろう。乱れた歯並びに茶色く汚れた髪、浅ましげな眼。たしかに花山は変わった。いつからこのような者どもと付き合うようになったのか。

一行が引き上げようとした時である。花山が本尊を向いて立ち止まった。膝も折らず、両手に握り拳を作って仁王立ちになっている。何を睨んでいるのだ。早く去れ。

「厳久。こいつは誰だ」

「誰とは」

「とぼけるな。この像だ」

「お言葉が過ぎます」

「かまうものか。作り物のくせに威張っているではないか」

「本尊の阿弥陀仏に向かって何という口の利きようを」

「阿弥陀か。ということは、これでも仏なのだな」

「無論でございます」

「では、誰を、いつ、どれだけ救ったのだ。事細かに申してみよ」

厳久が窮していると、手下達がこらえきれずに笑い、すぐに大笑いとなった。騒ぎに気づいた寺の僧達も現れ、戸口や廊下で見守っている。

「言えないだろう。救いについては何一つ。つまり仏ではないということだ」

花山は突然本尊に向き直ると、蓮華座に片足を掛け、阿弥陀仏に取り付いた。わずかにずれたが、それ以上は動かない。

「手伝え。本物かどうか試すのだ」

命じられた手下達が駆け寄り、思い思いに持ち上げた。青銅で作られた光背《こうはい》は外れ、主を失った蓮華座は蹴り倒されて転がった。

「何のまねです。そのような狼藉が許されるとお思いか」

厳久が叫ぶと、数人の手下が短刀を抜いてさえぎった。

「本当の仏かどうか試すとおっしゃるのよ。そっちも知りてぇだろう」

「罰当たりな。地獄に堕ちるぞ」

「おもしれぇ。堕ちてみてぇぜ、地獄によぉ」

「院。おやめなさい。聞こえませぬか」

厳久は必死に叫んだが、花山達は本尊を抱えたまま本堂の中程まで進み、外へ向かおうとしている。集まった僧達も短刀に脅されて動くことができず、震えながら念仏を唱えるだけだ。

「仏の重さもこの程度か。軽いもんだ」

「こんなものにひれ伏すのはまっぴらよ」

廊下まで進むと、花山が離れてこちらを向いた。

「よいか、厳久。この像がまことの仏なら、ここから放り出しても我が身を守るために左右の足で立つはずだ。己の身を守れない仏が衆生を守れるはずがないからな」

「なんまんだぁ。なんまんだぁ」

僧達の念仏が高まった。数が増えている。入ったばかりの小僧も下男も、廊下を占拠して狼藉者を通すまいとしている。厳久も加わろうと歩み出た。しかしすぐに両脇をつかまれ、刃先を突きつけられた。

「のけ、のけっ。坊主どもが」

「なんまんだぁ。なんまんだぁ」

罵声と念仏がぶつかり合い、冷え切った本堂は俄に熱気に包まれた。

突然、轟音が響き、誰もが動きを止めた。花山が銅鑼を投げつけたのだ。読経用に吊されていた銅鑼が朱塗りの木枠ごと壁に激突し、床の上で回転しながら鈍い余韻を放っている。

花山は無言で僧達の群れに分け入り、枯れた葦でも蹴散らすように突き進んだ。足蹴にされ、殴られた僧は次々に倒れ、左右に退いた。

「臆病者が。守りたければ死ぬ気で守れ。お前らの仏だろう」

見る間に通路ができ、本尊は難なく階《きざはし》まで運ばれてしまった。

朝の風が熱気を吹き払い、澄んだ寒気が張り詰めている。階は境内に向かって七段ほど下がり、地表は霜が降りて一面に白い。

「よおく見ておけ」

「やめろ」と叫ぶのと投げられるのが同時だった。阿弥陀仏は結跏趺坐したまま前のめりに宙を舞い、頭から地面に激突した直後、二転三転してうつ伏せの姿勢で動きを止めた。

「立て。まことの仏なら立ち上がれ」

花山は白い息を吐き、狂ったように吠え続けた。しかし木像が動くはずもない。と、金箔が押されていない黒い背中にめり込むようにして首が折れ、衲衣《のうえ》に包まれた片腕も転がり落ちた。

何ということだ。仏を殺した。厳久は顔を背け、唇を噛んだ。このような乱暴は耐え難い。怒りと憎悪で身が震える。

花山を見た。叫び疲れたのか黙っている。衣をはだけ、傷跡をさらしたまま呆然と立っている。手下も無言だ。今頃になって罪深さに気づいたのだろう。そうだ。大罪だ。仏法僧への侮辱とは魂への侮辱であり、己自身の精神を貶めることと同じだからだ。苦しむがいい。己の罪は己で償え。

一行が引き上げてから手分けして後片付けをした。投げ出された本尊は惨めに冬の朝陽を浴びていた。その下には削られた霜が散り、そこだけ清らかに輝いている。

起こされた本尊を見て気がついた。仏は死んでいなかった。折れた首も外れた腕も、寄木造《よせぎ》りの接合部が壊れただけだ。都の仏師に頼めば直してもらえるだろう。当然手間賃は請求する。花山にだ。

翌長徳二年正月、花山は別の女の元に通い始めた。あの為光《ためみつ》の四女である。忯子の腹違いの妹になる。為光は四年前に他界したが、邸には妻と姉妹が住んでいる。自分から心を寄せたのではない。三女の元に伊周が通っていると聞いて対抗したのが始まりだった。伊周、隆家の兄弟はますます傲慢になり、内裏では鼻つまみ者と聞いている。すべては右大臣道長への不満からである。花山はそこまで道長を嫌っていない。平子とも続いている。

花山が女の邸を出ると十五夜の月が寒空に浮いていた。夕刻まで吹き荒れた北風が雲を払い、天は穏やかだ。

「お待ち申しておりやした」

「帰らなかったのか」

「こんな夜に河原の芥小屋でくすぶっているわけにはまいりやせん。どこへなりとお供を」
十四、五人いた紅蓮《ぐれん》の衆はそろって肯いた。汚れた卑しい顔でも真新しい紅の衣を纏えば様になる。花山も柑子の数珠では飽きたらず、梟《ふくろう》の羽根を差した頭巾を被ったり、銅銭を紐で結んで腰から提げたりと奇怪な風体を楽しんでいる。手下にも奇抜な格好をしてもらわなければ、そろって都を回ってもおもしろくなかった。噂になっていることは知っている。「遂に物の怪まで憑いてしまった。もう誰にも止められない」。紅にしたのは目立つことと、何より炎の色だからだ。紅蓮を率いた花山は元慶寺での狼藉の後も貴族の邸に侵入して馬を放したり、夜更けに都の辻で踊ったりと勝手放題を続けていた。
「よし。今夜は六波羅の方まで足を伸ばすか」

「へいっ」

手下は花山を輿に乗せると、掛け声と共に担ぎ上げた。この輿も花山が無理を言って作らせた。櫟《くぬぎ》材の床に高麗縁《べり》の畳を載せ、前方、左右を黒漆の低い囲いで守り、背中側をすべて隠した。四隅から伸びる柱が天蓋を支え、頂上には羽ばたかんとする作り物の梟を据えている。帝が社寺へ参詣するのに使う葱花輦《そうかれん》を模したものだが、いくら葱《ねぎ》の花が枯れにくく縁起がいいからといって頂上に葱坊主では無粋すぎる。そこで大好きな梟にした。命じた職人は梟と聞いて怪訝な顔をしたが、深夜の森に息を潜め、獲物を見つけるや枝から飛び降りる獰猛さを説き明かすと納得した。

鷹司小路《たかつかさこうじ》を抜けた時である。足音とともに怪しげな男たちに囲まれた。怪しさではこちらも引けを取らないが、賊は頭巾で顔を隠し、刀を抜いている。

「何だ。おめぇらは。わしらが誰か知っとるのか」

「いかれた色狂いだろう。かつては帝もやっていたとか」

「無礼者が。入覚さまの怖ろしさを知らねぇな」

花山は天蓋から下がる帳《ちょう》を払い、顔を出した。

「おい。誰の命令でやって来た。入覚と知ってのことだな」

その瞬間、男の一人が花山に向けて矢を放った。花山は辛うじて身をかわしたが、矢は袖を射抜いてかっと背板に突き刺さった。狙われたのは初めてだ。驚きよりも怒りが湧き、袖を引きちぎって怒鳴りつけた。

「どういうつもりだ。名を名乗れ」

「かまわぬ。斬れ」

頭目の一言で賊は輿を取り囲み、斬りかかってきた。突然のことに花山一行は輿を担いだまままあちらに逃げ、こちらに引くのが精一杯だった。担ぎ手でない紅蓮の衆が短い腰刀で応戦するが、戦い慣れした賊が相手では勝ち目はない。

見る間に二人が斬られた。賊はすかさず馬乗りになり、首を刎《は》ねた。月光を受けて飛沫が上がり、胴からは血が噴いている。

「少しは思い知っただろう。あの邸に出入りするからこういうことになるのだ」

頭巾の奥からくぐもった声が聞こえた。

頭目の合図で賊が生首をこちらに投げた。首は血を引いて宙を飛び、「ごっ」と音を立てて地面を転がった。賊の高笑いが冴えた月空にこだました。

賊が引き上げた後、花山は輿を下ろさせ、転がった首に近づいた。一人は髭面《ひげづら》で顎が長い。もう一人は鼻から溢れた血で表情まで分からなかったが、顔は小さく、子供のようだ。二つとも胴から離れたことを知らずに土の上に転がっている。

「どういうことなんで。いったい奴らは何者なんで」

「分からぬ」

「強すぎらぁ。わしらなんか手も足も出ねぇ」

「兵衛府《ひょうえふ》か衛門府《えもんふ》の兵かもしれぬ。あの動きは誰にでもできるものではない」

いつもは河原を根城に都をのし歩いている荒くれ者も、内裏を護る兵と聞いて驚いている。

「そいつらがわしらに何の用があるんで。それとも狙われたのは入覚さまお一人かい？」

紅蓮の衆は一斉に花山を見た。心当たりがないことはなかった。けれども確証はない。

「お前達。忘れたのか。恐れる敵はどこにもいないと言ったことを。こんなことでびくびくしてどうする。いつもの勢いはどこにいった。生きるも死ぬも、どこまでも付き合うはずではなかったのか」

男達は項垂れている。どれほど悪ぶったところで気の小ささは隠せない。仲間の死に怯え、宮中の権威にはひれ伏してしまう。これでは戦えない。

「分かった。今夜を限りに荒行をやめる奴はこの場から去れ。もちろん紅の衣は置いていけ」

一人が前に出て衣を脱いだ。名前は知らない。小柄な老人である。

「わしはもとの暮らしに帰らせてもらう。なあに貧しさには慣れとるさ」

続いて二人の男が衣を脱ぎ、立ち去った。しかしここまでだった。残りは皆花山の奇行と道楽に最後まで付き合うつもりらしい。結束が強いのではない。盗みと物乞いの暮らしよりましと考えているのだ。そう思うと、何とか報いてやりたいと感じた。着るものでも食べる物でも、できるだけの面倒は見てやらなければならない。

「よし。お前達に家を与えよう。それに戦の訓練もしよう。勇敢さでお前達が負けるはずがない。今は刀や弓の使い方を知らないだけだ。やればすぐに身につく。そうすれば衛府の兵など恐れるに足りない」

男達が顔を上げた。敗北を味わったばかりの卑屈な顔に生気が戻り、笑っている者もいる。捨てられて生きてきた者達にとって居場所を与えられることがこれほど心を動かすとは思わなかった。

「六波羅は中止だ。今夜はお前達の所で寝る。たまにはもてなせ」

「おお」

驚きより、喜びが勝っていた。夜更けである。今さら酒肴の準備などしようがない。それでも法皇直々のお出ましが嬉しいのだ。

「入覚は酒にはうるさいぞ。まずい酒だったら承知しないからな」

「へえ。お望みのものがあればどんなものでもご用意します。何しろ都中に仲間がおりやすから」

「気取ってねぇで、盗むと言え。盗むと。この際、俺らの暮らしぶりを知ってもらおうじゃねぇか。帝だったお人によぉ」

男達は花山を輿に乗せると、これまでにない速さで賀茂の河原を目指した。人通りはない。牛車も通らない。そこを威勢よく紅蓮の衆が駆け抜ける。身を乗り出して振り返れば、仲間の首と亡骸を担いだ男達が少し遅れて付いていていた。

花山が洛東の田刀《たと》の家を買い取り、紅蓮の衆に与えたのは三月に入った頃だった。周辺の郷は疫病で死に絶え、荒れていたのを男達が見つけてきた。貧しい農民を働かせていただけあって田刀の家は広く、敷地も広大だった。土地は比叡山延暦寺が所有していた。仏の道を説きながら土地占有と銭儲けも忘れない。たいしたものだ。花山は紅蓮の衆の中から頭を選び、その下に補佐役も付けて戦いに備えた。訓練は衛府を退官した軍人を高給で雇い、指導させた。

花山は父冷泉《れいぜい》を見舞った後で内裏に向かった。道長に会うためである。襲撃の犯人が分かったと知らせを受けた。道長とは熊野を下山して以来、何度か会っている。冷泉の邸の普請代《ふしんだい》を計らってもらう必要があった。どうせなら豪華に造りかえようと思い、職人に概算させたところ、花山の荘園収入だけでは足りず、無心したのだった。父の機嫌はよかった。そろって庭先に座っていた時、「お前はいつ仏になるんだ」と妙なことを訊かれたが、元気そうなので安堵した。紅蓮の衆は連れていない。警護の随身だけである。

「これはこれはわざわざご足労いただきまして」

「来ずにおれるか。で、誰なのだ。犯人は」

「いましばらくお待ちください。そろそろ役人達の勤めが終わる頃です。人の耳はできるだけ少ない方がよろしいでしょう」

花山は肯きながら、道長が大きく見えた。かつての三兄弟の末っ子ではない。堂々たる右大臣である。こうして向き合っていると、帝時代、兼家の権勢の前に惨めな思いをしていたことが蘇る。出家し、好き勝手に都を彷徨う立場になっても、やはり藤原一門には勝てないらしい。

「お父上のご機嫌は麗しゅうございましたか」

「毎日麗しいはずだ。少なくとも当人はな」

「それは何よりでございます」

道長の短い答えが内裏で冷泉がどのように見られているかを語っていた。

「このところよく思うのだ。父のあの状態はいつまで続くのかとな。広い邸に住み、周りには侍者がいて何でもしてくれる。幸せ者だ。しかしあのような日々を毎日送ることにどれほどの意味がある」

道長は黙り、顎髭に手をやった。口髭と合わせて手入れが行き届いており、正装の束帯姿ではさぞ似合うだろうとつまらぬことを羨んだ。

「お父上がこの世に生きておられるだけ幸せとお考えください。毎日会わずとも、同じ都にいて会おうと思えばいつでも会えるのですから」

「そうだったな。どれくらいになる。そちの父君が亡くなって」

「六年になります。とにかく残暑が厳しかったことばかり思い出します」

どれほど権勢を誇っても人は死ぬ。死ねば消える。

声がして当番の女房が火桶の炭を替えに来た。花山は寒くなかったが、道長はまだ火を使っていた。

「喉を痛めまして。それには暖かくするのが一番と言われ、未だに火桶を」

「疫病に打ち克ったにしては、ちと柔《やわ》ではないか」

「恐れ入ります。去年は流行病にさえ嫌われましたのに、今年はどうしたことか」

「好かれておるならいいではないか。病でも女子でも」

花山は言った後でしまったと思った。花山の女子との付き合いは知れ渡っており、自分から口にすることではなかった。

「実は、そこなのです」

「何がだ」

「入覚さまを襲った理由です」

道長は真顔になり、さらに声を張った。

「確か亡くなった為光さまの姫君のところにお通いとか」

「耳が早いな。さほど情は抱いておらぬが、ついな」

「どちらの姫君にございましょう」

「だから為光の」

「何番目のでございますか」

「なに？」

「入覚さまが心を寄せておられるのは為光さまの四女のはずです。しかしそれを勘違いした愚か者がいる」

「伊周か」

「はい。あの男は三女を好いています。ところが、入覚さまも三女の元に通っていると思い込み、嫌がらせをしたのでございます」

花山は呆気にとられた。暗愚の極みとはこのことだ。そのようなことは直に女に訊けば分かることではないか。思い込みで人を襲い、従者の首を取る。けじめをつけてもらおう。

「無論、調べた上でのことだろうな」

道長は一瞬、辺りの気配を窺ってから低い声で答えた。

「右衛門府《うえもんふ》の府掌《ふしょう》が口を割りました。内大臣に頼まれたと」

やはり内裏を護る兵であった。左右の衛門府は内裏の外側の警護が務めで、府掌は衛門府でも末端の役職である。

「しかし妙だな。内大臣が自らそのような下っ端に命じるはずがない。誰か間に入っているのではないか。たとえば」

「おっしゃりたいことは分かります。しかしながら判明しているのはそこまででして」

「どうせ検非違使庁が二の足を踏んでいるのであろう。そちも気づいているはずだ。衛門府の兵は検非違使も兼ねている。つまりは自分たちの不祥事だ。身内の兵が法皇襲撃に加わったとなれば別当以下の首が飛ぶ。庁内の誰が命を受けて誰に命じたかまでは調べたくないのも肯ける」

道長は黙っていた。政権の内部に話が及んできたので言葉を選ぶのに慎重になっている。

「だが、道長よ。これはかなり由々しきことだぞ。法皇を弑《しい》する企ては史書に残すに値する。立場上、そちが言えぬのなら言ってやろう。密かに命を出したのは弟の隆家だ。あの兄弟が別々に動くはずがない。内大臣と中納言。二人で謀れば衛門府の兵くらい集められる」

「あるいはそうかもしれません。しかしながら入覚さま、史書はいかがかと」

道長は笑って答えた。言われてみればそうである。権力抗争の謀であれば史書に残るだろう。しかし発端は女子の奪い合いである。残せば朝廷の恥になる。

「分かった。史書は取り消そう。だが、今回の襲撃は、そちへの嫌がらせでもあることは明白だ」

「それは重々」

さすが道長である。誰に対する謀叛であれ、実際に血が流れた以上、厳しい措置を取らなければならない。とうにその心づもりはあるらしい。

「では、院宣《いんぜん》を出してもかまわぬな。捕らえて処罰せよと」

道長は再び髭を撫でて口を噤《つぐ》んだ。法皇の院宣にはそぐわないと思っているらしい。痴話喧嘩だからだ。院宣を出すのに右大臣の許しなど要らないが、諫めずに是認したとなると、大臣としての見識を問われる。

「この件、道長にお任せいただけませぬか。入覚さまにはご納得いただけるよう計らいます。弓を引かれたお怒りはごもっともでございますが、何ぶん事が事ですから、勘案すべきは勘案いたしませんと」

花山は肯いた。帝の身分を捨てた時にこの世も捨てたのだ。今さら法皇の身分を利用して事に臨むわけにはいかない。他にやり方はいくらでもある。

「よし。処断が決まったら知らせてくれ」

花山は言い切った後で付け加えた。

「それはそうと、このところ何かと物いりでな。何とかならぬか」

「またお邸でも新しくされますか」

「それもあるが、いろいろほかにもあるのだ。あてにしてよいな」

「ささやかながら」

道長は苦笑して頭を下げた。

三　長徳三（九九七）年

「おいっ、もっと力を入れろ。腰を入れて振り下ろせ」

花山は櫓《やぐら》の上から紅蓮の兵に檄を飛ばした。戦の修練は午前に一時、午後に一時である。今は午後の修練が終わりに近づき、兵が最も疲れている頃だ。だからこそ気合いを入れなければならない。花山が喚くので隣に立つ卿《かみ》も銅鑼を鳴らして兵を鼓舞している。

紅蓮の数は六十人を超えた。土地を広げ、棟も増やしたが、そろそろ手狭になっている。といって道長に無心するのは気が引けた。ひと月ほど前に兵糧として豆と麦を回してもらったばかりだ。

「あの右端の二人。馴れ合っているだけに見えるぞ。鍛えてやれ」

卿は花山に言われる前に輔《すけ》を櫓に呼び上げて指示した。その後で「数が増えると玉と石が混じりますが、修練を積めばいずれすべては玉になりましょう」と付け加えた。機嫌を取っているのではない。本心からそう思っている。元は民部省《みんぶしょう》の役人であった。主計寮《かずえりょう》の算師として納められた税を計算し、帳簿にまとめていたという。それが何の理由からか省内で上役に斬りつけ、各地を逃げ回った末に四条の散所に潜んでいたところを花山に拾われた。まだ若く、頭がよく回る上に率直、正直である。だから卿に抜擢《せ》した。

「石は石で役に立つ時があるやもしれぬ。急くことはない」

「そう願っております」

土地を広げるに当たって花山は紅蓮の衆の組織を見直し、上から卿、輔、丞《じょう》、録《さかん》の四つの役職を設けた。呼称は大内裏の兵部省《ひょうぶしょう》をそのまま真似た。卿は一人だが、輔と丞を二人ずつ、録は三人とし、録の下に五人前後の兵を置いた。戦の修練はそろって兵場で行うが、畑仕事や狩り、薪集め、兵営の掃除などはすべて録の単位で担わせた。運営はうまくいっている。もめ事や喧嘩はあるが、些事にすぎない。花山の教えを信じ、付いてくる。肝要なのはこの一点である。従って夜の説法は、湯屋番の兵を除いて全員に参加を義務付けた。

それにしても遅い。きょうで十一月が終わる。伊周はとうに大宰府を発ったと聞いている。左遷されたのは去年の四月二十四日。弟の隆家ともども花山襲撃の咎を問われた。伊周は大宰権帥《ごんのそち》、隆家は出雲権守《いずもごんのかみ》。命じたのは道長である。しかし一年後の今年四月、病に悩む詮子皇太后の恩赦でそろって赦免された。隆家はとうに都に戻っているが、伊周だけが戻らない。

二人が配流されたことに花山は満足していなかった。律令による裁きではなく、花山の法によって裁かなければならない。それが世俗を捨てた者に許された特権である。自分の命が狙われたことは気にならなかった。放たれた矢の一つや二つ、焼身の行に比べれば児戯にすぎない。けじめとは、律令以外にも法があり、その法はそれを信じる者達によって行使されると見せつけることだ。

律令が朝廷に伝わる明文を根拠としているように花山の法にも根拠はあった。「一切如来金剛秘密大教王経」である。那智《なち》の商人から手に入れた。この商人は、花山が珍しい仏典を欲しがっていると山伏から聞き、探していたところ、土佐《とさ》に宋船が流れ着いたと知って出向き、船倉で見つけたという。売り物ではなかったが、花山なら高値で買い上げると考え、言い値で買い取ったらしい。儲けを大きくしたいがための作り話とも考えられたが、入手経路がどうあれ、これまで読んだこともない経典であることに間違いはなかった。太い金糸で綴じられた表紙は古く、墨書きされた「金剛」と「秘密」の間には四文字ほど剝げ落ちていた。左の隅には得体の知れない梵字《ぼんじ》が書かれ、その隣には達者な筆で「施護」と記されている。持ち主か、天竺の言葉を漢訳した僧の名前だろう。この経典をすべて理解したとは言うまい。だが、「仏敵調伏殺殺」「破壊破壊金剛大軍」「圧殺於鬼、焼煮怨敵」などの激しい文字に花山は震えた。これまでの経では決して眼にしなかった呪《まじな》いの言葉だ。しかしその奥に切実な叫びを聞いた。この衝撃は久しぶりだった。解脱と悟りを旨とする仏の道に照らせば明らかな異端である。が、これも紛れもない仏の教えのひとつなのだ。その証に至る所に「金剛三昧耶」「一切諸仏」「世尊金剛手如来」など、これまで馴染んできた言葉が犇《ひし》めいていた。

花山の法とは伊周と隆家を殺すことだった。復讐からではない。乗り越えるためだ。この世の掟以上の掟を創出するためだ。今の花山にとってあらゆることは退屈だった。何もかも陳腐で底が見えていた。それを超えるためには殺行《さつぎょう》が必要なのだ。そこを通過して初めて魂が刷新され、清澄になる。その行は金剛秘密経の中に「度脱《どだつ》」として認められている。

号令が掛かり、兵場の動きが止まった。打ち合いや突き合いをしていた紅蓮の衆達は木刀や木槍を持つ手を下げ、肩で息をしている。その間を寒風が吹き抜け、兵の身体から熱を奪っていく。

修練が終わり、隊が散会した時だった。斥候が戻ったという。振り返ると、炭売りを装った紅蓮の一人が西の大木戸の前に立っていた。天秤棒から下げた籠には炭が盛られたままである。

「あの様子ではたいした収穫はなかったかもしれません。まさか途中で留め置かれているのではありませんか」

花山は狸毛の衣の中で曖昧に首を振った。

斥候は櫓に上がると、片膝を突いて言った。

「申し上げます。伊周は明後日、都に入るとのことでございます」

卿は一瞬、眼を輝かせたが、それを抑えて短く質した。

「確かだな」

「はい。筑紫《つくし》の疫病を避けるため、出立が遅れておりましたが、今夜は室津《むろつ》で泊まり、あすは明石《あかし》、須磨《すま》、難波《なんば》と舟で上り、明後日に淀川《よどがわ》を遡るようでございます」

「誰から仕入れた」

「船頭を束ねている瀬戸《せと》の賊からでございます。銅ではなく、銀で支払いましたから間違いございません」

歓声が上がった。時が来た。矢を放った奴らに紅蓮の法の怖ろしさを思い知らせてやる。それは朝廷の刑が満了した時、ようやく始まるのだ。

「上洛した日の深夜、それぞれの寝所に侵入して首を取る。今夜はそのための説法をする」

花山の声に一同は頭を下げて櫓を下りた。

櫓に一人残った花山は昂揚したまま兵場を見下ろした。兵達の踏み跡が至る所に残り、修練の充実を語っていた。いよいよである。仏敵の度脱。禁忌《きんき》の突破こそ殺行の主眼である。厳久は蝶も言葉の剝落を知ると言った。軽やかに舞いながらもこの世の外側に触れた時と。しかしそれはまやかしだ。あくまで言葉の技《わざ》にすぎない。己を追い詰め、一線を超え行かんとせずして禁忌の突破はあり得ない。突破なくして浄化はあり得ず、浄化なくして魂の刷新はない。刷新なき魂は澱んで濁り、日常の塵芥《ちりあくた》の中で腐っていく。そうした魂の残骸を嫌というほど見てきた。その悪臭ほど耐え難いものはない。けれども悪臭を放つ当人はまったく気づかず、悪臭を放つ者同士で臭いを嗅ぎ合っている。処断すべき悪とはこの停滞と腐臭にほかならない。

花山は自分の正しさを確信していた。金剛秘密経に説かれていたからではない。経を読む以前に既にその思想は自分の中にあった。だからこそ経の中にそれを見つけて震え、同じことを考えていた人間の存在に驚愕した。経は仏が書いたものではない。仏を志す求道者が書き著したものだ。天竺であれ、漢であれ、求道の一筋において突破すべき関所と到達点は同じなのだ。

自室に戻り、結跏趺坐した。説法の想を練る時はいつもこうする。

六十余人の紅蓮を養うのは容易ではなかった。食べさせるのはいい。もともと飢えていた連中である。難しいのは心をこちらに向けることだ。向けるだけでなく、向け続けなければならない。そのために説法をしてきた。

刺客は隆家と伊周にそれぞれ十人。配流から帰ったばかりの邸に警護の随身はいないはずである。いたとしても家人が数人。押し入るのはたやすい。自分は伊周を襲おう。道長の敵であるばかりではない。位階に汲々とし、昇るにつれて高慢になるような男はこの世に生きる資格がない。位に反逆してこそ生きるに値する。

花山は襲撃の様を想像して興奮した。人を殺めたことは一度もない。殺めるどころか、殴る蹴るの暴行すらない。それがいきなり殺行である。

血は恐くなかった。体内に流れているのはその人間の魂だと思っている。それが噴き出し、乾き、天に帰るだけのことだ。この国の歴史の中で、憎しみからではなく、ましてや政略や陰謀のゆえでもなく、あくまで魂の浄化のために人を殺めるのは初めてではないか。そう考えると、ますます興奮し、身震いした。悪への突入と脱出。この震えこそ浄化と刷新の兆しである。

花山は眼を開けて立ち上がった。

陽は落ち、宵闇が溜まっている。

前帯を結び直し、大きく息を吸って胸の内で叫んだ。

「殺行こそ真の行なり」

講堂には坊主頭の紅蓮の衆がびっしり並んで座っていた。花山の席の両側には小さな篝火が焚かれ、坊主頭のほぼ中央と壁沿いにも灯台が置かれている。いつもより多目に準備させた。

説法を聞く紅蓮の顔を見たかったからだ。やむなく座っているだけなのか。謙虚に心を開いて受け入れようとしているか。この差は大きい。分からない奴が大半だろう。が、分かる奴もいる。その中から殺行に挑む者を決める。

席に着き、蓮華座を組むと、眼を閉じて合掌した。深い呼吸を繰り返すにつれ、自分の身体が殺行に入っていくのを感じる。境界を越え、殺気に身を浸し、魂が高揚するのを待っている。

合掌を解き、眼を開けた。落胆した。どの顔も花山が感じているほどには緊張していなかった。これが精一杯なのだろうが、あまりに緩い。殺行の真意を理解できる奴はいないのか。

笏《しゃく》を右手にして立ち上がった。帝時代の癖で、大勢を前に話すには笏を手にしないと力が入らない。

「紅蓮の衆よ。一日の務めと修練で疲れているのは知っている。寒い中でよく耐えた。それは誉めよう。しかしそれを承知で集まってもらった。説法のためだ。これまでいろいろな話をしてきた。涅槃に到達するための心構えや、そのための現世での自己鍛錬。いずれもより高い生を獲得するためには欠かせない知恵だ。が、今夜はとりわけて重要なことを話す。生きんとする魂と死んだ魂についてだ」

あちこちで顔が上がった。少しは聞く気になったらしい。帝の頃、何度となく味わった光景である。

「あるいはこう答える者もいるかもしれない。入覚は呆けている。魂など存在しない。死ねばすべて滅び去り、ひとつとして常住のものはないと。その通りだ。これまで幾度となくそう説いてきた。しかしわたしが言う魂とは生きているわれわれ一人一人の心のことだ」

花山は笏の先端を軽く左手に添えて続けた。

「魂はすぐに休みたがる。休めば休むほどさらに休みが欲しくなる。わたしもそうだ。休んだ魂は濁り、澱み、何とも言えない臭いを発する。実に嫌な臭いだ。誰かいないか。どのような臭いか言える者は」

後ろの方で手が上がった。顔は見えない。

「答えよ」

「魚の死骸みたいなもんじゃねぇか。ありゃ、浮かんでるだけで臭ぇぞ」

失笑が漏れた。いかにも臭いだろうが、発想が凡庸である。

「ほかに誰かいないか」

「ここでぇ」

右端の中ほどの列だ。

「魚がだめなら、鹿の屍肉はどうでぇ。図体がでかい分、臭いも強烈よぉ。前に山に入ってた時、妙な臭いがすると思ってさんざん歩いたら鹿が死んでやがった。岩に脚を取られてそのままよぉ」

今度は失笑ではなく、爆笑に近かった。と、次々に手が上がり、狸の死骸だの、牛の死んだやつだのとそれぞれ勝手に言い始めた。中には「龍王《りゅうおう》の死骸が臭ぇ」と出任せを言う者もいた。

「よおし。分かった。その通りだ。どれも正しいことにしよう。つまりはそれだけ臭いということだ。では、何が臭いのか。濁って澱んだ魂がだ。いいな、ここまでは」

花山は笏で左の掌をぴしゃりと叩き、一同を眺め回した。

「だがその臭いを一撃で消すことができる。どれほど濁っても、どれほど澱んでも、たったひとつの行《ぎょう》を積めば消すことができる。さあてどうする。どうすればいいのか。おい、どうだ」

花山は眼が合った左端の紅蓮に笏を突き付けた。突然指名された紅蓮はおどおどしながら何度も耳たぶを触っている。追い詰められた時の癖らしい。

「どうだと訊いている。思い付くままに答えてみよ」

「へっ。そ、そ、それは、ひ、ひ、人殺しを、す、す、すればいいんで」

花山は天を仰いでから、できるだけ落ち着いて言った。

「わたしを悲しませないでくれ。何度も何度も説いてきたではないか。人殺しではないと。そう考えては行にならぬと。未だにそのような答えが返ってくるとはやりきれない」

花山に否定され、紅蓮は助けを求めて周囲を見ている。実際、花山は悲しかった。魂の刷新と浄化を理解せずして殺行の意味はない。

「ほかはどうだ。誰か答えられる者は」

「度脱です」

声と同時に手が上がった。中央の灯台の側に座った若い紅蓮だった。薄黄色の光を受けて顔が輝いている。問われれば、いくらでも話しそうな勢いを感じる。

「よろしい。度脱だ。では訊こう。その意味を。人殺しとはどう違うのか」

「度脱とは魂の浄化のために行う修行のことです。その際、世俗の法が禁じているかどうかは一切考える必要はありません。法の禁止を破ってこそ魂は鍛えられ、より高いところに到達できるからです」

「その通りだ」

花山は再び笏を打った。けれども一同の反応は様々だった。「そうだった」と肯く者、「知ったかぶりをしやがって」と不愉快そうな顔をする者、さらには言われても何のことか分からない者。花山は小さく溜息を吐いてから答えた紅蓮に名を問うた。

「成信《なりのぶ》と申します」

「ありふれた名だが、覚えておこう」

「名はありふれておりますが、わたくしはただ一人でございます。義懐の長男としてお見知りおきください」

「何だと？」

名を明かした紅蓮は誇らしげに花山を見ている。嘘ではないらしい。しかしどうして義懐の子が紅蓮にいるのだ。義懐とは何年も会っていないが、その息子ならこのような集団に入らずとも他に生きようがあるだろう。と、考えて思い出した。そういえば、花山が剃髪した時、義懐に続いて息子も出家したと言っていた。叡山に登ったものの、混乱ぶりに嫌気が差して下りてしまったのかもしれない。顔は似ていない。義懐より細い。が、その分、癇が強そうである。

「ご命令とあらば、今一度、動きを探りに参ります」

夕刻、伊周の動きを伝えに来た炭売りの斥候は成信だった。先ほどは笠を被っていたので分からなかった。花山は即座に殺行の一人に加えようと決め、あらためて一同を見回した。

「先を続けよう。度脱によって魂の濁りを消滅させるところまではよいな。では、いつ、度脱をするのか。誰をその相手に選ぶのか。次にこれが問われなければならない」

再び成信を見ると、真剣な眼差しに弾き返された。花山は今一度、広く見回してから太く叫んだ。

「決行はあさってだ。明後日の深夜だ。聞こえるか」

「おおっ」

「では、誰を度脱するのか。伊周と隆家だ。かつての内大臣と中納言。相手に不足はあるまい」

「おおっ」

「よしっ。立て。立ち上がって雄叫びを上げろ。ついにその日が来たのだ。度脱。度脱。度脱」

「どだつ、どだつ、どだつ」

「仏敵調伏、度脱、度脱」

「ぶってきちょうぶく、どだつ、どだつ」

「この殺行をもってわれら紅蓮は、より高貴に逞しくなる。これまで以上に」

「たくましくなる。これまでいじょうに」

「度脱。度脱。金剛経」

「どだつ。どだつ。こんごうきょう」

「おーん。おーむ。婆慈羅耶那《ばじらやーな》」

「おーん。おーむ。ばじらやーな」

「散会」

「おお」

師走に入った翌日夕刻、新たな知らせが届いた。「伊周は難波に着き、国司の邸でくつろいでいる。長旅にもかかわらず、酒をよく飲み、太っている」と。ついにそこまで来た。都まではすぐである。

昨夜の説法が効いたのか、きょうの修練は気合いが違った。どの紅蓮も殺行に自分が選ばれるかもしれないと期待し、真剣に木刀を振り、木槍で突いた。度脱の幻力はこれほどかと花山自身が驚いた。

夕餉を終え、花山は自室で考えていた。襲撃の人員についてである。当初はそれぞれ十人ずつと思っていたが、それでは少なすぎる気がした。きょうの修練を見ても分かるようにどの紅蓮も参加したがっている。できれば三十人ずつ二手に分け、全員で襲うのはどうだろう。

「お呼びでございましょうか」

引き戸を開けて卿が姿を見せた。顔色が青い。花山の命を受けて連日部屋に籠もり、襲撃の手はずを練っているせいだろう。

「お前の考えを聞こう。どうするのがいい」

「思慮を巡らせれば巡らせるほど、案外と大勢要るのではないかと思うようになりましてございます」

「どれほどだ」

「六十余人のすべてです」

「同じことを考えていた。紅蓮を二手に分けて」

「分けません。伊周と隆家のそれぞれ一人にわれらのすべてを投入するのです」

「それでは目立ちすぎる。邸に着く前に検非違使に見つかってしまう」

「お言葉でございますが、度脱に向かった紅蓮は誰一人傷つくことなく、また捕らえられることなく帰ってこなければなりません。それには手勢は多ければ多いほどよいのです。邸を取り囲み、門を開けさせ、開くと同時になだれ込み、邸内に散らばります。要所々々に警護番を残していくことを考えれば、ここから寝所に進めるのはせいぜい十人です。さらに寝首まで辿り着けるのはわずかに四、五名。他の紅蓮は突入した組が閉じ込められないように睨みを利かせていなければなりません」

花山は唸った。その通りかもしれない。邸は広い。しかも夜である。供奉人や家人の動きを封じながら進まないと、こちらが囲まれて命を落とす。

「それでは二人を同時に襲うことはできなくなるな」

「おっしゃる通りにございます。どうしてもというのであれば、一人を終えてからもう一人と続けるよりほかありません」

「しかしそれでは」

「検非違使に見つかりやすくなります」

「つまりは」

「どちらか一人にお絞りになるべきです。今の紅蓮の陣容からすれば、それ以上は無謀と言えます」

「なるほどな」

筋立った卿の話に花山は肯かざるを得なかった。配流帰りとはいえ、相手は身分のある貴族である。男手は多いだろう。二人に半分ずつ割いてしくじるより、一人に集中し、成し遂げた方が意気は揚がる。

「では、度脱は伊周一人と決めよう。為し得てこそ意味がある」

「ははっ」

「次に邸の奥深くまで侵入し、寝所に入り込む紅蓮を決めよう。四、五人と言ったな。俊敏で腕の立つ奴を見つけてくれ。一人は決めた」

「誰か相応しい者がおりましたか」

「成信と言っていた」

「昨晩の」

「そうだ。以前、仕えてくれた男の息子らしい」

「それはようございます。こういうことは信頼が一番です。それでは、その成信が属する録配下の五人をそのまま突入させてはいかがでしょうか。日頃、行動を共にしていれば気心も知れているはずです」

「他の連中が必ずしも俊敏とは限らないだろう。選りすぐりを突入させた方が成功する」

「ちなみにその晩、入覚さまはどちらにいらっしゃるおつもりですか」

訊かれて戸惑った。自分が首を取るつもりでいたからだ。しかしそれを即座に口にするのは気が引けた。

「行けるところまで行くつもりだ」

「邸の門の辺りでしょうか」

「いや、できれば中に入りたい」

「まさか」

「そうだ。かなうことなら、この手で首を掻き切りたい。返り血を浴び、伊周がのたうつところを見ていたい」

卿は眼を大きく開けたまま黙っている。賊の頭領というものは汚い仕事は手下にやらせ、自分は隠れ家で酒でも飲んでいるものだからだ。が、花山自身、自ら殺行を成し遂げたいと本気で思っていた。配下の紅蓮が度脱したところで、花山の魂は少しも刷新されないからだ。

「承知いたしました。是非とも、入覚さまご自身のお手で度脱を遂げてください。そしてできることなら、このわたくしもその場に立ち会わせてほしいと存じます」

「恐ろしくないのか」

「魂の刷新はわたくしにとっても大事な行《ぎょう》です。迷わず決行しなければなりません。それにわたくしはとうに一人を殺めております」

「そうであったな。しかも大内裏で」

「何が気に入らないのか事あるごとにわたくしを眼の敵にする上役がおりました。それで耐えきれず、斬りつけたのでございます。風の便りに聞けば、その怪我が元でふた月後に死んだそうです。後悔はしておりません。殺されるに値する男だったからです。しかしながら、あれは魂の刷新、浄化とはほど遠いものでございました」

卿は悔しそうに顔を歪めた。初めて見せる表情だった。花山は卿が背負っている業の重さを推し量った。殺されるに値する男。そう考えて殺してしまった男。よくある話だ。しかし解脱するには、そうした連鎖から離れなければならない。

「お前も加われ。最後の五人に。度脱を成して解脱しろ」

「ありがとうございます。喜んで参加させていただきます」


翌朝は晴れ、空気が澄んでいた。息は白く、身が引き締まる。このような日に馬に乗ったらさぞ爽快だろう。けれどもここに馬はいない。あるのは武器だけだ。樫《かし》を削った大量の六尺棒とわずかばかりの腰刀である。これで突入する。度脱の決行を掲げてからというもの、平子の家には通っていない。平子の体調がすぐれないためではあったが、度脱を思う時の高揚が平子との交わりを超えていたからだ。一方、平子と交わるようになって、その母の中務が花山を求めるようになったのは意外だった。娘に男を取られたことが悔しいのか、これまでにない情を見せるようになった。当初、花山はうろたえた。肉の厚みは温もりより威圧を、途切れがちな声は愉悦より嗚咽を思わせた。しかし重ねるにつれ、その技は平子の及ぶところではないと気がついた。

午後になり、雲が出てきた。寒くなるどころか、陽が傾くにつれて温んだ風も吹くようになった。

「妙な空だ」

「天も味方です。月に照らされるより、よほどよろしいかと」

「そのようだ。どうせなら雨が降ればいい。濡れた方が士気は上がる」

花山が卿に語った言葉の通り、夜には雨が降り出し、辺りを黒く染めていった。

「よしっ。そろそろいくぞ」

花山は兵場に紅蓮を集めた。皆すぐに濡れた。花山も櫓には上がらず、紅蓮の前で雨に打たれた。身体が冷える。ぐずぐずしている暇はない。

「紅蓮の衆よ。もはや何も言うことはない。ただ度脱を成し遂げるという一念で突き進んでほしい」

「おおっ」

案内役の紅蓮を先頭に六列縦隊で門を抜け、洛北の畦道をひた走った。松明はない。夜目《よめ》でも見える修練は積んでいる。炎を掲げて目立つ必要もない。

花山は最後尾を卿と成信、それに二人の紅蓮と走っていた。前列から順々に突破、配置に付き、警護を固めたところでこの五人が突入するのだ。刀は細帯で左腰にきつく巻かれ、草鞋《わらじ》は早く走れるように小さめのものを履いている。熊野を思い出した。平坦な道ではなかった。太く曲がった根が浮き、地中から剝き出しになった岩が行く手を阻んだ。あれを思えばいくらでも走れる。

賀茂社を過ぎ、一条に入った。前の紅蓮が跳ね上げた泥が顔を目掛けて飛んでくる。そこに汗と雨が混じり、眼を開けていられない。

息が切れ、隊の速度も落ちてきた。二条からいったん西に折れ、さらに下ったところで隊は止まった。

紅蓮達の息と湯気で白く霞んだ。誰も膝に手を突き、肩で息をしている。花山は屈まなかった。息は切れたが、雨を落とし続ける闇空を睨むように見上げた。頬と額に滴が落ち、泥と汗が洗い流される。度脱を前に全身が浄められていくようだ。

前列からの伝言で伊周邸はすぐ隣と知った。左の築地塀からは黒い松の大樹が恐ろしげに迫り出し、右手には檜皮葺きの屋根が連なっている。

花山は最前列まで進むと、腰刀を抜いて振り上げた。

「天も度脱を遂げよと言っている。ずぶ濡れのまま、汗まみれ泥まみれのまま、われらそろって殺行に入る」

紅蓮は無言で六尺棒を突き上げた。

ここからの移動は静かだった。息を潜め、忍び足で水音さえ立てない。隊は滑るように右に回ると、最前列の六人が互いの身体を梯子のように組んで築地塀に取り付いた。一番上の紅蓮が一瞬足を滑らせたが、仲間の支えで踏ん張り、何とか塀の屋根に辿り着いた。そこからは手を貸して次々に仲間を引き上げ、そろって向こう側に飛び降りた。

呻き声が聞こえた。門番を倒したらしい。と、内側から門が開かれ、一斉になだれ込んだ。

万事手はず通りだった。侵入と展開、警護と突進。思ったより家人は少なく、気づいて出てきても、紅蓮の気迫に争う意志を失い、次々とへたり込んでいく。

渡廊から対屋《たいのや》に進み、いよいよ邸に入る戸が外された。ここからは灯りが要る。家人を脅して灯りを奪い、花山ら最後の五人が静かに潜入した。

女達の悲鳴と絶句。戦意のない男どもの呆け面。進むにつれて酒の臭いが強くなる。帰洛祝いの酒宴が遅くまで続いていたのだろう。

初めての邸だが、迷うことはなかった。寝殿の造りはどこも同じだ。主の寝所は真ん中の奥と決まっている。

角を折れ、階を三段上がったところで成信が低く言った。

「入覚さま。おそらくはこの奥に」

花山は肯いて戸を引いた。

几帳に遮られ、ひとつの灯りではよく見えない。几帳を踏み倒し、手にした灯りから部屋に置かれた火皿に炎を移す。不気味に照らされた部屋を見てぎょっとした。伊周が向こうの壁に背中を付けて立っていたのだ。白い夜着のまま両足を開き、顔は恐怖に引き攣れている。柄《つか》に飾りが付いた幅広の刀を握っていたが、二重にたるんだ顎が間抜けに見える。

互いに無言だった。伊周は焼身後初めて見る花山の異形にたじろぎ、花山は度脱を前にした昂揚で言葉が出ない。二人の間には蹴られた夜具が黒い岩のような影を作っている。雨音がする。少し強くなったらしい。

伊周は何を思ったか、刀を突き出し、花山を睨んだ。瞳は炎を映し、柄を握った腕は死に負けまいと力んでいる。

花山もようやく腰刀を突き出し、伊周を睨み返した。背丈は伊周がわずかに高く、互いの視線が圧し合う度に生死の境が鋭く光った。

このままでは遂げられない。花山は即座に悟ると、相手を睨み据えたまま、ずかずかと進み、伊周の刀を打ち落とした。途端に伊周は力が抜けてその場に崩れ、両手を突いて頭を下げた。

「こ、こ、この通りでございます。命だけはご容赦を」

「度脱のためにやって来た。他のことは知らぬ」

「無礼はお詫びします。償いもいたしました。何とぞ命だけは」

花山は灯りを預けて髪をつかみ、頭を押さえつけた。乱れた髪と剝き出しになった首が花山を高ぶらせる。逃れようと宙をもがく伊周の手を膝に敷き、さらに体重をかけた。

「入覚さま」

「お急ぎください」

花山は仲間の声に後押しされるように伊周の首に刀を当てた。

「ひっ、ひっ」

声にならない声が床から漏れる。

度脱。度脱。

声にならない声が頭の奥で鳴り響く。

「父上」

冷泉が思い浮かんだ。糞尿にまみれた冷泉ではなく、静かに外を眺める父上だ。

「父上っ」

二度目の叫びに冷泉は消え、押さえていた頭がぐぐっと動いた。

「来るな。来てはならぬ」

振り返れば五、六歳の男児が戸口の柱に押さえつけられていた。

「入覚さま。度脱です。お急ぎを」

混乱した。どうしてここに子供がいるのだ。父を呼ぶ声は花山の声ではなかったのか。床の頭は力を得たようにさらに動き、遂に男児の方へ顔を向けた。

「息子には手を出すな」

子供は紅蓮に連れられて外に出た。と同時に卿が隣に座り、刀を抜いた。

殺される。

稲妻が走り、眩暈がした。

殺されてしまう。

何が起きたか分からなかった。何をしたのかも分からなかった。遠くで子供の泣き声が響き、女達のすすり泣きも聞こえる。

気がつけば卿を突き飛ばし、伊周からも手を離していた。

紅蓮が走ってきた。検非違使が騒ぎを嗅ぎ付け、邸に迫っているという。

「腰抜けが」

「むざむざ捕まるのはまっぴらだぜ」

捨てぜりふを残して紅蓮達は部屋を去った。

花山も遅れて立ち上がり、几帳を踏み越えて逃げ出そうとした。

「あー、あー」

間の抜けた声が聞こえた。振り返ると、伊周が壁に凭《もた》れて奇声を発していた。痛めた喉の調子を確かめたいのか両手を首に添え、咳払いもしている。とても命乞いをした人間とは思えない。と、声に納得したらしく、顔を上げ、花山を睨んだ。

笑っていた。闇の中である。しかしそう見えた。

花山は几帳を跨いで再び部屋に入った。

検非違使の呼子《よぶこ》が聞こえる。伊周はそれに安堵したのか逃げようともせず、だらしなく凭れた姿勢でさらに笑った。声は大きくない。しかし腹を抱え、頭を振り、余裕が醜く溢れていた。

花山は刀の柄を握り直し、乱れた夜具に滑らないようゆっくりと近づいた。

正面に来た時である。

笑っていた伊周が精一杯の憎悪を浮かべ、唾を吐いた。唾は花山の胸に張り付き、花山が左手で伊周の頭を押さえても続けざまに飛んできた。眼を塞ぎ、頬に付着し、しゃがんだ花山の鼻先で饐《す》えた毒素を撒き散らす。

手に力を込め、壁に頭を固定した。

「度脱」

「何を言っている」

「度脱。殺行。婆慈羅耶那」

「狂っている。お前の眼は狂っているぞ」

花山は刀を伊周の顔に近づけた。切っ先で鼻筋を撫で、顎を滑らせ、刃を真一文字に喉元に押し当てた。

伊周は震え出した。泣きもせず、怒りもせず、毒づきもしない。ただ、鼻水混じりの呻き声と臭い息が花山を不快にした。

こんなものなのか。本当にこの程度の。

「度脱」

我ながら力が抜けた声だった。

「度脱。殺行」

「ほ、ほ、ほんとにく、く、狂ってるぞ」

「滓《かす》め。狂っているのはお前の方だ」

花山は冷たく言い放つと、灯りを消して部屋を出た。

## 四　長徳四（九九八）年

花山狂乱の噂は瞬く間に都中を駆けめぐった。花山が遂に人を殺めた。手勢をつれて強盗に押し入り、ついでに婦女子も暴行した。いや、盗む物がなかった腹いせに火を放ち、賀茂の河原で燃え盛る炎を肴に酒宴を張った。いずれも花山の暴走ぶりを伝えている点で正しく、どこが被害に遭ったのか語られない点で一致していた。誰も不思議に思わなかった。人殺しや強盗は珍しくなく、狙われるのは運が悪いからとしか思われない時世では当然だった。

厳久は違った。世の関心が花山にばかり向かうのを奇異に感じた。花山の行状は今に始まったことではない。それをことさら騒ぐのは、一方で何かを隠したいからではないか。隠したいのは襲われた邸だ。その名を明らかにできない理由がどこかにある。そう思って年の瀬恒例の衆会の場を通じて話を集めた。詮子に訊けばたやすいことは分かっていたが、あらぬ疑念を抱かれたくなかった。その結果、襲われたのは伊周邸と判明した。不思議はなかった。花山が復讐しただけのことだ。しかしなぜそれが隠されなければならないのだろう。

新年正月の風に緑が踊り、光が跳ねる。湯屋の格子窓からでもよく見える。詮子の援助で寺域が広がり、古くなった堂宇を建て直した。湯屋もそのひとつである。新しい木材の匂いと射し込む陽光が新鮮で、朝の勤めの後、毎日のように水を浴びている。

桶で水を汲み、頭から被った。冷気に目覚め、意識が冴える。

伊周邸を隠そうとしているのは道長かもしれない。

突然の考えに動きが止まった。伊周側に理由があるとばかり思い込んでいたので気づかなかった。道長の意図と考えれば簡単である。花山が伊周を襲ったということは、配流という道長の処断を花山が納得していなかったことを意味する。自ら下した処断が法皇に無視されたとなれば権威に関わる。そこで道長は伊周に「騒ぐな」と命じ、検非違使にも「漏らすな」と命じたのではないか。検非違使が捕らえた花山側の下人二人が、町を徘徊するただの夜盗として処罰されたことが何よりの証だろう。

午《ひる》を過ぎたら東三条院に出向こう。病は治っただろう。久しぶりに詮子と言葉を交わしたい。

自室に向かう途中、若僧に呼び止められた。文が届いているという。詮子の方から招きがあったか。東三条院ではなく、直接内裏に来いということかもしれない。

さっぱりした額に風が当たるのを感じながら、喜び勇んで戸を開けた。

置かれた立て文を見て落胆した。女院からのものとは思えぬほど無粋であった。花もなければ飾りもない。ただの白紙が畳まれていただけである。

開けて驚いた。義懐からである。天から地へとはこのことだ。いつ以来だろう。けれどもおよその見当はついた。花山だ。花山が暴れると、義懐が気を病む。いつかもそうだった。わざわざ来て「見守ってくれ」と頭を下げた。伊周襲撃の件で相談があるのだろう。

予想は当たった。しかし一点だけ外れた。冷泉院を見舞ってほしいという。花山の気質の源は冷泉院である。そこを治せば、花山も少しは落ち着くというのが義懐の考えであった。相変わらず単純な男だ。薬師でも祈禱師でもない自分に何ができよう。仏界に身を置きながらも仏道に疑義を抱いているのだ。このような僧が経を唱えたところで何の利益もありはしない。

断ろう。花山はともかく冷泉の面倒まで見きれない。やはり詮子に会おう。

若僧を呼ぼうと、息を吸った時である。なぜ、わざわざ自分に冷泉の見舞いを頼んだのかと気になった。高名な僧は他にいくらでもいる。まさか冷泉が呼んだのだろうか。でないとすれば花山か。いずれにしても、そのどちらかがこの自分に会いたがっているとは考えられないか。

文を机に戻し、頭に手をやった。剃り上げた頭頂に髪はなく、側頭と後頭にわずかな剃り残しがあるばかりである。続いて目頭を押さえ、鼻の両脇を過ぎて正座した膝を軽くつかんだ。

老いたと思う。湯屋で己の身体を見るたびにそう思う。脚は細く、腹は下がり、股間には使いもしない一物《いちもつ》が垂れている。どれほど言葉の術を極めようと、肉体は確実に老いていく。淋しさよりも焦りを感じた。今さら美顔とは言うまい。だが、せめて老醜の支配を遅らせることはできる。それにはやはり言葉の彫琢が必要だ。では、どちらに行けばそれを得られるのか。

冷泉である。詮子は幼い。未だにこの掌にいる。そこでは言葉の譲渡はあっても、新たな言葉の獲得は期待できない。

　厳久は苦笑して立ち上がった。この自分を悪の中の悪とまで言い放った詮子にこの心の動きは分かるまい。


　冷泉邸に着いた時には陽が傾いていた。輿に乗って来たのは初めてである。尻が痛い。背筋も突っ張る。歩けばよかった。

　案内されたのは寝殿から一段低い侍者の間だった。それでも長押《なげし》には花紋の釘隠《くぎかくし》が付き、床板も鮮やかに磨かれている。

　現れたのは僧体の義懐だった。

「わざわざのお運び、感謝申し上げます」

「お久しゅうございます。まことに荘厳なお邸で気後れしてしまいます」

「院のお邸ですから」

　義懐はつまらぬ世辞を言うなという顔で長押の上に眼を遣った。無粋な男。世辞を言わなくては話が続かないではないか。世辞には謙遜で答えればいい。もっともこの邸は冷泉院のものなので、義懐ごときが謙遜してはおかしなことになる。厳久は嗤いそうになるのをこらえて慌てて訊いた。

「本日の冷泉院のご様子はいかがでございましょう」

「ここにはおられません」

「と、おっしゃいますと」

「入覚さまと宇治へ川遊びに行かれました」

「新年早々ですか」

「院が強く望まれまして」

腹が立った。では、どうして文など寄こしたのだ。何のためにやって来たのか分からないではないか。といって、帰りを待つつもりもない。義懐が相手では苦痛である。

「寒さをこらえれば、この時期の宇治川も悪くないのでございましょう。山科までの道々、川辺の景色を思い浮かべながら帰ることにいたします。この度はお役に立てず」

腰を上げた時である。

「待ってくれ。話を聞いてほしい」

義懐が身を乗り出した。

「騙したつもりはない。川遊びは急に決まったことだ。こうでもしないことには会ってもらえぬと思った。息子と山科の寺を訪ねても相手にされぬとな」

切迫すると言葉が変わるのも相変わらずだ。どういう事情か知らないが、詮子の邸に参上するのをやめて来ているのだ。冷泉と花山が不在なら長居は無用である。浮かせた腰を伸ばし、立ち上がって付け加えた。

「また日をあらためて参りましょう」

「頼む。この通りだ。息子を救ってくれ」

見苦しいと思った。嘘をついて人を誘き出し、露見すれば土下座をして懇願する。始めから終わりまで自分のことしか頭にない。

「お顔を上げてください。わたくしに人を救う力などありません」

「せめて話だけでも」

僧体の土下座を見下ろすのは気分がよくなかった。義懐という男を見下《みくだ》すのは小気味よい。しかし出家者の土下座は、その僧に留まらず、僧が負う求道心まで卑しめられるようで耐えがたかった。

厳久はやむなく腰を下ろし、円座の上で足を組んだ。

「あなたは僧です。日々の暮らしはどうあれ、世俗を捨てた身です。軽々に頭を下げてはいけません。僧にとって頭を下げる相手は仏だけです。人が人に頭を下げて懇願する。これは在俗の者達の流儀です。違いますか」

義懐の顔が赤くなった。厳久は続けた。

「人に懇願して何になりましょう。誠心誠意の懇願は、懇願された人間を思い上がらせるだけです。まごころは時に人から正常な判断を奪います。まごころに突き動かされたと言う時、その人は正常でないものに身を委ねたことを自ら告白しているると気づかなければなりません」

ここまで話して厳久は、実は自分こそ、誠心誠意の懇願に突き動かされていると認めざるを得なかった。それを恥と思い、抗弁している。

続く言葉を探そうとした時だった。突然、義懐の背後の戸が開き、若い男が現れた。

「お初にお目に掛かります。成信と申します」

戸口でひざまずいた若者は丁寧に辞儀をすると、穏やかな眼差しをこちらに向けた。

「せがれです。おい、戸を閉めろ」

若者は細身の身体を捻って戸を閉め、義懐の隣に並んで座った。そうだった。息子を救えと言っていた。けれども取りたてて問題を抱えているようには見えない。

「実はこいつが、とんでもないことをやらかしまして」

家族の内のごたごたはご免蒙《こうむ》る。独り身の自分に分かるはずがない。

黙っていた成信が顔を上げた。

「お伺いいたします。度脱とはいかがなものでございましょうか」

「どだつ？　いったいどこでそれを聞いたのです」

「入覚さまから学びました」

絶句した。花山が度脱を説いたとは。いつの間にそこまで行ったのだ。続いて成信から花山の説法と紅蓮の話を聞くと、全身が震え、卒倒しそうになった。

「大丈夫でございますか」

成信の気遣いが煩わしかった。言葉を捨てて突き進む連中にこの戦きは理解できまい。義懐親子のことは眼中になかった。度脱。究極の行。うろ覚えである。知識も十分ではない。しかし遥か天竺で、敢えて煩悩にまみれ、殺戮を是とする教えがあったことは聞いた記憶がある。花山がそれを実行しようとは。しかも徒党を組んで。伊周襲撃はただの復讐ではなく、修行だったのだ。

「教えていただきたいのは、度脱を越える刷新がほかにあるのかということです」

「刷新？」

「はい。魂を浄化させ、より気高く生きる行《ぎょう》と言い換えてもかまいません」

成信は誇らしげだった。花山が企てた度脱は未完に終わっても、自分は成し遂げてみせると言いたいらしい。混乱した。厳久の思考の中で殺人を肯んじたことは一度もない。蜉蝣《かげろう》を殺すのとは訳が違う。しかし同時に、殺しを企てる魂の烈しさは分からないでもなかった。その理《ことわり》がどのようなものであろうと、あるいはまったく理がなかろうとも、殺人以上に人を昂揚させるものはないからだ。この亀裂に厳久は苦しんだ。お囃子が聞こえる。三条大橋。あの時の興奮が蘇る。

「狂った息子を、どうか真人間に戻してほしい。この通りだ」

「父上、おやめください。わたしは狂ってなどおりませぬ。ただ目指したいだけです。挑みたいだけです」

「それが狂っているというのだ。法皇の幻力に操られ、正気をなくしているのだ」

「父上には分からない。長い間、入覚さまにお仕えしながら、その魂を学ばなかった父上に分かるはずがない。分からない以上、語る資格はありません」

「たわけが」

義懐が成信の横面を叩いた。平手だったが力が強く、成信は仰け反って手をついた。

本来、厳久にとってこのような親子喧嘩は見るに堪えないものであった。黙って立ち上がり、後ろ手で塩さえ撒いただろう。しかし今は違う。慎ましさと気高さが親子に憑依《ひょうい》して争っている。

「厳久どの。何か言ってくれ。この馬鹿息子に」

「厳久さま。反駁《はんばく》してください。仏の教えには、かように激しいものもあるということを父上に説き明かしてください」

二人に責め立てられ、厳久は窮した。それぞれが正しく、それぞれが偏狭である。けれどもこれでは納得しない。言葉の鍛錬を経ていない者に分かるはずがない。この親子が求めているのは是か非かである。是と非に弁別できれば苦労はない。是は非となり、非も是となる。この交流と転換にこそ真理がある。いや、これこそ言葉の幻力だ。殺人の昂揚を認めている以上、それを行として何が悪い。そうだ。度脱は認められる。たとえ知が拒んだとしても血が肯定する。血走る豊饒な魂は、知に走る貧困な魂を最後の最後で打ち砕く。

「お二人とも、まずは気を確かに。そのように怒鳴り合いをされては、話せることも話せなくなります」

厳久の声に二人はわずかに姿勢を正した。

「率直に申し上げれば、とにかく驚いております。花山院がそのような激しい教えに取り憑かれ、しかも徒党を組んで実行なさったとは、たとえ未遂に終わったとしても恐るべきことです。成信どの、と言われましたか、ひとつ伺いましょう。その時、花山院が途中でおやめになったのはなぜだと思われますか」

「恐くなったのです」

「なぜです」

「人の道に悖《もと》るからです」

「道に悖ることに躊躇するのは悪いことですか」

「はい。それではいつになっても魂は浄化されません」

「では、成信どのなら遂げられましたか」

「もちろんです。検非違使に見つかったとしてもやり果《おお》せていました」

「ということは、花山院より、成信どのの方が、求道の心が強いということですか」

厳久の問いに義懐が不快そうに見返した。

「それは分かりません」

成信の声は小さかった。遠慮しているらしい。

「求道の心は静かに長くあるべきです。それに比べて魂の昂揚は、たとえ激しくともほんの刹那にすぎません。度脱は認められるべきです。仏敵が迫ってくるのなら調伏しなければなりません。しかし仏敵とは何です？　誰のことです？　徒《いたずら》に怖れを抱き、危ういと思う心を高めて敵を倒せば、魂の刷新につながると考えるのは誤りです」

義懐は大きく肯き、続く言葉を待っている。一方の成信は、どこかで話がすり替えられたのではないかと猜疑に満ちた眼でこちらを見ている。厳久は力を込めた。

「つまり、度脱は、まだその時期ではなかったのです。花山院もそれに気づいておやめになったのではありませんか」

姑息《こそく》だと思った。度脱を認めながら、その正しさにおいてではなく、時期尚早として却下した。しかも花山の中断をひとつの権威として利用した。かまわない。不断の問いかけに耐えられず、すぐさま行動に走る俗人を前に真正面から度脱を赦すわけにはいかない。

成信が不満そうに口を開いた。

「おうかがいします。紅蓮の教えがひとつの仏道であり、それを侮辱したのが先の内大臣である以上、われわれから見れば十分仏敵の名に値します。仏敵を野放しにすれば、われわれの魂は腐敗します。度脱を遂げてこそ仏敵も救われ、われわれも浄化できるのです。違いますか」

「理法としてはそうなるかもしれません。しかしそこまで突き詰める以上、あなた自身も調伏される覚悟を持たねばなりません」

「もちろんです。のっぺりとしたこの人生から解放されるなら、いつ殺されたっていい。今この瞬間でさえかまわない」

「お前という奴は」

義懐は拳を握って息子を睨んだ。厳久は訊いた。

「威勢のいい言葉は身を滅ぼします」

「願うところです」

「本気ですね」

「二言《にごん》はありません」

「では、お望み通りに」

厳久は気迫を込めて成信を睨んだ。武器はない。手も動かさない。しかしあらん限りの気迫で目の前の小僧を地獄に追い落とそうとした。思い知るがいい。言葉を軽んじ、投げ捨て、それを勇気と考える輩は許さない。貴様の生き死にを貴様が決められると思うな。自分は未だに苦しんでいるのだ。

しかし何ひとつ変化はなかった。厳久の気迫は成信の前で二手に割れ、そのまま背後へ通り抜けた。五十を過ぎた僧の気概は青臭い出家の前で惨めに崩れ果てた。

「どうしたのです。さあ。殺してください」

震えが走った。肩が、膝が、睨み据えた眼と顎まで震えて揺れた。

「殺していただけないのなら、わたしはいっさいの殺行を許されたと受け止めます。急いでください。ひと思いに。でないと自分が恐い」

成信が初めて弱気を見せた時だった。顔を歪めていた義懐が腰を上げて短剣を取り出し、息子の胸に突き刺した。

義懐は動かなかった。その眼は細く空に向かい、何かを見据えていた。

成信は驚愕に眼を見開き、刺し込まれた剣の熱さを肺腑《はいふ》と心の臓で感じている。

「殺せば大罪。刺すのは説教」

義懐の声だ。が、厳久には花山の呪いに聞こえた。

義懐は「くっ」と呻いて剣を抜いた。成信は早くも青ざめ、ぬらりと濡れた剣を見た。

「ち、父上が……度脱を……」

「成信っ。おい。しっかりしろ」

義懐は剣を投げて息子を抱え、繰り返し名を呼んだ。成信は虚ろな眼で義懐を眺め、何か言おうとした。

「言うな。口を利くな」

義懐は成信を背負うと、車寄せに向かって飛び出した。厳久もすぐに後を追い、自分の輿を使うよう叫び続けた。

# 第六章　光

# 一　長保《ちょうほう》三（一〇〇一）・長保四（一〇〇二）年

内裏が燃えているという。知らせを受けたのは厳久《げんきゅう》が床に入ろうとした時である。夜になって寒風は収まったが、空気が乾いているので火を消すのは難儀だろう。おとどしも燃えた。確か六月。雨に助けられ、それほど燃え広がらなかったと聞く。よくもこう火が出るものだ。陰陽師はどう説明するのだろう。帝の機嫌を損なわずにどのような巧い理屈を並べるのか聞いてみたい。陰陽師に求められるのは占いの才ではない。帝や殿上人の意向を察知し、それに沿うような答えを神々の名において献上する技にある。神々はいない。何一つ告げてくれない。判じるのは他ならぬ陰陽師自身である。神々の座を利用して居場所を確保する輩。それを代々の職として守り続ける家筋。真理からほど遠く、世慣れした狡猾さは宇佐八幡《うさはちまん》の神人《じんにん》と同じである。

厳久は立ち上がって戸を開け、西の空を眺めた。山の端に遮られて内裏までは見通せない。それでもこの冬空の下で深紅の炎が燃え、都の闇を照らすかと思うと震えが走った。世の不幸を聞くと血が騒ぐ。義懐《よしちか》親子がそうさせた。

草履に足を入れ、庭を歩いた。はみ出た小指と踵が乾いた苔に触れてひやりとする。成信《なりのぶ》の消息は知らない。目の前で父が息子を刺した。それだけで十分だった。しかも息子は殺されることを求め、殺されなければ生き延びる自分が恐いと言った。本来は厳久が殺さねばならなかった。それを義懐が代行した。以来、己の中で目覚めた殺意が敵を求めて燻《くすぶ》っている。危険な兆しだった。この情動は花山のものだ。

池に出た。闇の向こうに小さな四阿《あずまや》が佇んでいる。詮子《せんし》の援助で造らせたが、景観に馴染まず、ほとんど使っていない。そうだ。詮子は無事だろうか。内裏が火事なのだ。住まいは東三条院だが、帝の元にいることも考えられる。

厳久は急に寒さを覚えて立ち止まった。詮子皇太后。一条帝の母にして左大臣道長《みちなが》の姉。おとしの秋、ここ元慶寺《がんぎょうじ》に行啓《ぎょうけい》があった時、権少僧都《ごんのしょうそうず》に任じてくれた。四年ぶりの出世だった。上った階級はわずかにひとつ。表向きは感謝した。しかし手放しで喜べるはずがない。

詮子から遠ざかろうと決めたのは僧官のせいばかりではなかった。詮子の心がとうにこちらから離れていたからだ。詮子は先月、四十を数えた。迫力が増し、山科の僧など見向きもしない。詮子をそこまで育てたという自負はある。身を削って会得した言葉を詮子の魂に刻み、深みを与えてきた。脅し、惑わし、時に情愛さえ交わしながら。だからこそ詮子は陰謀渦巻く内裏で国母として君臨できるのだ。自惚れではない。仏を信じられないにもかかわらず、仏を捨てずに生きてきた人間はそうはいない。この分裂が精神を鍛える。詮子に授けてきたのはこの鍛え抜かれた言葉だけだ。

身体が冷たくなった。衣だけではもう寒い。

来た道を引き返した時である。詮子が離れたのは、この顔に老醜を見たせいかもしれないと気づいた。物事を敏感に捉え、言葉で確認しようとする限り、彫琢《ちょうたく》は続くと信じてきた。言葉の彫琢は精神を明確にし、ついには顔さえ彫琢する。しかし今年で五十八。とうに老人である。初めから分かっていたことだ。親子ほどの差がある娘が相手では、いかほどの関わりようもないではないか。

居室に向かって歩くにつれ、深い孤独の淵へと沈んでいった。詮子は遠い。身分を考えれば出会った時から遠かった。その距離を言葉が縮めたと思ったが、摂関家の娘が下界の老僧にいつまでも関わる道理はない。いや、詮子は老醜を見たのではない。停滞を見たのだ。出世するわけでもなければ、新たな仏を感得するわけでもない。経験を頼りに利口そうに言葉を操《あやつ》るだけの老僧に鈍くなった知恵の残骸を見たのだ。それだけの眼力は教えてある。

歩調を速め、堂舎へ急いだ。悔しかった。認めたくなかった。しかしそれが事実だった。誰もいない。自分には心を許せる相手が誰一人いない。女子でも子供でも、自分に寄り添ってくれる人間が一人くらいいないものか。義懐が息子を刺した時、驚きで声が出なかった。だが、刺すだけの情と刺されるだけの信頼があの父子にはあった。あの刃傷は互いに情があればこそ起きたのだ。

部屋に上がり、戸を閉めると、激しい悔恨に身を貫かれた。闇が迫り、天涯の独り身に漆黒の寒風が吹き寄せる。自分は言葉の中だけで生きてきた。現《うつつ》に関わらず、人を避け、深い穴の奥からこの世を覗いてきた。言葉を求め、言葉に恋し、女人の肌には見向きもせずに。それでいいと思った。それこそ高貴な魂であると信じてきた。だが、どうだ。手にしたものは。所詮は言葉だ。新鮮な言葉はいつしか古びる。苦渋に満ち、血塗られた言葉さえ干涸《ひから》びる。

詮子に逢いたかった。内裏の奥深く侵入し、抱きしめたかった。愛おしいとは思わない。美しいとも感じない。けれども今は詮子を思い浮かべるよりほか慰めがなかった。

　閏十二月に入っても厳久の苦しみは続いた。経を唱えて祓おうとしても、気が高ぶるばかりでかえって苦悩を増幅させた。寺の僧達も心配して薬草を煎じてくれたが、効き目はなく、「厳久さまは物の怪に取り憑かれてしまわれた」と噂した。

　耐えきれず、都に入って遊女を求めた。味気なかった。屈辱と恥辱に苛まれた。怜悧さはどこにいった。賢《さか》しさと中庸《ちゅうよう》はどこに消えた。

　懐を探った。まだ相当の銭があった。寺には金も銀も為替《かわせ》もある。自分も紅蓮とやらを作ってみるか。言葉を捨てた暴徒を組織し、その長として暴れてみようか。

「ぶつかったら詫びるもんだぜ」

　夕闇に声が響いた。仕事帰りの職人らしい。悪党には見えなかった。勝てると思った。

「ぶつかったのはそちらだろう。愚か者に付き合う暇はない」

「おい、待てよ」

　厳久は腕を取られて振り返り、その勢いで顔を叩いた。男はよろめき、肩に載せていた道具箱をぶちまけた。

　人だかりができた。坊主の荒くれぶりを見届けようと遠巻きにしている。

「殴ることたぁねぇだろう」

　人だかりの中から男を介抱する者が現れた。気がつけば、群衆はそろって男を味方し、こちらに敵意を向けている。

度脱。度脱。

成信の言葉が蘇った。血が騒ぎ、沸騰してくる。剣を持っている者がいれば奪って斬り付けてしまいそうだ。

人を殴ったのは初めてである。手に残った衝撃が辛うじて厳久を押しとどめた。

立ち去ろうとした時、背後で声がした。

「どこかで見た顔だな」

「あんな綺麗なお顔をして、やることは乱暴でらっしゃる」

耐えがたくなって急ぎ足になった。

「お、逃げてくぞ」

「駆け出しやがった」

全力で走った。辻から辻へ入り込み、気がつけばあの路地に来ていた。三条白川《しらかわ》の脇である。

「坊さま。何を慌てていなさるのさ。人でも殺めたんじゃないだろうね」

界隈を根城にする戯れ女《たわめ》だった。白粉の痩せた顔が闇に浮かぶ。

「なぜ分かる。臭うか」

「たっぷりとね。強がりと腑抜けの嫌な臭いだよ」

「臭いが嫌なら殺してやる。死ねば嗅げなくなる」

「強がるんじゃないよ。あたいを誰だと思ってんのさ。なまくら坊主に手が出せるもんかい」

厳久は両手で女の首をつかみ、力を込めた。親指が顎の下に食い込み、指の腹に首の骨を感じる。先ほどの遊女より柔らかい。老いて弛《たる》んでいるのだ。そう気づくと手が離れ、唾を浴びた。

「このままじゃ済まないよ」

女は咳き込みながら叫んだ。

恐くなった。自分がしたことが信じられなかった。

「あり金を残らず置いていきな。泣いて訴え出れば検非違使だって聞いてくれる」

懐から銭の入った袋を取り出し、女に渡した。

ずしりとした重みに女は驚いたようだったが、すぐに不敵に笑った。

「これっぽっちかい？　だまされないよ。こっちは殺されかけたんだ」

厳久が再び女の首に手を伸ばそうとすると、女は転がるように逃げていった。

寺に帰った。丑《うし》の刻を回っているだろう。足はふらつき、頭は朦朧としていた。

「探しておりました。よくぞご無事で」

僧達の出迎えに厳久は無言で応じた。

「出て行かれてすぐに知らせがありました。お隠れになったと」

何のことか分からず、首を傾げた。

「お亡くなりになりました。皇太后さまが」

聞き違いかと思った。京に気配は微塵もなかった。

「確かであろうな」

「知らせは内裏とお邸から二度ありました。ご支度ください」

「今から都に戻るのか」

「これまでのご恩がございます」

「向こうは忘れている」

「何というお言葉。厳久さまとは思えません。一刻も早く駆け付け、弔意《ちょうい》をお示しください」

誰だ、こいつは。

側近の僧が見知らぬ寺の小僧に見えた。これまで逆らったことはない。忠言、箴言《しんげん》も一度もない。それがどうだ。皇太后の死を聞いただけで豹変した。こいつが憂えているのは後ろ盾を失った元慶寺の行く末ではない。寺にいる己の身だ。廃れる寺にはいたくない。といって、廃れると決まったわけでもない。ならば、厳久を早急に内裏に向かわせ、相応の挨拶だけでも済ませておきたいと考えているのだ。死を悼む間もなく、次の手を考える。厳久はそのしたたかさに詮子の死が穢された気がした。

「言いたいことは分かった。しかし急ぐことはないだろう。しばらくわたしの出番はないはずだからな」

松明の光に揺らめく互いの吐息が寒さで一層白くなった。

紅蓮は解散した。棟も櫓も破却させ、土地は叡山に返した。取り巻きの者達も銭を渡すと離れていった。花山《かざん》は未だに分からなかった。伊周《これちか》を殺そうとしてなぜ果たせなかったのか。「父上」と言ったのは伊周の息子であった。冷泉《れいぜい》を思ったのは錯覚だった。けれども父と聞いて躊躇した。業を煮やした卿《かみ》が隣に屈んだ時、間違いなく殺されると思った。伊周ではなく、自分がだ。再び部屋に戻り、刀を突きつけた時には度脱そのものが色褪せて見えた。紅蓮にとっては許し難い裏切りであった。魂の浄化のための究極の修行。説いていながら本気ではなかった。口先だけで覚悟がなかった。そう責められれば返す言葉がない。軽蔑と冷笑は受け止める。しかし、では、なぜ焼身供養は躊躇しなかったのだろう。あの時、自分は間違いなく生を捨てたのだ。

「そのようなことをお尋ねになられても、何もお答えできません」

理子《りし》は困惑した顔で庭の梅を眺めた。

「久しぶりに来たのだ。そうつれなくせずともよかろう」

いくら訪ねても家人に物忌《ものい》み中と告げられ、会わせてもらえなかった。不審に思ってさらに訊けば、月の不浄であると知らされた。やむなく日を空け、ようやく会えたのだった。

「わたくしは普通の女子でございます。むつかしいことは苦手でございます」

「変わっておらぬな。そういう言い方をする時は、たいてい何か思い付いた時であろう。言ってしまった方がさっぱりするぞ」

理子は梅から眼を逸らし、静かに溜息を吐いた。手は膝の上で柔らかに組まれ、扇は床に置かれている。花山は庭に面した廂の柱に凭れ、片膝を突いて座っていた。不作法な姿勢だが、この方が理子がよく見える。とりわけ斜め右から見える横顔に情愛の深さを感じる。それに甘えて花山は問うた。「自殺もできず、他殺もできない自分は、これからどう生きていけばいいのか」と。

理子は閉じていた唇を軽く動かし、何か言おうとした。眼は庭の紅梅を映している。そのすぐ下では扇の赤い房が風に動いて丸くなった。が、口は再び閉じられ、動かない。

「そう黙《だんま》りばかりでは困ってしまう。わざわざ出向いてきた甲斐がないではないか。もうよい。先ほどの問いは取り消す。ほかのことを話すとしよう。そうだ。熊野がいい。覚えていることがある。といっても、修行の話ではない。都に戻る途中に見た賤《しず》の者達のことだ」

理子は興味を覚えたらしく、顔をこちらに向けた。

「暮れ時、雷雨に見舞われたことがあった。ようやく見つけた卑賤の者の家に立ち寄り、身体を休めようとした。その家は老いた夫婦しかいなかった。あるのは土間と竈《かまど》と藁の寝床だけだ。老夫婦は湿った藁では恐れ多いと、わざわざ火を熾《おこ》して乾かそうとした。けれどもそれではいつになっても休めない。湿った藁など何でもない。山中の修行を思えば贅沢なくらいだ。そう言って止めさせようとしたが、老夫婦は聞き入れず、藁を広げて火にかざし続けた。火が弱く、時ばかり過ぎた。供の者どもも苛立ち、爺の手から藁を取ろうとしたが、『罰が当たります』と頑なに拒まれた。結局、雨が弱くなった頃、その家を出て、さらに下った古い観音堂を宿にした。

いつまでも眠れなかった。はじめは老夫婦を頑固な愚か者だと思った。しかし時が経つにつれ、哀れに思うようになった。突然、法皇一行が現れ、休ませろと言ったのだ。仰天のほどは想像できる。罰が当たるのは自分だと思った。賤の者達には賤の者達の暮らしがある。そこに割り込み、無理を言った。己を責めた。いったい何のための修行だったのかと。あの夫婦の頑なさは愚かさ故ではなかった。法皇という位への畏れだった。つまらぬ位が夫婦をあれほど混乱させたのだ」

花山は小さく息を吐いて続けた。

「今考えれば、いろいろ思うことはある。老夫婦は、実は泊めたくなかったのではないかと。泊めては自分達の場所がなくなる。褒美をもらっても深山の暮らしでは役立たない。真相はこんなところだったかもしれない。けれどもあの時、どれほど修行しようと、この世の自分からは逃れられないことをあらためて思い知ったのだ。こちらがどれほど遠ざかろうとしても向こうから追ってくる。そして必ず追いつかれる」

理子は微笑んでいた。理由は察しがついた。

「帝だから、法皇だから、そんなことが言える。恵まれた生まれをもっと感謝しろ。こう言いたいのだろう。しかし帝の家筋は退屈でしかなかった。だから反逆したのだ」

理子がようやく口を開いた。

「焼身と度脱で反逆できるとお思いでしたか」

「もちろんだ」

「嘘おっしゃい。知ってたはずです。それでも反逆できないことくらい。知っていればこそ、ご自分を追い込んだのです。だからますます激しくなられたのです。知っているご自分をねじ伏せようとして。なぜです？　知っているだけではいけませんか？　そこに留まることは悪いことですか」

たじろいだ。すぐに言葉を返せない。

「ご自分を殺せないからといって、ましてや他人を殺せないからといって、何を悩む必要があるのです。殺すなどもってのほかです」

理子は立ち上がった。薄紅と萌黄の桃の襲がしなやかに流れ、弱々しい二月の光と重なった。

「どなたが初めにおっしゃったか、お考えになったことはありまして？」

「何をだ」

「物狂いという言葉です。お父上に対しても、入覚《にゅうかく》さまに対しても、必ずこの言葉が付いて回ります」

「言わせておけばいい」

「かもしれません。ですが、人々はそう言って楽しんでいるのです。世の平安が乱されると不満を言いながらも、実は騒ぎを喜び、次は何をしてくれるのかと期待しているのです。退屈だからです。もちろん人々は認めないでしょう。認めてしまっては平安を祈っていないことになり、とりわけ内裏では出世に響きますから」

「何が言いたい」

「世の人は狡いものです。思っていても口に出さない。口に出すのは嘘ばかり。それでこの世が動いています。入覚さまが騒ぎを起こせば起こすほど人々は喜び、入覚さまの評判は落ちる。それでますます喜び、有頂天になって罵るのです。あの物狂いめが、と。いつだって得をするのは人々です。何もしない人々。何もしようとしない人々。あの人たちを喜ばせるためにご自分を貶めてはなりません」

花山は戸惑った。非難されているのか励まされているのか分からなかった。人々のことなど考えたこともない。思うままに生きてきた。その結果、どう思われようがかまわなかった。

「ひとつ訊こう。退屈と言ったな。人々も退屈なのか。それなら何かを為《な》せばよいではないか。

他人が何かしてくれるのを待っておらずに」

「それは無理というものです。あの人たちにそれだけの勇気はありません。失敗したらどうなるのか、笑われたらどうするのか。いつもそのようなことばかり考えてびくびくしておりますから。それで心がほかの人へと向かうのです。時に悪意を隠して」

理子はうつむいた。黙っていたかと思えば饒舌《じょうぜつ》になる。話した後で黙り込む。気分の浮き沈みが激しすぎる。花山も立ち上がり、二三歩近づいて訊いてみた。

「久しく逢わぬ間に何かあったのか」

理子は黙ったまま日陰に逃げ、部屋との境に佇んだ。その姿が哀れで花山はさらに尋ねた。

「誰かに悪く言われているのか。何か嫌な思いをしているのか。できることがあれば言ってくれ」

理子の眼には涙が浮かんでいた。扇で隠そうとせず、細い指先で拭っただけだ。

「好いた殿方がおります。それでいろいろ言われております」

衝撃だった。美しければ当たり前である。花山一人のものではない。しかし直接聞かされたのは初めてだ。

「人からあれこれ言われるような相手なのか」

「わたくしはそうは思いません。ただ、人々が」

「誰だ。そなたに好かれる果報者は」

「弟君にございます。入覚さまの」

花山は動けなくなった。どういうことだ。弟は為尊《ためたか》と敦道《あつみち》。いずれも冷泉と超子《ちょうし》の間に生まれた異母弟で、それほど親しくない。

「どちらだ」

「為尊さまでございます」

嫉妬を隠そうと庭を眺めた。為尊は花山より九つ下である。何かの席で為尊が一目惚れし、理子の元に通ったのだろう。花山と理子の関わりを知っての上に違いない。理子も理子だ。年下好みにもほどがある。だが、すべては理子の魅力ゆえであれば、誰も責めるわけにはいかなかった。

「よいではないか。言いたいやつには言わせておけ。恋は多いに越したことはない」

「心強いお言葉です。安堵いたしました」

礼を言われ、花山はさらに強がった。

「為尊は入覚よりまともな男だ。そなたにはずっとふさわしい」

「そのようです」

おどけた理子の言葉が花山を少し楽にした。

## 二　長保四（一〇〇二）年

「ここからは歩こう。輿を下ろせ」

「大丈夫でございましょうか。上りが相当にきつくなります」

「山で鍛えたのだ。どれほどの上りだろうと驚かぬ」

花山は地面に降り立ち、行く手を見上げた。確かに細い道が斜面を這い上がるように続いている。

「熊野を思えばたいしたことはない。そうだろう。義懐」

「困りました。あの頃とは年が違います。入覚さまはまだしも、今のわたしはそろそろ五十に手が届こうというところ。輿が空いたのなら代わりに乗りたいくらいです」

「情けないことを言うな。苦労してこその参詣ではないか」

花山は義懐の背中を叩くと、休んでいた供奉人達を追い越して先頭に立った。振り返って号令を掛けようとしたが、紅蓮を思い出して止めにした。人を率いるのは懲りたし、それだけの自信もない。

「汗が引いたらついて参れ」

先頭の数人にしか聞こえないほど抑えた声だった。それでも言われた供奉人達は驚いた顔をした。これまでの花山とは違うと思ったのだろう。臣下を気遣う優しさがあると。

一行は蔵人、滝口の武士、僧、荷持ち、料理番と総勢八十四人である。道長に無心して往復の船代と宿代、従者達の手当を出してもらった。左大臣ともなればそれくらいはたやすい。

花山は一歩一歩上りながら、確かに自分は変わったのかもしれないと思った。度脱を遂げられなかったためばかりではない。中務と平子《へいし》の間にそれぞれ子が生まれ、父親になった。いずれも男児で昭登《あきのり》、清仁《すみひと》と名付けた。二人ともそろそろ四歳になる。一方で理子と為尊との仲も続き、思い出す度にわずかに嫉妬を覚えた。今回の書写山《しょしゃざん》参詣は開祖の性空上人《しょうくうしょうにん》に会うためばかりでない。為尊の病平癒を祈願するためでもあった。為尊は顔立ちが美しい分、病に伏せやすく、頼りなげなところがあると聞く。恋敵だが、一度は心を寄せた理子のためには為尊の安泰を祈るのも務めだろうと考えた。

「こうして歩いていると懐かしい心持ちになります」

義懐だった。意地を見せ、すぐ後ろまで追い着いていた。

「熊野だろう。あの頃はひたすら歩いていたからな」

「滝も浴びました。何と言いましたか」

「那智の滝だ。物忘れするには早すぎる」

義懐は照れ笑いを浮かべながら花山に続いて身の丈ほどの岩に取り付いた。岩は大雨でどこからか崩れてきたらしい。義懐は「よしっ」と唸ったものの身体が上がらず、かといって降りることもできず、岩に張り付いた蜥蜴《とかげ》のような珍妙な格好になった。花山は見かねて手を差しのべ、義懐はそれを握ってようやくよじ上った。これまでの義懐であれば「恐れ多い」と恐縮し、花山の助けを断っただろう。一方の花山も義懐に手を差しのべることなど思いもしなかったに違いない。

「このような深い山中で法灯を掲げておられるとはたいしたものです。性空上人にお目にかかれれば思い残すことはありません」

「おおげさな物言いだな。上人は九十三と聞いている。それにくらべれば、お前などまだまだ若いぞ」

「心得てはおりますが、もはや人生が終わったという気が強くしておりまして」

　何のことか分からなかった。義懐は花山と別れて以来、近江《おうみ》坂本の宝満寺《ほうまんじ》に籠もっている。書写山行きの話を伝えると、是非にもと言われ、連れてきた。胸の内を聞くのは久しぶりである。

「お前らしくもない。人生はそうたやすく終わらんぞ」

「承知しております。しかしながらいよいよという気にはなります。ここで息子の供養を済ませば肩の荷も下りますから」

　花山はびくりとした。義懐には息子成信の話をしていない。紅蓮にいたことを知らせては義懐が苦しむと思ったからだ。しかも供養と言った。

　声がして振り返ると、先ほどの岩のところで供奉人達が騒いでいる。荷があるので苦労しているらしい。

「実は」

　同時に同じ言葉を口にした。一瞬、譲り合ったが、義懐が急き込むように先を続けた。

「息子は去年、あらためて出家し、夏の盛りに浄土へ行くことができました。あれはあれで、ああするよりほかなかったのだろうと思っております」

　義懐は知っている。何もかも。でなければ花山に話を譲る。

「流行病にでも罹ったのか」

「いえ、怪我をしました。それが元で」

「まさか喧嘩ではあるまい」

「似たようなものです」

義懐は杉林に射す白い光を眩しそうに眺めた。哀しげな横顔を見て花山は思わず口走った。

「実はな」

「分かっております。何も言われますな」

「しかしそれでは」

「すべては過ぎたことです。ここで院に供養していただければ成仏できるはずです」

「嫌がるのではないか」

「とんでもないことでございます。院には感謝しておりました。本望であったと」

胸が詰まった。信じてくれた臣下が、度脱を為し得なかった花山を責めようともせず、感謝しているという。しかも本望であると。いや、真に受けてはだめだ。失望を味わった男が感謝するはずがない。義懐が気遣ってくれているのだ。

「本当に本望と言ったのか」

「蜩時雨の夕刻でした。死期を悟ったのか、床から起き出して縁側で」

「つぶやいたのか。本望と？」

「はい」

花山はそれ以上何も訊けなくなり、気になっていた草鞋《わらじ》の緩《ゆる》みを直そうと身を屈めた。

山に入って四日目。ようやく性空上人との対座がかなう。高齢の上人は身体の具合が悪く、花山一行が入山する前から伏せていた。けれども法皇一行が来ているのにいつまでも寝ているわけにはいかないと、本堂脇の小房《しょうぼう》で会うことになった。薬湯を飲み、供の僧達に抱えられて来るという。弟子達により既に読経は行われ、為尊の平癒祈願と成信の供養は終えている。向き合うのは花山だけである。

　突然、戸が激しく鳴り、飛び上がった。

「大丈夫でございますか」

「余計な世話じゃ」

　性空がよろけ、供の僧もろともぶつかったらしい。衝撃で戸がこちら側にずれ、いったん向こうに外してからでないと開かなくなった。僧の太い指が戸の両脇からむにりと現れ、力を入れて引いている。

「いらぬ。邪魔だ」

　がつっという音と共に戸が外され、大柄な男が現れた。身を屈めないと長押に頭をぶつけるほどだ。

「お待たせをいたしました。よくぞ、お越しに」

　声は嗄れているが、力がある。突然花山を見下ろす形になったのですぐにも座ろうと腰を屈めた。けれども思うように身体が動かず、両脇を支えられてようやく部屋の中に座した。

「伏せておったのにすまぬことをした。具合はよくなったのか」

「よくも何も、ただその日その日のことにございましてな」

　性空はぎょろりとした眼で答え、掌で顔をひと撫でした。額から頭頂にかけて濃い茶の肝斑《しみ》が点々と広がり、眉も髭もほとんどない。頬は弛み、喉の皮も皺だらけだが、向き合うと性空の方が座高がある。

「ほれ」

性空は掌で払い除けるように供の僧を退席させ、僧は外してしまった戸を外から嵌めて姿を消した。

気がつけば、性空は花山の喉から胸元の火傷の痕をじっと見ている。無遠慮なほどまじまじとだ。奇異な気がした。性空ほどの高僧なら、このような肌の引き攣れなど眼にも入らぬはずではないか。

「どうした。それほどまでに見入るとは」

「その肌は愚僧の肌と似ておりますな」

「何を言う。捨身と老いが同じなものか」

「どちらも消えるはずのもの。汚らしい」

花山は眼を見開いた。面と向かって汚いと言われたのは初めてだ。しかしあまりに正面から言われたので反論できない。

「で、どうしてここまで来られましたか。大勢の供を連れて」

「会いに来たのだ。そちにな」

「会ってどうなさるおつもりで」

「どうということもない。ただ、会えば何かが変わるかもしれぬと思ったまでだ」

「変わりましたか」

「まだ、話しておらぬ。分かるはずがないだろう」

性空は何を思いついたのか、急に黙り込んで首を傾げた。半円の櫛形窓から昼の光が入り、房舎内は朧に白い。上長押と天井の間には唐風《からふう》なのか小さな蔀が付けられ、わずかに押し開けられている。明かりは性空の背後からこちらに向かい、大柄な体軀を包む黄櫨《はじ》の僧衣と顔の陰影は、仏僧というより古代天竺の婆羅門《ばらもん》を思わせた。たしか性空の父は橘《たちばな》を名乗る中流貴族で、本人は叡山の後、日向《ひゅうが》や筑前で行《ぎょう》を積み、この山に入ったはずである。しかし生まれも育ちも天竺のように見える。このような顔立ちの婆羅門の絵を熊野で見たことがある。

性空は急に咳き込み、苦しそうに顔を歪めた。が、世話番の僧に聞かれては面倒になると思ったのか、咳を飲み込むようにしてこらえている。

「上人。ひとつ教えてほしい。自殺も他殺もできないこの身はどうすべきであろうな」

ぎょろ眼が向いた。咳は止まり、いつの間にか両手は組んだ脚の上に置かれている。

「自生と他生に捧げられますよう」

なるほどと思った。自生と他生。自殺、他殺の反対だ。けれども納得するには早すぎる。

「言葉を入れ換えただけではないのか」

「ご満足いただけませぬか」

「もっと分かるように話せ」

「捨身と度脱を潜り抜けたお方に分かりやすい言葉などございませぬ。言葉は思慮。仏智《ぶっち》は非思慮にございますれば」

聞き慣れない言葉を操る性空に苛立ち、花山は別のことを訊いた。

「天竺へは渡ったことがあるのか」

性空は戸惑った後ですぐに背筋を伸ばし、睨み下ろすように答えた。

「天竺と？」

「未だ一度たりとも」

「渡りたいとは思わぬか。釈迦の国だ」

「はっはっ。乱暴なことをおっしゃる。この老いぼれに天竺まで行けとは」

「訊いただけだ」

「それにしても千里、万里の遥か彼方」

「船なら行ける」

「愚僧の風貌から思いつかれたのであれば見当違いというもの。それよりもうひとつ道はございますぞ」

「何の話だ」

「先ほどの続きにございます。自生と他生がお気に召さぬとなれば殺してもらいなされ。これぞという者に」

花山は目脂《めやに》がついた性空の眼を見た。激しく、厳しい。この世の底を知る者の冷酷さを感じる。気圧されて眼を逸らした。が、逸らした横からなおもこちらを窺う気配を感じ、再び見ればやはり眼が合った。自信を秘め、花山の言葉を待っている。しかし何と答えていいのか分からない。迂闊な返事は愚かさを露呈し、さらに問い詰められるだけだ。それにしてもいったい誰がかつて帝だった男に「殺してもらえ」などと言うだろう。

「よろしいか。度脱を為し得た者は聖者になり、誰もがその威光に戦き、ひれ伏してしまう。

その瞬間、暗愚が訪れますのじゃ」

明らかに花山に向けて言っているのだが、声はどこへともなく消え、独り言のようだった。再び性空を見ると、先ほどまでの気迫は弱まり、黒光りする床を見ている。混乱した。殺してもらうことと度脱の話は別ではないか。

「何が言いたいのだ」

「人は弱く、愚かでございます。己のかなわぬものを見ると、決まってたじろぐ」

「かまわぬだろう。そちはたじろがぬのか」

「無論のこと、たじろぎます。しかし決してひれ伏すことはいたしませぬ」

息を呑んだ。これまで見てきたどの僧より深く、逞しい。この決然とした境地に比べれば、厳久《げんきゅう》など小僧に見える。

「つまり度脱を掲げ、為そうとすること自体、度脱の威光にひれ伏していると」

「さようにございます」

「では、魂の刷新は何とする。澱んだ魂を生き生きとさせるにはどうすればいいのだ」

性空は大きく息を吸い込み、胸を張った。痩せさらばえた体軀は見る間に若々しさを取り戻し、壁のように屹立した。

「識《し》ることでございましょう。ただひたすらに識り尽くす」

「愚かな。識ったところで何になる。求めているのは激しい震えだ。今、この瞬間の、溢れるほどの」

性空は再び咳き込み、前に屈んだ。今度は激しく、上体を揺らしたまま懐から手巾を取り出し、口に当てた。見る間に生成の布に血が滲み、指の間が染まっていく。

「そこまでにしてくださいませ」

戸を開けて二人の供の僧が現れ、性空を両脇から抱えようとした。けれども性空はそれを制し、苦しそうな顔で落ち着くのを待っている。

「何とぞ、何とぞ」

性空をなだめる僧の声が冷泉に懇願する侍者を思わせた。

「花山院」

性空が顔を上げ、短く訊いた。

「院は何を望んでおられます」

「分からぬ。まったくもってな。何も望まぬ穏やかな日もあるが、それが過ぎ去ればいつものように嵐になる」

「であれば、やはり殺してもらいなされ」

「ご上人」

慌てた僧が遮ったが、性空は続けた。

「初めてじゃ。そこまで呪われたお人は」

「死なねば救われぬと言うのだな」

「生死即涅槃《しょうじそくねはん》」

「何が言いたい」

性空は答えなかった。

理子が出家したという。覚悟はしていた。六月十三日に為尊が死んだ。その法要の席で「四十九日が終われば身を処します」と言っていたからだ。出家などたいしたことではない。嫌なら また俗に還ればいい。しかし心を寄せた男が死んでは生きる縁《よすが》がないだろう。

左京《さきょう》瓜生《うりゅう》山麓の来迎寺《らいこうじ》にいると聞き、一条の邸を出た。寺といっても祖父の伊尹《これまさ》が女を住まわせていた家という。庵《いおり》と言うには贅沢にすぎ、「それほど極楽浄土を願うのなら」と祖母の恵子《けいし》が皮肉を込めて名付けたらしい。

門はいかにも邸だった。色は褪せているが、檜皮が葺かれ、柱も太い。山麓の寺とはほど遠い。けれども車寄せなどはなく、いきなり母屋と本堂が現れた。

案内を乞うと、不在という。「ここにいるのだな」と問えば、確かにここで寝起きしているという。答えたのは老婆である。他にも年増の女が住んでいるらしい。

先に上がり、理子の部屋に通された。法皇と聞いて畏まるどころか、厄介な客が来たとでもいうような対応である。花山の噂は広まっている。当たり前だ。

部屋の壁には阿弥陀仏の絵が掛けられ、その下には閼伽《あか》の水が供えられている。仏画の前には経典も積まれている。あの理子が読経をするのかと思うと、懐かしさより哀しみを覚えた。

半時ほどして足音がし、現れた理子を見て唖然とした。尼僧らしく墨染めの衣に数珠でも持っているかと思えば、手甲脚絆《てっこうきゃはん》に安手の小袖姿ではないか。裾には泥も付いている。

「お久しゅうございます。おいでと聞いて大急ぎで山から降りて参りました」

「どうしたのだ。その格好は」

「菜を取っておりました。暖かいから何でもよく育ちます。そろそろ茄子《なす》もいい頃です」

「出家したのではなかったのか」

「いたしました」

「それでいて農人《のうにん》のまねごとか」

「尼僧が菜を作ってはいけませぬか。ここでは食べるものは皆自分たちで作らねばなりませぬ。楽しいものです」

「驚いた。まさか土にまみれていようとは」

「ほっほっ。そうでございましょう。わたくしも驚いております。でも、いつまでもくよくよしてばかりではますますふさぎ込んでしまいます」

「結構だ。暗い気持ちで過ごすばかりが出家ではないからな」

「このような楽しみがあろうとは思いもよりませんでした。人に見せたいくらいです」

「百姓姿をか」

「はい。生き生きとしてきます。大切なものは土と水と陽の光だけで、これさえあれば何もいらないことが身をもって分かります」

「落ちぶれたと言う者もいるはずだ」

「言わせておきましょう。貧しい人達には」

花山は揺るがぬ理子の姿勢を頼もしく感じながら、「喉が渇いた」と水を所望した。けれども出されたのは得体の知れない汁だった。緑色をし、椀の中で泡さえ浮かべている。訊けば幾種もの菜を擂りおろしたもので身体にはいいらしい。その昔、内裏の女医博士《にょいはかせ》に教えてもらったという。拒むのも情けなく思い、一気に飲むと青臭い味に口と喉が痺れた。

「水をくれ。とてもではないが耐えられん」

「院ほど修行を積まれたお方でも飲めませぬか」

「当たり前だ。虫にでもなれば飲めようがな」

ようやく出された水を飲み、一息吐いてから尋ねた。

「読経には慣れたか」

「まだまだでございます。難しい文字が多うございますから」

「はじめからあれこれ読もうとしても無理がある。どれかひとつを選べばよい」

花山が積まれた経を見ながら言うと、理子は困った顔をした。

「どうしたのだ」

「あそこにあるのは経典ではありませぬ。女子向けの物語にございます」

啞然とした。仏画の前である。

「どうしてそのようなものを仏の前に」

「お勤めは本堂でいたします。ここはわたくしの部屋にございます。ですから、好きなものを好きなところに」

花山は立ち上がって綴じられた書を手に取った。女の手による綺麗な仮名が流れるように続いている。宮中を舞台にした話らしく、右大臣や女御が出てくる。

「このようなものを読んでどこがおもしろいのだ。実際の内裏はもっと凄まじいぞ」

「ですから、ほんの女子向けのと。とはいえ、まったくの絵空ごとでもございません。帝も女御もその子も、さらにその子が心を寄せる女子も、現《うつつ》に生きているように感じられますから」

「ということは皇子も出てくるのだな。名は何というのだ」

「源氏《げんじ》の君《きみ》にございます」

「貸してはくれぬか」

「院がお読みになるので？」

「ざっとな」

「物語はまだ途中で、書き継がれていると聞いております。それにその書は知り合いの女房が写してくれたもの。写し違いや読みにくいところも多いかと」

理子に言われ、仏画の前に書を戻した。せっかく理子が手に入れたものを法皇が奪っては恥ずかしい。それに数えてみれば、まだ四綴じに過ぎなかった。すべてそろってから読んだ方がいいだろう。

「分かった。またにしよう」

理子はそれでも花山が持ち出してしまうと思ったのか、立ち上がって四綴じを手に取り、素早く抱え込んだ。すれ違った時、汗の臭いがした。出家前では考えられない。香を薫《た》き込めた色鮮やかな襲を纏い、黒髪も豊かに伸びていた。今の理子は頭巾を被っているので坊主頭は見えないが、農人のような粗末な衣が別人と思わせた。理子も気づいたらしく、落飾した自分の姿を恥じ入るように顔を伏せた。

花山は立ち竦んだ。為尊が逝き、理子が出家した。それがあらためてこの世のこととして立ち現れた。一度は深く思い合った女子が今は世を捨てた身として目の前に立っている。それも菜作りに慰めを見出し、かろうじて日々を送る尼僧として。その理子は伏せた顔をさらに背け、肩を微かに震わせている。

抱きしめたかった。しかし動いてはいけない。触れ合ってもいけない。互いに衆生として立ち尽くす。この絶望こそ背負わねばならぬ。

「物語はいつになったら仕上がるのであろうな」

「さあて。わたくしには」

「できあがれば写させよう。それをここまで届けてやる」

「本当でございますか」

「嘘など言わぬ。ただし入覚が読み終えてからだ」


十二月に入り、厳久は詮子の一周忌の準備に追われていた。まれ、元慶寺では御斎会を執り行わなければならない。他にもあったが、多忙を理由に断った。三条邸で法華八講会の講師を頼生前の一時期親しかったというだけで皇太后の法事のすべてにしゃしゃり出ては嘲われる。権少僧都という分をわきまえなければならない。が、当日散華する花や香、仏具の手配を事細かに指示しても下僧まで正しく伝わらなかった。間に立つ寺務僧が怠慢なためだ。寺務僧ばかりではない。寺全体の紀律が緩み、雑務どころか仏道への専心さえ蔑ろにされた。原因はすべて厳久にあった。

あの晩、詮子逝去の知らせを受けながら、弔問に出向いたのは三日後だった。行こうと思えばすぐに行けた。けれどもひとたび離れてしまった詮子のところへ直ちに参上する気にはなれなかった。たとえ本人の法要であったとしてもだ。国母の崩御をこのように受け止めるのは尋常ではないだろう。私情を排して務めに徹すべきである。だが、あの時はそれほど切迫した感情をもてなかった。詮子への思いより、我が身の今に苦しんでいたからだ。この対応が寺内で噂になり、ほどなくして公然と批判が噴出した。「務めを果たせない厳久さまはそろそろお役ご免にしてほしい」。「あのようなお方の元では将来が心もとない」。もちろん誰一人としてなぜ厳久が弔問に出向かなかったのか知る者はおらず、正面から訊く者もいなかった。

もうひとつあった。戯れ女が寺を訪ねてきたのだ。門前で追い払うべきだった。毅然と対処していれば付け込まれることはなかっただろう。しかしどこで聞き知ったのか女は「元慶寺の厳久さま」と名指しで面会を求め、「いらっしゃるでしょう」と親しげに振る舞った。白を切り通すだけのふてぶてしさはなく、首を絞めた弱みばかりを意識した。暴露されるのが怖ろしく、部屋に通してしまった。「厳久さまが自室に女を入れた」。この一言が瞬く間に寺内を巡り、厳久の権威は完全に地に堕ちた。

それでも働かなければならない。この世で僧を名乗り、禄をもらい、食事にありつく限り、どれほど権威がなかろうとも働かなければならない。

香や仏具は自分で調え、散華の花は里を歩いて直《じか》に農人から買い付けた。「皇太后に眼をかけられ、内裏へも呼ばれたお方がどうなされたのか」。行く先々でささやかれた。聞こえないふりをした。時には「何ごとも自分でしなければ気が済まない性分で」と卑屈な言い訳もした。初めて死にたいと思った。顔を知られ、たやすく還俗《げんぞく》できない以上、消え去る道は他にないではないか。

戯れ女はあの後もう一度来た。狙いは銭だ。背後に男がいるのだろう。弱みを見せれば付け込まれると分かっているが、検非違使庁に訴え出られることを恐れて与えてしまった。

十四日。法華八講会の講師役である。雨は上がったが、風が冷たい。三条邸には左大臣道長を筆頭に右大臣、大納言、中納言と内裏の重鎮が集まっている。女房や侍者も入れると数百人は下るまい。とりわけ道長にとっては姉詮子は最大の後ろ盾だった。それだけに法要となると惜しみなく財を注ぐ。

壇に上がり、眼を疑った。花山だ。道長の遥か後ろに青鈍《あおにび》の僧衣を着て座っているではないか。法皇がなぜあれほど下がったところにいるのだ。道長の臣下のようだ。周りにいるのは誰だろう。上品な女子に混じって二人の子が見える。

合掌をして頭を下げ、会衆《えしゅ》に背を向けた。正面には小さな阿弥陀如来像が祀ってある。真新しい。作らせたばかりだろう。全身がまばゆい金箔で覆われ、螺髪《らほつ》の一つ一つが粒だって見える。元慶寺の本尊も新しくなった。花山には請求しなかった。自分も密かに仏が壊されるところを見てみたいと思っていたことに気づいたからだ。

気が散る。眼を閉じる。しかし集中しようとすればするほど雑念が騒ぎ出す。あれは十五年も前だった。兼家《かねいえ》の仮の邸で八講会をした時、何かの拍子で経を飛ばしてしまった。あの頃はまだ阿闍梨だった。それにしてもなぜ花山が来ているのだろう。

ようやく呼吸を整え、低い声を発した。法華経妙音菩薩品。

読み始めれば次から次へと言葉が溢れ、流暢に進んでいく。信はなくとも声にはなり、声になれば信を装える。

「汝莫軽彼国　生下劣想　善男子　彼娑婆世界　高下不平　土石諸山　穢悪充満……」

と、言葉が揺れ、経が飛んだ。またしても。もしかすると同じ箇所ではないか。落ち着け。

これ以上失態を重ねては本当にこの世から去らなければならなくなる。

数珠をすり、声を伸ばし、緩急を付けてやり過ごした。けれども後ろが騒々しい。気づかれたのだろうか。経を飛ばしたくらいで会衆が動揺するはずはない。子どもの笑い声が響く。静寂の中で一際甲高い。

ようやく経を終え、円座の上で身体を回して気がついた。花山一行が消えていた。

退いた控えの間で治部省《じぶしょう》の役人に呼び止められた。明後日の詮子の御斎会からは、元慶寺の座主として権大僧都に任じられるという。少僧都、僧都を飛ばしての三階級昇進である。しかし恥じた。それにふさわしくない。寺に帰れば嗤われる。「失態続きの厳久さまがどうして厚遇されるのか」と。

早々に宴席を辞し、牛車に向かった時である。

「久しいの」

厳久の車に花山が乗り込み、簾を上げて待っているではないか。言葉を交わすのは数年ぶりだ。しかし挨拶より、驚きが先に出た。

「これはどうしたことで」

「話があってな」

眼を逸らした。花山の相手をする気力はない。寺で御斎会の準備をしなければならない。

「まことに申し訳ありませぬが、このところ疲れております。いずれ日を改めていただくわけには」

「それはできぬ。厳久。先ほどは経を飛ばしたな」

　青ざめるのが自分でも分かった。まさか花山に気づかれていようとは。しかし認めるのも悔しい。

「はてそうでございましたか。いつものように読んだつもりでございますが」

「惚けるな。当人が気づかぬはずがない。だが、責めようというのではない。そちも大胆になったものだと喜んでおる。手を抜いたのであろう。どうせ愚かな会衆どもには分からない。名ばかりの道心しかもたぬ者にすべて読むのは無駄なだけだと」

　厳久は安堵したものの、肯かずに黙っていた。

「どうした。そちらしくない。何も反論しないのか。いつもはこちらの十倍、いやそれ以上の言葉で返してくるではないか」

「少々疲れていると申しました。それより、どうして中座されましたか。わたくしの経では聞くに堪えませぬか」

「腹が痛いと申してな。朝から言っておったが、無理して連れてきたのだ」

「どなたのことで」

「わが子だ。二人いただろう。上の方だ」

　落胆し、嫉妬した。花山にふさわしくない。自分は天涯孤独の身なのだ。

「寒さにやられたのでございましょう」

「そうあってほしい。流行の病では助からぬからな。道長がうるさく言わなければ、連れてくることもなかったが。そろそろ邸に着いている頃だ」

ようやく事情が飲み込めた。左大臣が招いたのだ。けれども今さら人前に出るのが恥ずかしく、あのような席にいたのだろう。花山の牛車は妻子が使っているのでここにはない。だからといって同じ車には乗りたくない。歩いて帰った方がましだ。

「どうした。早く乗れ。寺まで付き合うぞ」

顔が強張るのを何とか隠した。苦しい時ほど厄難が重なる。部屋で対座するだけでも苦しいのに狭い牛車の中では息が詰まる。が、うまい言い訳が見つからない。

「では、失礼を」

やむなく履き物を小舎人《こどねり》に預け、車に這い上がった。花山は座ったまま後ろに下がり、脚を組み直した。厳久はそれに向き合う形になる。

　掛け声がして車が傾き、ぎだっぎだっと進んでいく。花山は物見窓から外を眺め、すぐにも話し出す気配がない。皮膚の爛《ただ》れは相変わらずだが、いくらか落ち着いてきたのだろうか。花山も老いたらしい。

花山が黙っているので厳久は眼を閉じた。御斎会を終えたら少し休もう。その昔、出家すればあらゆることから解放されると思っていた。しかし違った。仏界も世俗にある以上、雑事に追われる。出家とは新たな俗界への入り口に過ぎない。仏界から離れるにはさらなる出家が必要である。二度の出家を為し得て初めて人は自在になれるのだ。しかしそのような場がどこにある。

声がした。先ほどから花山が呼んでいたらしい。微睡《まどろ》んでいたので気づかなかった。

「まことに疲れているようだな。寺に帰ったらゆっくり休め」

「申し訳ありませぬ。ついうつらうつらと」

「元慶寺も立派になったたな。だまされて髪を剃った時はまだ小さかった」

「恐れ入ります。いろいろと援助をいただきまして」

「兼家はどうしておるかな」

「は？」

「あの世でだ。相変わらず威張り散らしておるのだろうな」

「かもしれませぬ」

厳久が曖昧に笑った時、後ろから風が吹き込んだ。寒さに振り返ると、簾が捲《まく》れ、後ろを歩く侍者達と眼が合った。歩きながら酒を飲んでいたらしく、慌てて瓶子《へいじ》を後ろに隠した。進んでいるのは土手沿いである。賀茂川だ。それで風が強いのだ。

「のう、厳久」

「何でございましょう」

「人を殺めたことがあるか」

「突然に何を言われます」

「訊いただけだ。少々気になってな」

平静を装うが、鼓動が高まる。戯れ女が言い触らしているのだろうか。いや、そうだとしても誰も本気にしないだろう。では、寺の連中か。何かを嗅ぎつけ、そこから広まったとしたら。

「これでも僧でございます。殺生戒《せっしょうかい》は守っております」

「嘘を言うな。そのような戒めなどくだらんと思っているくせに」

花山が続けて何か言おうとした時、車が傾き、花山がこちらにずり落ちそうになった。橋に差しかかったのだろう。緩い上りだが、二人が乗っているので進みが遅く、前方では頻りに牛を打つ音がする。花山は足を崩して踏ん張り、手は窓枠をつかんで落ちまいとしている。それが滑稽で微笑ましく、厳久は思わず目尻を緩めた。

「何がおかしい」

「おっしゃるように殺生戒はくだらぬと思うこともありましたもので」

「何ゆえだ」

「人は誰しも何かを喰うて生きております」

「幼稚な言いぐさだ。言いたいのはそのようなことではない。疲れたのだ。そちと同じように」

厳久は花山の横顔にこれまでにない憂いを感じた。ただの弱気というより、何かを訴え、懇願しているようだ。

「お子がおり、麗しい奥方もおられれば、疲れなど吹き飛ぶでしょうに」

「そうもいかぬ。どれほど血を分けても自分ではない。己には己の苦しみが続いている」

「ごもっともなことで」

厳久は深々と頭を垂れた。

「殺してくれまいか。入覚をひと思いに」

「お戯れを」

「ふざけてはおらぬ。本気で言っている。このような話ができるのは他に誰もいないのだ。それにようやく気づいた」

虚を衝かれ、何も言えない。このような話とはどういうことだ。しかも本気とは。自分を憎んでいたのではなかったのか。怨みは捨ててくれたのか。

「飽いたのだ。あれにもこれにも」

「お疲れなのです。お休みになればまた暴れたくなりましょう。これまでのように」

辛辣な物言いに花山は苦笑したが、やはり淋しさが滲んでいた。

「お薬を差し上げましょう。宋渡来の。煎じるもよし。薬丸にして飲み込むもよし」

「ほう。そのようなものがそちのところにあるのか」

「いろいろと付き合いがございます。経典ばかりか、香、袈裟、仏具に至るまで商人とは縁を持ちませんと」

花山は納得したように肯いた。出まかせだった。薬など持っているはずがない。しかし気弱になった花山を見るのは辛かった。

と、今度は車が前方に傾き、厳久が踏ん張る番になった。膝は崩さずとも、車の細い柱をつかんで身体を支える。

「それみろ。傾くだろう。こちらにずり落ちてくるなよ」

「そのつもりでおりますが」

「転げてきたら足蹴にしてやる」

「それはあまりに」

「入覚の怨みがお前ごときに分かってたまるか」

「まことの慈悲が院ごときに分かってたまるか」

口には出せなかった。しかし本心だ。花山を出家させたのは兼家に取り入ったためばかりではない。狭く澱んだ内裏から奔放な魂を解放し、自在に仏道を極めてほしかったからだ。偽りではない。その思いは今も続いている。

「厳久。悔いてはおらぬのか」

「何をでございましょう」

「惚けるな。しかしまあよい。昔のことだ」

花山は閉めていた物見窓を再び開け、額を付けるようにして外をのぞいた。

「おお、雪だ。どうりで寒いわけだ」

「師走でございますから」

厳久も振り返って簾からのぞこうとしたが、今度は下がったままなので見えない。

車が水平になり、姿勢を戻した。

「見てみろ」

言われて顔を近づければ大きな雪がぼてりぼてりと落ちていた。朝方の雨雲が流れ去ったと思えば、次に来たのは雪雲らしい。賀茂川の土手を離れ、鄙《ひな》の家々が雪にしっとり濡れている。

「出家したことを悔いておらぬのか」

先ほどとは問いを変えてきた。すぐにも向き合うべきだが、身体が動かない。しばし雪の美しさに見とれていたい。自分に欠けていたのはこの情感かもしれない。落ちては消える雪の哀しみを十分に受け止めてこなかったのではないか。情感は明晰の敵である。意味を溶かし、曖昧な情緒に沈めてしまう。しかし信用を失い、孤独の極みを知った今、雪の儚さが身に染みる。

「雪がそれほど珍しいか」

「久しぶりでございます。いえ、牛車からのぞいたのは初めてでございます」

「曇天を見たのに晴れ晴れとした顔だな」

「美しいものは人を救いますゆえ」

「出家を悔いていないのかと訊いたのだ」

「悔いてはおりませぬ。なぜなら出家はより美しいものへの道筋だからでございます」

花山の驚いた顔を見て満足だった。悔いてはいない。孤独だが、何一つとして。貧弱だが、何一つ。

「では、薬を頼むぞ。ここで降りる」

「何を言われます。降りるならわたくしが」

「お前の寺はまだ先だろう」

花山は厳久を押しのけて簾を上げた。すぐさま冷たい風が吹き込んでくる。

「お身体に障ります」

「そちとは鍛え方が違う。また会おう」

花山は履き物を取って飛び降りると、戸惑う侍者もかまわず駆けだした。

青鈍の僧衣が風を孕んで大きくふくらむ。跳ね上げた雪は空を舞い、点々と足跡の上に落ちていく。走り去るのは法皇ではなく、僧でもない。風だ。白暗い雪の只中を疾走する青い風だ。

厳久は簾を下ろそうともせず、のたりのたりとした牛車の中から最後まで風の行方に眼を凝らした。

三　寛弘《かんこう》三（一〇〇六）年

「大変なことになりました。すぐにもお支度を」

肩を揺すられ、気がついた。寝入っていたらしい。

「牛車では間に合いませぬ。是非とも馬を」

「何のことだ。落ち着いて話せ」

「南院でございます。冷泉院のお住まいが燃えているのでございます」

南院。確か四条壬生大路。父がこの三月から移り住んでいる。その南院が燃えているとは。炎に包まれ、泣きながらうろたえる哀れな父の姿が眼に浮かんだ。

「父上っ」

飛び起き、渡された衣に袖を通しながら厩へ走った。馬はちょうど厩舎《きゅうしゃ》から引き出されたところで、鼻を鳴らして首を振り、鞍《くら》を付けられるのを嫌がっている。興奮しているのだ。

「お前がたよりだ。南院まで駆け抜けろ」

首を撫でると硬い赤毛が掌に逆らい、その奥から温もりが伝わってくる。暗さもあって鞍の取り付けに手間取っている。急げ。何をしている。

「暴れるのは乗ってからだ。もう少し我慢しろ」

今度は軽く首を叩きながら、自分に言い聞かせるように言った。

ようやく鐙《あぶみ》と轡《くつわ》も付けられ、袴を蹴り上げるようにして跨《また》がった。

「松明を増やせ。それだけでは父上を探せぬぞ」

叫ぶと同時に差し出された松明をつかみ、大きく手綱を踊らせた。

大宮大路《おおみやおおじ》に飛び出し、大内裏に沿って南に下る。飛ぶような脚の動きに腰を合わせ、馬が走りやすいよう姿勢を低くする。固い地面を捉える蹄《ひづめ》の音が燃えさかる炎に負けまいと腹の底から響いてくる。月はないが、風がある。間に合うだろうか。

篝火だ。衛士が陽明門《ようめいもん》の前を警護している。話している暇はない。突破しよう。馬を急き立て身体を伏せる。異常に気づいた衛士達は喚き叫んで仲間を集め、道を塞ごうと群がった。

「突っ込んでくるぞ」

「縄だ。縄を張れ」

花山は松明を左手で掲げ、右手で手綱を握って突入した。

「怪しいやつ。名を名乗れ」

驚いた馬が後ろ立ちになり、囲まれてしまった。

「入覚だ。どけ。お前達の相手をしている暇はない」

「縄を馬の脚に」

花山は手綱を引き、右に左に逃れようとする。それでも数にはかなわない。馬は立ち上がったまま後ろの脚を取られ、動けなくなった。

「放さぬか。どけ」

振り回した松明で衛士を殴り、赤い火の粉が四方に散った。

「どけと言うにっ」

「おのれ」

火花と罵声が交錯する中、後ろで「入覚さまっ」と声がした。ようやく家人が追いついた。

「このお方をお通ししろ。花山院だ」

「ひいっ」

衛士たちは一斉に飛び退いた。法名《ほうみょう》は知らないが、花山の名なら知っていた。

混乱を抜け出すと、顔を伏せて馬の首に沿わせた。鬣《たてがみ》が鼻先で風に煽られ、白い泡のような涎が馬の口から千切れるように飛んでくる。

煙が見える。濃い黒の奥に灰白の筋。

四条を右に折れた時には、左右に延びる築地塀の向こうで炎が上がり、火が爆《は》ぜる音が外まで怖ろしげに響いていた。

群がる町の衆を押しのけて門を入ると、馬を下りて邸に上がった。

「父上っ」

渡殿を駆け抜け、寝殿に入る。

「どこにおられます。入覚です。花山、師貞《もろさだ》です」

邸の下人らしき男や髭面の下々たちが煙にむせながら壺や几帳を抱えて飛び出してくる。避難させようとしているのか、どさくさに紛れて盗み出そうとしているのか分からない。だが、かまっている暇はない。

「おい、父上はどこだ」

ようやく顔なじみの侍者をつかまえ、問い質した。

「それがどちらにも。わたくしどもも探し申し上げているのですが、いまだ見当たりません」

「車はどうだ。出ているのか」

「いえ、今さっき牛ともども外に移しましてございます」

「ならば、邸の中ではないか。院はこの中のどこかにおられるのだ。探せ。何が何でも探し申し上げろ」

続いて到着した花山の家人も合流し、手分けをして邸内に散った。煙と暗闇で思うように見通せない。そもそもどこが火元か分からない。伊周《これちか》。お前が火を放ったのか。生かしておいてやったというのに。突入した記憶が蘇り、ありもしない妄想が浮かぶ。伊周はとうに許され、清涼殿へ上がることさえ認められている。厚かましく、したたかな男だ。

家人の知らせで、火は台盤所から出たらしいことが分かった。燃え方が激しく近寄れないという。そこから火の粉が舞い上がり、あちこちで檜皮の屋根を焼いているのだ。

部屋の位置を確認するため、いったん南庭《だんてい》に面した廂に出た。炎の明るさと集まった松明で邸の全体を見渡すことができる。後ろは池と蓬莱島《ほうらいじま》、左手後ろは釣殿《つりどの》、右は東の対。馬から下りたのは東の四足門を潜ってすぐだ。四条を折れて人だかりの向こうに見えた門だから間違いない。門の近くは燃えているが、幸い邸の中央につながる東の対はそれほどではない。やはり寝殿から西の奥が燃えている。

「お前達は東の対を探せ」

「いえ、そこはたった今見て参りました」

「もう一度だ。くまなく、すみからすみまでだ。自分は寝殿の中を見てくる」

「雨です。顔に当たりました」

「よし。まだ間に合うぞ。必ずどこかにおられるはずだ」

花山は袴をたくし上げ、再び邸の奥へと突き進んだ。壁で仕切られた塗籠《ぬりごめ》を見る。さっきも見たが、人影はない。几帳や屛風が倒れたり、斜めに傾いたりしている。夜具も踏み荒らされ、調度品は床に散らばっている。

「父上っ」

声が嗄れ、喉が痛む。いったいどこに消えてしまわれたのだ。

部屋から部屋に回るうち、光るものを見つけた。鏡である。侍女の部屋らしい。丸く小さく、磨かれた青銅の表は闇の中でたしかに松明の炎を映している。花山は捨てられていた単衣《ひとえ》を切り裂き、頭に巻いた。額と布の間に鏡を半分ほど差し込み、顔の動きに合わせて光が反射するようにした。先を照らすには弱すぎた。けれども光れば父に気づいてもらえる。

夜が明けてきた。雨は本降りとなり、邸すべてが焼け落ちる恐れはなくなった。しかしいない。煤《すす》で顔を黒くし、煙で目と喉を痛めても依然として冷泉の姿はない。

火が収まるにつれ、疲れ切った家人や侍者達が一人二人と南の庭に集まった。烏帽子は外れ、衣は汚れ、雨に打たれている。紅蓮を思い出しながら、花山も無言のまま外に出て雨に打たれた。身体は冷えるが、興奮した頭の芯が冷めるのが心地よい。これほど探しても見つからない以上、考えられることはただひとつ。火元の台盤所で焼け落ちた柱や屋根に埋もれている。火が激しく、そこだけは誰も探していないからだ。

花山が口にするまでもなく、皆そう思っていた。冷泉院はお隠れになった。文字通り、そのお身体ごと。しかし無残な最期を憚って誰も口にしない。

父上よ。どうして台盤所などに入り込んだのだ。腹が減ったのなら、人に命じて作らせればよい。それが帝を務めた男のすることか。

「ご苦労だった。もうよい」

花山はこう言うのが精一杯だった。頭に鏡を付けているので、若い下人が笑っている。奇怪な風貌には慣れているが、この一大事に何をふざけておられるのかと言いたいのだろう。たしかに雨になり、光が消えては鏡はいらない。花山は鏡を抜き取り、雨を避けようと東の対に人を集めた。

「いかがいたしましょう」

家人の頬には鼻水の痕が炭と混じって斜めに黒く走り、鼻の頭も汚れている。花山は頭に巻いていた布を外し、家人の鼻先に押しつけた。

「盗人でもあるまいに。笑われるぞ」

家人は慌てて顔を拭い、「院も真っ黒でございます」と、使った布を裏返して差し返した。

「どうせまた汚れる。それより飯だ。焼け跡を掘り返すのはそれからだ」

「承知いたしました」

大和絵の襖や几帳で飾られた部屋は汗まみれの男たちで溢れている。皆土足だ。平素は立ち入ることさえ許されない部屋に泥ごと踏み込むのは爽快だった。花山も同じである。手入れの行き届いた邸は整然としているがゆえに息苦しい。冷泉がそれを汚し、人が暮らしていることを証立ててきたのだ。

顔を洗おうと池に流れる遣り水に向かった。雨が流れ込み、水は濁っていた。こんなところにも焦げた檜皮が落ち、半分ほど水に浸かっている。水はそれほど冷たくなかった。雨水が混じっているせいだろう。両手を洗い、爪の間に詰まった炭を流す。

水を掬《すく》おうと身を屈めた時である。何かが動いた。遣り水の上に架かる向こうの渡殿の下だ。暗くてよく見えないが、猫にしては大きすぎる。

また動いた。盗人らしい。

「せしめた物はくれてやる。とっとと去れ」

花山は憮然として水を掬い、顔を洗った。

細かい砂が顔を擦り、少し痛い。喉が渇いたが、飲むには濁りすぎている。

「もろさだ」

父だ。冷泉の声だ。

走り、飛沫を上げて渡殿の前に立つと、暗がりの中で手招きしている。

「よくぞご無事で」

花山は未だ信じられないまま、渡殿の下に潜り込んだ。

「どうじゃ。いい眺めだろう。奴らが右往左往するのがおもしろくてな」

「いつからここに」

「騒ぎになってからずっとだ。煙いし、火の粉に雨は降るし、ここが一番晏然《あんぜん》じゃ」

「わたしの声は聞こえませんでしたか。何度も父上の名を呼び続けました」

「聞こえとる。しかしお前はこの上を走っていた。ちょうどこの頭の上だ。だから驚かしてはいかんと思うてな。床下から声がしたら物の怪かと思うだろ。槍で刺されでもしたら立つ瀬がない」

何も言えなかった。どれほど探したと思っているのだ。

「それより、わしが勝ったぞ。何度やっても懐子《かいし》はだめじゃ」

「何の話です」

「ほれ」

籠から取り出したのは白い貝だった。貝覆いだ。子供の頃、姉の尊子《そんし》とよく遊んだ。手に取れば、絵は描かれておらず、自分が使っていた物と分かった。

「どうしてこれを」

「燃やすわけにはいかんだろう。飾り刀もつかんだが、重くての。これなら籠ごと抱えればいい」

「誰と遊んでいたのでございますか」

「懐子じゃ。何度やっても下手な女子よ」

花山はその場にへたり込んだ。母が捨てずにいたものを父も捨てずにいたらしい。

早く皆に知らせよう。台盤所を掘り返す前に冷泉の無事を伝えなければならない。しかしそう思いながらも、しばらくこうしていたかった。穴蔵のような場所から火事騒ぎを覗いて楽しみ、さらには亡き母を相手に貝覆いをして遊んでいる。これが冷泉だ。これでこそ冷泉院だ。

「このようなところでは母も嫌がったのではありませんか」

「なあに、わしの言うことはいつだって聞き入れてくれる。優しいものよ」

「刀より貝を運び出してくださったことはありがたく存じます」

「ほっほっほ。そうか。嬉しいか」

「亡き姉上との思い出の品ですから」

「尊子か。かわいそうなことじゃ」

冷泉は押し黙り、頭を掻いた。烏帽子は被っておらず、白い髪を後ろで無造作に束ねている。

物憂げな声だった。皺に弛んだ目尻に力はなく、糸のように細い血の管が薄い皮膚の下から赤く覗いている。

「ほーほーほー」

「そうじゃ。もう飯は炊けたな。竈の火も消えたかもしれん」

言葉が出なかった。やはり炎上は父の仕業だった。夜更けに忍び込み、炊事のまねごとをして出てしまったのだ。その昔、姉の入内を阻もうとして内裏を焼いたことがあったが、今思えば父の血がそうさせたのだ。熊野で焼身したのもそのためだった。おかしくなった。親子そろっての物狂い。かつてはその血を恐れ、やがて誇りに思い、今はひたすら笑いたい。邸が燃えようとたいしたことではない。都中に燃え広がったとしても騒ぐほどではない。どれほどのことがあろうと、所詮、何ほどでもないのだ。

「ほーほーほー」

花山もまねて声を出した。明るく、楽しそうに。

「ほーほーほー」

今度は冷泉も嬉しそうだった。

「朝餉にしましょう。濡れたので熱い汁が飲みたい」

父の手は痩せて冷えていた。指は骨と皮だけだ。籠を抱えては歩きにくいと思い、受け取ろうとしたが、「自分で運ぶ」と断られた。


巌久はひたすら頭を下げた。やはり師の源信《げんしん》が権少僧都《ごんのしょうそうず》を辞したという噂は真だった。これでは何のために自分が権大僧都を辞し、代わりに源信に僧官を授けてほしいと願い出たのか分からない。

「もうよいな。いつまでもその方の相手をしていられるほど暇ではないのでな」

「お待ちください。今しばらく」

治部省の役人は引き留められて苦々しげな顔をした。そろそろ申《さる》の刻である。きょうの勤めが終わるのだろう。が、このままでは帰れない。理由を知りたい。

「辞意を伝えられた時、源信さまは何か話しておられませんでしたか」

「さあて。わしが対したわけではないからの。知りたいのであれば叡山に行って直に本人に訊くがよかろう」

できればそうしたい。しかし今さら会えない。叡山では源信を師と仰いで仏道に励んだ。けれども下山してからは内裏に近づいて出世したのだ。源信は筑前や豊後を巡礼後、再び叡山に入り、仏道に専心している。卑俗に染まったかつての弟子を快く思っているはずがない。

「要はお人柄ということであろう。ここまでだ」

役人は立ち上がり、衣擦れの音を残して行ってしまった。

開けて閉じられた襖戸から師走の冷たい風が流れ込む。遠くで談笑する声が聞こえる。一日の勤めを終え、くつろいでいるのだろう。早くここを出なければならない。部屋に通してくれただけでも格別の計らいである。だが、動けなかった。一人残され、床に手を突いたまま惨めさにうち沈む。

お人柄。お前のような穢れた僧とはそもそもが違う。そう言いたいのだろう。承知している。だからこそ、せめてもの善行として源信に僧官をと願い出たのだ。自らの僧官を捨ててだ。源信は若い頃、法要の後で権勢家から下賜された褒美を母に送ったところ、送り返されたことがあったという。その際、「出家は仏道に励むためで、権門に近づくためではない」と諌められ、以来、昇進を捨てて必死に仏に向かうようになったと聞く。それに比べ、自分は兼家に取り入り、詮子に近づき、僧とは名ばかりの俗界で生きてきた。その罪滅ぼしが僧官の辞退と師への僧官授与の奏請だった。それを受け入れてもらえないというなら何をすればいいのか。

源信が権少僧都に叙せられたのはおととしの五月である。ということは、源信がその地位にいたのは一年半。出世に心が向かなければはじめから受けなかったはずである。なぜ今になって。もしかすると、当初は厳久の嘆願と知らされずに引き受け、ようやくそれを知り、辞退したのではないか。あり得ないことではない。出世に生きた弟子から同情されるのは不愉快極まりないはずだからだ。

戸が開き、退出を求められた。先ほどとは違う若い役人である。引き締まった清々しい顔立ちだ。己を信じ、将来を信じている晴れやかな顔。自分にもそのような頃があった。仏を疑い、仏界を疑い、それでいて誰よりも仏に近づけると信じていた。そして必ずどこかに到達できると。

無言のまま立ち上がると、戸口で一礼して部屋を出た。木枯らしが顔を叩き、僧衣の袖が乱れ舞う。臑《すね》が寒い。胸元が冷たい。

輿を断り、自分で歩いた。いつものように賀茂川から六条に下る。山を東に抜ければ元慶寺である。寺では未だ執行の職にある。紀律は戻り、僧たちの道心も蘇りつつあった。厳久も過ちを犯す凡夫にすぎないと知れたことで失望は同情に変わり、その凡夫が黙々と寺務に励む姿は皮肉にも同情を敬意に変えた。結果だけ見れば、一巡して元に戻ったと言える。しかしこれまでのような力みはなくなった。淡々と日々を過ごし、淡々と床に就く。己を呪うことも悔恨に身悶えすることもほとんどない。権大僧都。これが生涯をかけて勝ち得た勲《いさおし》であった。その勲を捨てることでその生涯も捨てた。この決意を師に拒まれるとは予想していなかったが、考えてみればこれも一巡して元に戻っただけと言えるだろう。してみれば、己の人生とは何であったのか。長い年月を費やして一巡しただけではないか。出家当時の自分へ、あるいは出家以前の自分へと。落慶供養が近い。年の瀬の二十六日。左大臣の道長が建立した法性寺《ほっしょうじ》五大堂に出向かなくてはならない。無位無官の僧がのこのこ顔を出すのも悪くない。一時期は顔が知られた。戯れ女と戯れた色狂いと。詮子皇太后と戯れ、亡き後は川縁の戯れ女では堕ちたものだと。すれ違う度に陰口を言われた。最近はほとんど無視される。飽きられたのだろう。本《ほん》願《がん》を知らぬ凡夫はすぐに熱し、すぐに冷める。これも一巡して元に戻ったのだ。

賀茂川を渡った時である。見るからに高価な壺を飾った店が眼にとまった。壺は青銅の台に載せられ、台の高さを入れると子供の背丈を超える。色は白く透き通り、ところどころ青く見える。通りに面しているので石を投げられれば壊れてしまうが、余りの高価さに誰も怖ろしくてできないのだろう。広い間口から覗くと、奥にはどこから運び込んだのか繧繝縁《うんげんべり》の畳が二枚敷かれ、左右の棚には大小様々な見慣れぬ壺が飾られている。

「何をお探しでしょう」

出てきた女を見て驚いた。顔は白粉が厚く塗られ、内裏の女房が身につけそうな葡萄染《えびぞ》めの衣に引き眉も描いている。貴人の娘が道楽で商人のまねごとを始めたらしいが、どう見ても化け損ないの魑魅《すだま》だ。

「ようこそのお運び、嬉しゅうございます」

丁寧な口調がますます化け物らしさを強め、下品な香の匂いに気持ち悪くなり出ようとした。

「お待ちくださいませ。せっかくのお越しでございます。何か手土産を」

「結構だ。覗いただけだ」

戸口を跨いだ時である。

「お忘れかい」

背後で響いた声に驚いた。初めて会う化け物が何を言う。丑の刻でもあるまいに日頃の懈怠《けたい》が遂に仏罰を招き寄せたか。が、怖いもの見たさで振り返ると、顔の形に覚えがあった。少し張り出た頬骨と低い鼻。女にしては広い肩。まさか。

「その節はいろいろお世話になりました。おかげさまでごらんの通り」

あの女だ。濃い化粧と珍奇な風采の奥に確かにあの戯れ女が潜んでいる。いったいどうしたことだ。いつの間に成り上がったのだろう。

「変われば変わるものだ」

「あちこちのお邸から声がかかりましてね」

「何を売っている」

「あててごらんよ」

細い眼が勝ち誇ったように卑しく光る。考えるだにおぞましい。まともな商いでこれほど儲かるはずがない。

厳久が何も答えずに再び背を向けようとした時、女が追いかけるように「薬さ」と答えた。

「脚病《かくびょう》、もがさ、堅根《かたね》に二禁《にきみ》。寸白《すばく》、つだみに年の積もりまで、どんな病のもそろっている。これほどの店はここしかないよ」

「うまくしたものだな」

「当たり前じゃないか。いただいた銭をどう使うか頭は使いようだよ。何しろこっちは死にかけたんだからね」

相変わらずの口ぶりに辟易したが、口上を聞いて少し心が動いた。

「何でもあると言ったな」

「上は大臣《おとど》に中納言、下は牛ひき、饅頭《まんじゅう》売りまで、都に暮らすお方なら誰でもお客さまでございます。さあて、お坊さま。ご用の品は」

「危《あや》める薬が欲しい。治すのではなく」

女の顔が強ばった。右の目尻がみるみる充血してくる。しかしすぐに裾をつまんで歩み出ると、身を屈めて顔を寄せた。間近に見ると、意外に女らしい。

「値が張るよ」

「あるのか、ないのか」

「さっき言ったろ。何でもそろってるって」

「どのような薬だ」

「滅多に手に入るものじゃない。異国の山奥深く分けいらなけりゃ取れない代物だ」

「じらすな。名を言え」

「鴆毒《ちんどく》」

初めて聞いた。

「鳥の羽から採れるのさ。鴆という鳥のね。その粉がまあよく効くこと」

「確かだろうな」

「疑うなら売らないよ。こっちは試し済みだってのに」

「いくらだ」

「いくらなら買う」

女の眼が狡そうに輝いた。銭はある。しかしかつてほど好きなようには使えない。寺の財務は別の僧が仕切っているからだ。

「うっ、うっ。おっ」

奥から男の呻き声が響いた。女は一瞬ばつの悪そうな顔をしたが、すぐに居直ったように笑みを浮かべた。

「わかったろ。誰にも言うんじゃないよ」

「出直そう」

「何だい。今になって。怖じ気づいたのかい？　ちょいとお待ちよ。お待ちったら。おい。しみたれ坊主っ。二度と売ってやるもんか」

女の罵声を背中で受けながら、いったい自分は何をしようとしていたのかと怖くなった。

四　寛弘四（一〇〇七）・五（一〇〇八）年

「ついでに入覚の分も頼むとするか」

「承知いたしました」

「経を埋めたくらいでよくなるはずもないが、せぬよりいいだろう」

「ご心配なされますな。暑さにやられただけでございます。涼しくなればよくなりましょう」

花山は道長の励ましを喜んだ。七月に体調を崩し、回復した。八月に入って再び悪くなったとしても、たいしたことはないはずだ。怠いだけで身体が熱いわけでもなく、発疹もない。

「実を言えば、わたくしも少々もの憂く思うております。吉野《よしの》までは遠く、暑い盛りに金峰山《きんぶせん》を登るとなると、考えただけで疲れてしまいそうで」

「それを聞いて安堵した。そちも老いたのだ」

「いやいや、それはまだまだ」

道長は顔の前で何度も手を振った。

「お言葉ではありますが、せめて父の年までは生きながらえませんと、老いを受け入れるわけにはまいりません」

「兼家はいくつで死んだのだ」

「六十と二にございます」

「あと二十年もあるぞ」

「この世の長さに比べれば、ほんのひとときにございましょう」

落ち着いた答え方に花山は違和感を覚えた。余裕がある。自信に溢れ、堂々としている。いや、それは前からだ。

道長は花山のことなど気にも留めずにどしりと脚を組み、夏扇《なつおうぎ》を動かしている。顎の先には髭をたくわえ、着ているのは薄い若草の直衣《のうし》。涼しげだが、額と鼻は脂で光り、首回りは肉が付いて弛んでいる。

「吉野に埋める経筒《きょうづつ》はどうでよろしいですかな」

「何の話だ」

「先ほど頼まれました。院の分もと」

「おお。その話か。しかし、どうとは何だ」

「院には金か銀がふさわしいと存じますが、高価な品は掘り返されて盗まれると聞きました。ですから、さしあたっては銅でいかがかと」

花山は笑い出した。土に埋める筒など何でもよい。いずれ訪れる末法《まっぽう》の世に備えるためなら、中に納める経が肝心だろう。法華経か阿弥陀経か大日経か。訊くなら経の種類だ。筒の種類を訊いて何とする。

「それほどおかしいことがありましたか」

「悪く思うな。つまらぬことを考えていたのでな」

「気になりますな。つまらぬこととは」

「知りたいか」

「是非とも」

真剣な眼を見て気がついた。澱んでいるのだ。道長の魂が。娘の彰子《しょうし》は一条帝の中宮である。彰子が世継ぎの男児を産めば外戚として立場は盤石になる。埋経《まいきょう》はその大願成就のためだろう。現世での安泰のため、富と繁栄を願う。魂の刷新とはほど遠い。花山は埋経など信じていない。道長が見舞いに来てくれたのでついでに頼んだまでだ。

「まだでございますか」

「何がだ」

「お笑いになるほどおかしいことです」

「おお、そうだった。身体の具合が悪いと物忘れがひどくなるらしい。おかしいのはな、そちの髭だ。ちと伸びすぎではないか。筆の代わりに墨をつければ字が書けそうだ」

「ためしてみましょうか」

道長は笑いながら髭に手をやり、つまんだり撫でたりして長さを確かめている。花山は正直に言わないでよかったと思った。旧知の仲とはいえ、相手は正二位の左大臣である。恥をかかせてはならない。魂の刷新など誰もが求めていることではない。求めていない人間には何のことか分からないだろう。年を重ねるにつれ、そういう人間がいることを認められるようになった。道長もそちらの側だ。

「次にお会いする時は硯と墨を持参しましょう。竹林に虎でも描いてご覧に入れます」

「楽しみだ。待っているぞ」

道長は丁重に頭を下げたが、花山が本心を明かしていないことに気づいたらしく、それ以上何も言わなかった。

道長が帰った後、家人から嫌な話を聞いた。あの伊周が内裏に復帰し、着々と出世しているという。伊周も魂の刷新を求めない側の人間である。世の仕組みを認め、受け入れ、その階梯《かいてい》を上がることを望みとしている。人々から仰ぎ見られ、米と絹に囲まれる。名と富によって満たされるとは何と小さな空虚だろう。

夕餉を半分ほど残し、しばらくすると平子が薬を運んできた。七宝《しちほう》という。

「今夜は蒸しますね。ひと雨降れば涼しくなりますのに」

臥《ふ》していた花山は身体を起こし、夜具の上で脚を組んだ。寝てばかりいるので背中が痛い。汗に濡れた衣の下で骨の隙間が詰まったように硬くなっている。両手を前に突き出し、身体を丸める。ぐぐ、ぐぐっと音がし、少しは詰まっていたものが流れ出る気がする。

「暑いのできのうより冷ましてきました。お薬が終わればお召しを替えて揉んで差し上げましょう」

「効いているのか効いていないのか、さっぱり分からんな」

「急いてはいけませぬ。効くと思って飲めば効くと厳久さまも言っておられたではありませぬか」

宋渡来という小さな六角甕《ろっかくがめ》の蓋を取り、木の匙《さじ》を突っ込んだ。白い粉が匙を吸い込み、すぐに樫の柄まで埋まってしまう。きめも細かく、柄の上にまでまとわりついてくる。二杯取って椀に入れると、一瞬白湯の上で浮かんで沈む。きょうはいつもより長く浮いていた。ということは、いつもより少なかったということだ。濁りが均一になるまで掻き回し、流れがぐるぐる回るままに飲み干した。こうすれば底に薬が残らない。

「苦くないのが救いだな。典薬寮《てんやくりょう》でもらった煎じものではこうはいかん」

「あすはもう少し召しあがらないといけませせぬ」

「分かっているが、面倒でな」

口の中に残っていた粉の感触を唾液で流し込むと、侍女も来て召し替えになった。簾越しの風は夜露に濡れて湿っている。身体によくないと言われても、暑いので蔀を下ろすわけにはいかない。ふらふらと立ち上がれば、侍女の髪が下で匂い、平子の衣に薫き込めた香が華やかに漂い上る。

「馬に乗りたいのう」

「よくなればお好きなだけ乗れましょう。しばらくはご辛抱ください」

諌めるような平子の言葉がおかしかったのか、侍女は笑みを浮かべた。それが可愛らしくてつい口を開いた。

「そち、名は何と申す」

「入覚さま」

「よいではないか。名を訊くくらい。この邸に来てくれるのも何かの縁だ。親しくなって何が悪い」

侍女は平子に遠慮して答えない。かつての花山の放蕩ぶりを知っているのだろう。

新しい褥に替え、うつ伏せになった。冷たくて気持ちがいい。紅の綾文様が鼻先に鮮やかだ。

「早くよくなって歌合わせでも馬乗りでもお好きなことをなさってくださいませ」

「この暑ささえ乗り切ってしまえばな。うっ。強すぎる。もすこし優しゅう」

花山が身をよじったので、平子は飛び退き、見れば袖を口元に当てて笑っている。

「大丈夫でございます。それだけのお力があれば、すぐによくなりましょう」

「たわけ。筋どころか、骨まで曲がってしまう」

「曲がってしまってもよいではありませぬか」

平子は突然、悲しそうな顔になった。「どうした」と訊いても黙っている。無礼な言葉を吐いたことを悔やんでいるふうもない。花山は背中に平子の指が残した痛みを感じながら、肘を突いて身体を起こした。

ようやくこちらを向いた平子の眼には涙のあとがあった。その周囲だけ化粧が落ちている。

「感謝申し上げとうございます」

「どうしたのだ。突然に」

「わたくしのような女子に情を向けていただき、子まで授かり、こうして贅に過ぎる暮らしをしていることにです」

「当たり前ではないか」

「どうしてです？　思いを寄せ合っても別れてしまうのが男女の仲にございます。なのにどうして院はわたくしをここまで」

黙るしかなかった。異形の者同士の結びつきがこの世で最も力強いとは決して言えない。言えば平子を傷つける。

「おっしゃってください。言っていただかないと分かりませぬ」

「よいではないか。こうして暮らしているのだ。それだけで十分だろう」

「いえ、今夜ばかりは院の胸の内を教えてください。知りたいのです。院の本当のお心を」

「本当も何も、こうして暮らしていることがその証であるとは思ってくれぬのか」

「つまり」

「そうだ」

「何です」

「愛おしい」

平子はうつむき、肩を震わせた。花山には何が起きたか分からなかった。今さら何を知りたかったというのだろう。

「わたくしもです。この世に生まれてよかったと、心の底から思っております」

「大げさな。今夜のそちはどうかしているぞ」

「かまいませぬ。どれほどどうかしていようと、伝えられるうちに気持ちを伝えておかなければ後で悔やみます。でも安堵いたしました。こうして言葉を交わすことができて」

「よかったのなら、それこそよかった」

花山はよく分からないまま平子に答えた。


木枯らしの季節に入り、性空が播磨《はりま》の弥勒寺《みろくじ》で死んだという話を聞いた。半年以上も前らしい。九十八歳という。花山には信じられなかった。苦悶と苦闘が続けばそこまでは生きられまい。その半分で十分だ。七宝を飲み続ければそれがかなう。

身体を起こし、人を呼んだ。

「舟に乗りたい」

「何と言われます」

「舟と言ったのだ。黙って池まで連れて行け」

「しかしそのお身体では」

平子は清仁を連れて出ている。遠戚の法要と言っていた。平子の留守の間に花山のわがままを聞いては叱られる。侍女達はそう思ってためらっている。

「身体など今さらよいのだ。これが最後の頼みだと思って聞き入れてくれ」

声を聞いて家司をはじめ家人一同も集まってきた。

「ちょうどよい。この畳ごと運び出すのだ。たいして重くないだろう。だいぶ痩せたからな」

「申し上げます。院のお頼みとあらば、どのようなことでもかなえ申し上げるのがわたくしどもの務めでございます。しかしながら外は寒うございます。お風邪を召されてはたいへんでございます。ここはひとつご辛抱いただき、暖かな春の日にお連れ申し上げるというわけには参りませぬか」

もっともだった。だが、時間がない。いつその時が訪れるか分からないのだ。せめて気力が残っているうちに舟に乗り、蓬萊島を眺めたい。満月などいらない。風雅でなくてもかまわない。今一度、池からあの島を。

「分かった。もう頼まぬ」

花山はいったん横を向いて床に手を突き、身体を支えた。そこから膝を曲げ、ゆっくりと立ち上がった。ふらりとして転びそうになり、すかさず家人に支えられた。

「触るな」

「ですが、とてもお一人では」

両側から差し出される手を払い、几帳を抜けてよたよたと簾を潜った。脇の柱につかまり、ひと息つく。集まった家人や下女達はどうしていいか分からないまま遠巻きに眺めている。久しぶりに立ち上がったので方角が分からない。廊下をどちらに進む方が池に近かったか。

迷っていると、いつもの侍女がさりげなく手首を曲げて示してくれた。右という。

一歩一歩が重く、膝が揺れる。腿の筋が衰えてしまった。のろのろとした歩みを見守るように一同が取り囲んだまま移動する。たわけ者が。長く病の床にいようと、本気になればこれくらいのことはできるのだ。

「院。どうぞ背中をお使いください。池までお運びいたします。ですが、何とぞ舟は諦められますよう」

「どけというに」

花山は目の前にしゃがみ込んだ家司を押し退け、なおも歩き続けた。

右に曲がれば釣殿である。その手前で降りればいい。歩くにつれて少しは身体が慣れ、足を踏み出す要領がつかめてきた。腰を伸ばし、肩を足の動きに乗せるようにすれば転ばずに済む。何より遠くを見ることだ。足元に気を取られると、前屈みになり、つんのめってしまう。

戸を開けさせ、外を見る。雲が黒く、不穏である。風はまだそれほど強くないが、池の水面は小さく波立っている。

背中に衣が掛けられた。先ほどの侍女だ。

「名は何という」

「平子さまにお訊きくださいませ」

「そうであったな」

軽く笑ってから階《きざはし》を降りる。一段下がっては両足で立ち、一段下がってはまた立ち止まる。

これほど急だったろうかと溜息を吐き、池の西側の舟屋を眺めた。舟は中秋の宴以来、納められたままである。と、人影が見えた。下男達に混じって立て烏帽子も見える。家司だ。緋毛《ひもう》氈《せん》を運ばせている。その気になってくれたらしい。

植え込みに割って入り、池の縁に立っていると、音もなく舟が来た。

「院には負けました。存分に冬の日をお楽しみください」

「言われずとも楽しんでやる。それより龍頭がないのは無粋だの」

「ご勘弁を。取り付ける暇がございませんでした」

飾りのない舳先は木材が剥き出しになっているが、腰を下ろしてみると、荒々しい感じが不穏な空に似合っている。

途中で侍女と家人も乗せ、漕ぎ手を入れて五人になった。前方を塞がないよう花山の前には誰もいない。

これでいい。音曲はない。聞こえるのは左右の舷に当たる水音と後ろで軋る櫓《ろ》の音だけだ。曇天の舟遊び。周囲は早くも冬枯れ、生き生きと繁っていた夏の景色が嘘のようだ。万物はいずれ死ぬ。どれほどの生と死がこの三千大千世界で繰り返されてきたことか。誕生と滅亡。それらがどれほど重なり合い、打ち消し合ってきたことだろう。

厳久。お前の魂はこの万物の不可解さに等しい。届けられた七宝は、この身体を案じてのことと思っていた。身体が怠くなればなるほど、眩暈《めまい》がすればするほど七宝に頼り、安静に努めた。しかし秋空が広がったある夕刻、落ちゆく太陽を見て忽然と悟った。お前は「殺してくれ」という言葉を忠実に実行していると。

お前は善人なのか。それとも稀代の悪人か。苦しむことなく、しかも悟られぬよう死出の旅路を用意するとはなかなかの腕前だ。だが、お前の本性がどうあれ、飲むのはやめなかった。用意された旅路を逃したくなかったことは認めよう。けれどもそれだけではない。これは復讐だからだ。内裏を追われ、この世からも追われる人間の命を懸けた復讐なのだ。恥を知れ。罪の重みに身悶えしろ。度脱は成し得なかった。今でも正しかったと信じている。しかし厳久。お前は手を染めた。たとえ緩やかな手口であっても、仏道に捧げたその白い手は遂に毒魔の淵に沈み、腐りはじめているのだ。

その毒が全身を覆い、お前の身体を滅ぼすまでこの身は生きられないだろう。後悔はない。微塵もだ。こんな人生を送った者は未だかつていない。断言できる。これほど人に徹し、人であることを味わい尽くした者がいるはずがない。その軌跡を誇りに思う。そうだ。声を大にして叫んでやる。お前が暮らす山科の寺に向かって。いや、人の顔色を窺ってばかりいる都中の貴族と僧たちに向かって、あらん限りの力で叫んでやる。入覚は入覚自身を生きたのだと。

島が見えた。蓬萊島だ。その昔、不老不死を求めて唐の一行が彷徨った幻惑の島。そこに今にも手が届く。

衣を脱ぎ、飛び込んだ。

「院っ。何をなされます」

遠い水飛沫の向こうで家司の叫び声が聞こえる。心配することはない。ここは不老不死の島だ。何をうろたえることがあろう。

耳に水が入る。鼻からも水が入る。我慢ならないほど苔臭い。

腕をつかまれた。

「院っ。お気を確かに。何とぞお気を」

足が滑った。下沓《しとうず》が脱げて、また水に沈んだ。

新たに水飛沫が上がり、背後から抱きしめられた。

「院っ。大丈夫でございますか」

女の声だ。聞き覚えがある。

足がついた。ぬるりとした。どろどろしたどうしようもないほどの泥の底だ。

立ち上がった。水は腰の少し上だった。

「せっかく蓬莱島に来たというのに邪魔をしおって」

「何をおっしゃいます。作り物でございます。作り物の島でございます。さあ、お戻りください。これ以上、お身体をこわされては大変なことに」

くしゃみが出た。そう言えば、やけに寒い。


翌寛弘五年二月六日。いよいよ花山の臨終が近いという知らせを受け、厳久は身震いした。遂にその日が来た。慣れない馬に跨がり、手綱を握った。

花山。入覚。どれほどの苦闘を続け、どれほどの傷を負ってきたのだ。裂いた傷と裂かれた傷。焼いた痕と焼かれた痕。どちらがどちらに重なり、どちらがどちらを穢してきたのか。だが、それも終わる。この手で内裏から出奔させた以上、この手でこの世から出奔させてみせる。

乾いた冬空が道の向こうに荒涼と広がり、風を吹き下ろしている。鼻水が出る。袖で擦る度に鼻の下がひりひりする。唇は乾き、舐めれば割れて血が滲む。

一条の邸に着いた時には身体が突っ張り、一人では下馬できないほどだった。脚を抱えられ、手綱を握った指も一本一本解《ほど》かれる。傾いた陽の中を砂塵が舞い、顔を伏せて眼を細める。

ようやく地面に立つと、先払いの声に続いてきらびやかな輿に随身《ずいじん》を従えた行列が門から出てきた。慌てて身を屈め、道端で畏まる。訊けば、左大臣道長が見舞いに来たという。一行をやり過ごして中に入る。出迎えた女は平子と名乗った。白と白の氷の襲に薄墨の表着《うわぎ》を纏っている。早くも弔いを思わせる出で立ちに息を呑む。

部屋に向かい、冬用の練絹《ねりぎぬ》の几帳を潜ると、花山が白い夜具を掛けられ、眠っていた。既に五色の紐が用意され、どこから運ばれてきたのか、枕元に安置された阿弥陀仏の左手に結びつけられている。仏は大人と同じくらいの大きさで蓮華座の金箔が少し剝げている。あとはこの紐を花山の左手に結べばいい。

どこかで見た顔も初めての顔もいろいろだった。しかし視界に入ってこない。厳粛な気持ちと恐ろしさでひたすら気が引き締まる。読経は求められていない。控えているだけだ。にもかかわらず、背筋が震える。

促されて五色の紐を花山の手に掛けようとした時である。俄に悪臭が立ち籠めた。花山からだ。汚物が漏れ、衣から染み出したらしい。

厳久はいったん下がり、呼ばれた下女達が夜具をめくって始末した。別の女達は臭いを消そうと香炉をいくつも運び入れ、列席の貴人の間を動き回る。さらに廊下側にあった几帳を二つ動かして花山を隠し、あらためて湯と布が運び込まれた。汚れがひどかったようだ。寒いので蔀を開けるわけにはいかず、臭いが籠もる。天竺の伽羅の匂いでは弱すぎる。

一同はさりげなく顔を伏せ、慎んでいる。

蔀の隙間が朧に赤く染まった。西日だ。

くなる。

厳久は立ち上がり、断りもなく蔀を開けた。風とともに弱々しい光が射し込み、身体が温
誰にも異論はなかった。極楽浄土は西にある。その光で花山を照らすことに何の不満があろう。それより皆新鮮な風に飢えていた。部屋の澱みは一掃され、清らかな弔いの気配が蘇る。

「お急ぎを」

厳久は下女達を急かし、几帳も動かして清潔になった花山に光を当てた。そして枕元の仏像を西に向け、五色の紐を花山の左手に結びつけた。

「南無阿弥陀仏　南無阿弥陀仏」

何の反応もなかった。頬《こ》は痩け、その分、丸みのある鼻が高く見える。瞼は力なく閉じられ、その下の眼球は沈んだように動かない。夕陽の眩しさも分からず、厳久の念仏すら聞こえないらしい。花山。入覚。今どこにいる。未だこの世にとどまっているのか。それとも今まさに離脱しようとしているのか。

周囲からも念仏が唱えられ、いよいよ終焉《しゅうえん》の時が近づいた。

しかし花山は粘った。死界を彷徨いながらも足を下ろさず、現世に戻って現《うつつ》の音を聞いている。呼吸は深く静かに続き、その度に胸が膨らんで夜具が迫り上がる。蔀は閉じられ、灯台が運び込まれた。

「粗食ではありますが」

傍らに来た家人が耳元でささやいた。夕餉という。気がつけば一人二人とこの場を離れ、部屋に残っていたのはわずかだった。

厳久は迷った。離れた時に臨終を迎えては花山が気の毒である。最期は自分の念仏で送ってやりたい。

夜が更け、丑の刻になると、座ったまま眠ってしまう。唱え続ける念仏も途切れ途切れで花山には聞こえないだろう。

「お休みくださいませ。まだしばらくはかかりそうでございますから」

平子と名乗った女が見るに見かねてささやいた。部屋も整えてあるという。

「院の最期を見届け、極楽浄土に送り申し上げるのが務めでございます。いましばらくはこうして付き添い申し上げたく」

「身体が揺れては危のうございます。支えになるものでもお持ちいたしましょうか」

女は微笑んでいた。美しい。鼻筋が通り、額も形よく丸みがある。そしてその奥にある青みがかった瞳。見慣れた鳶色《とびいろ》ではない。瑠璃《るり》のように蒼く、翡翠《かわせみ》の羽のように緑《あお》い。

「おかげさまで目が覚めました。もう揺れませんでしょう」

「召しあがらないのでしたら、頂き物を白湯に溶いてまいりましょう。力が湧くはずでございます」

「頂き物とは」

「厳久さまからの七宝でございます」

今度こそ目が覚めた。何を言っているのだ。自分が飲んでどうする。花山のために買い求め、送り続けてきたのだ。それとも女は知っているのだろうか。

窺い見ると、女は人のよさそうな顔で返事を待っている。

「七宝は高価な薬でございます。わたくしのような凡僧が口にするわけにはまいりません」

「よろしいではありませぬか。お疲れの厳久さまがお使いになったと聞けば院も喜んでくれましょう」

「しかしそれは」

言い終わらぬうちに平子は立ち上がり、しばらくして現れた時には見覚えのある六角甕を盆に載せていた。その昔、詮子から褒美として下賜されたものだ。薄青の輝きが上品で、蓋の抓《つま》みは二頭の龍を象《かたど》っている。

「召しあがれなくなりましてからは、もっぱらこれを頼りに」

平子は懐かしむように蓋を取り、匙を入れて山盛りの粉を白湯に混ぜている。丁寧に溶いているので音はしない。聞こえるのは花山の寝息と風に軋る蔀の継ぎ目くらいだ。

こちらに差し出した指は長かった。しかしすぐに椀から離れ、薄墨の袂に戻ってしまった。

思ったより澄んでいる。回した勢いがゆるゆる続き、渦の中心を小さな泡が三つ四つ寄り添うように回っている。花山は何度この渦を眺めたことだろう。一年とひと月。桜が舞う夜も暑さで寝苦しい夜も、あるいは寒月が皓々と輝く夜も、一日の終わりに眺めては流し込んだに違いない。一日の終わりは一日の始まりにつながると信じて。それでよかったのだ。呪われた花山を救う手立てはそれしかなかった。その罪深い役をいったい他の誰が担えたというのだ。罪滅ぼしのために新たな罪を背負えるのは自分しかいない。

「横顔が麗しゅうございますね」

「何と」

「失礼いたしました。このような時にご無礼を申し上げて。けれども思ったことは何でも言えというのが入覚さまの教えでございましたから。聞こえていても叱られることはないでしょう」

うろたえた。主が死に臨んでいるというのに何と天真爛漫なことか。しかもこの老いた顔が誉められようとは。

「僧にとって見てくれなど何ほどの値打ちもございませぬ。麗しかろうと醜かろうと同じでございます。ましてやわたくしのように卑俗にまみれた僧にとっては、今さら良心さえ問われないのでございます」

女は戸惑いを見せた。意味が分からなかったのだろう。分からなくていい。出家以来の煩悶をたやすく分かられてたまるものか。

厳久は女に匙を所望すると、椀の中を勢いよく回し、匙を抜くと同時に飲み干した。味はなかった。舌を動かしても白湯の素っ気なさだけを感じる。一杯では何ともないが、少しは花山に近づいた。

「お言葉に甘え、頂戴しました」

「ついでにお湯もおつかいくださいませ。何かあれば下の者を呼びに行かせます」

「いえ、さすがにそこまでは」

夜が明ける頃、寒さに身を縮めながら微睡んだ。身体が揺れ、揺れたところで眼が覚める。立ち上がったのは厠《かわや》に行った時だけで、ひたすら結跏趺坐していた。

翌七日も花山は生き続けた。屎尿《しにょう》がわずかに漏れたが、それほどの臭いはなく、下女達の動きも素早かった。

ただ念仏を唱えた。続けるうちにもしかすると花山には聞こえているのかもしれないという気になった。表情に反応はない。口も動かなければ眼球も動かない。だが、その脳髄の奥で聴いているのではないか。笑いながら。いい加減にしてくれと。信じてもいない念仏をよくも唱えるものだと。いや、笑うどころか怒っているかもしれない。彼岸へ渡るのは時が満ちるからだ。やかましいぞと。その通りだ。念仏ごときに何の意味があろう。しかし意味はなくとも価値はある。現世最後の声に求められるのは意味ではない。慈しみだ。残された者が贈る渾身の惜別だ。それを支えに現世を離れると考えるのは生者の思い上がりだろうか。

八日は朝から雪になった。辺りはすべて雪に埋もれ、梅の枝が折れたと誰かが話した。大雪らしい。深々《しんしん》とした寒気の中で生死の境は白い虚無に崩され、淡々と丸くなる。

夜になった。それでも降っている。簾を上げれば雪の夜は明るく、暖かだった。落ち続ける雪は仄かな灯りに照らされ、朧に浮かんでは消えていく。消えるのではない。微かに微かに積もるのだ。砂の一粒より小さく、水の一滴より確かに。だからこそ景色が変わる。

花山の呼吸は夜が更けるにつれて浅くなった。香が焚かれ、花が撒かれた。

厳久はひたすら念仏を唱え、眼を閉じて紫雲《しうん》に乗った諸仏の来迎を思い描いた。初めてだ。これほど真剣に観想を続けたことはかつてない。

花山の呼吸が途切れ途切れになる。雪は執拗に降り、執拗に積み重なる。

微細に息を吐き、息を吸う。雪は音を立てない。

もう一度吸う。もう一度吐く。そしてもう一度吸おうとした時、遂に力尽きて息絶えた。

嗚咽が聞こえた。すぐに伝播し、すすり泣きと嗚咽が部屋中を暗く沈めた。
花山院崩御。一切の苦悩が消滅し、苦悩から解放された亡骸がただ窈然《ようぜん》と横たわる。
厳久は泣かなかった。涙よりは事を成し得た充足に安堵した。あとは罰を待てばよい。

五月初旬。厳久は寺を出て山間に庵を結んだ。身体の変調には気づいていた。鴆毒を七宝と称して送る時、女から受け取る袋ではあまりにみすぼらしく、滑るような紫の絹の袋に移し替えた。その度に立ち上る粉を吸っていたのだ。視野は狭まり、身体が怠く、皮膚が硬くなった。聞いていた通りの症状である。

まあよい。仕事はした。三月二十二日の花山院の法会では導師を務めた。経を読み飛ばすことなく最後まで責務を全うした。今さら他に何をする。

庵は花山院の陵《みささぎ》に近い丘の麓にかまえた。紙屋川《かみやがわ》と衣笠山《きぬがさやま》の間。たまたまそこに廃屋があり、譲り受けた。

五月半ばを過ぎると、厳久はほとんど庵の中で過ごした。肉は落ち、口にするのは水ばかりだった。朝になると必ず里人が様子を見に来た。夜のうちに死ぬと思っているらしい。

「厳久さまに先に逝かれたら、わしらは誰に送ってもらおう」

見回りに来た翁に訊かれた。

「案ずるな。その時は浄土から出向いてこよう」

「ほんだらことができましょか」

「わけはない。それより水を飲ましてくれ」

翁は柄杓に水を汲み、口元に近づけてくれた。苔臭い。甕に入れたままにしているのでしかたない。一口飲み、眼を閉じる。少し身体を動かしただけで疲れてしまう。

花山。今頃どうしているだろう。土に帰り、御霊《みたま》はどこで安らいでいるのだ。その場所を知りたい。そこに行きたい。それに詮子。そなたも先に逝った。どこにいるかは訊くまい。訊いたところで答えてくれぬだろう。指一本触れなかった。触れようと思えばいくらも機会はあった。そうだ。兼家の供で叡山に行った時、そなたは麓の女人堂に留め置かれた。その先は女人禁制だからだ。山に入り、花山に会い、兼家より一足先に下山した。そなたに会うためだった。しかしいざ御堂の前に立ち、着いたことを告げようとしてためらった。身分の差を感じたのではない。年の差に戸惑ったのでもない。心底、愛おしいと思っていないことに気づいたのだ。あの時の醒めた記憶は忘れない。女人と対するのは楽しく、心が躍る。けれどもそれが幻であると気づいている。同じ凡夫である。互いに醜く浅ましい。そうと分かっていながら、どうして触れあう必要があるだろう。

もういい。六十五になるまで片時も休まずに脳を使い、言葉を磨いてきたのだ。今さら何をしようというのか。

風を感じる。閉じた瞼の上で瑞々しい木々の緑が踊っている。もう夏だ。天は満々と青さを広げ、木洩れ陽は優しく大地を照らす。その下には虫がいる。透き通った翅を畳んだ幼い虫が光が届くのを待っている。その糞尿。それでできた無数の小さな土の塊。草花の根がそれを吸い上げ、枝を伸ばし、花を咲かせる。そこに光が注ぐ。溢れるほどの色の輝き。その中を蝶が舞い、五月の風が吹き抜ける。

花山よ。そなたに比べ、自分の人生は確かに貧しかった。青白く日陰にとどまり、物陰から窺うように卑屈でさえあったろう。それが精一杯だった。それ以上を望めるはずがない。しかし花山よ。最期にこれだけは言える。どれほど卑しい生まれであろうと、どれほど汚濁にまみれようと、明晰さにおいて罪を背負い、明晰さにおいて耐えてきた。それが生まれて以来の宿命であり、決してそこから逃げようとはしなかったと。

夜通し吹き荒れた野分《のわき》で来迎寺はあちこちに傷みを生じた。軒が剝がれ落ち、屋根の檜皮も捲れて飛んだ。とりわけ南側は強風を受けて被害が大きく、庭木は折れて裂け目が尖り、草花はなぎ倒されて土砂に埋もれた。

「とても一日では片付きませんね」

「どこかに男手を探しませんと」

「心当たりはあるの」

「まさかそのような」

理子は最近来たばかりの若い尼僧をからかい、尼僧は顔を赤らめた。

「みんなで力を合わせればいずれ終わるでしょう」

気の毒に思って理子が言うと、尼僧は安堵したように肯いて付いて来る。理子は先代の庵主が他界したのを機にそれを引き継ぎ、身を寄せてくる尼僧達の面倒を見るようになった。といっても、まだ六人。小さな世帯に変わりなく、畑仕事も好きなので進んで土に触れている。九月末だというのに夏のような陽射しである。敷地内を一回りするだけで額が汗ばむ。

裏手の斜面に来た。よかった。心配していたほどの被害はない。竹林から延びる根が土を抑え、崩れなかったらしい。これなら十日も働けば元に戻るだろう。

母屋に戻り、裏口で足の土を払っていた時である。客という。門前に花飾りの付いた牛車で来ているという。

「野分の翌日に来るとは。片付けものなどに追われない恵まれたお方なのでしょう」

「平子さまと聞きました。それにそのご子息」

誰だろう。考えてみるが、思い当たらない。まさかここに入りたいのだろうか。それとも尼僧が出家する前の相手だろうか。

「あなた方に心当たりは」

尼僧達は手洗いの水を持ったまま、あるいは足を拭いた布をつかんだまま、互いに顔を見合わせて首を振っている。気が乗らない。食事をしてから片付けをしたい。貴人の相手は気疲れする。

「追い返して」

一斉に驚きの顔が向いた。

「というわけにもいかないでしょうから、お通しするしかありませんね」

すぐに安堵の顔に変わったが、それまでのような自然な動きには戻れない。

身支度をする間も気が重かった。出家して六年になる。ここでの暮らしが当たり前になった。世のことは知らない。まして内裏のことは。人と人の揉め事には関わりたくない。

白着の上から薄墨の衣を纏い、白い頭巾をゆったりと被った。目尻の皺は小さいが、喉の弛みは隠せない。頬には肝斑《しみ》も浮いている。古い鏡でも磨かれているので老いは映す。ますます会う気が遠のいた。牛車で来るような貴人の前に出ては嗤われる。

戸の外で呼ぶ声がした。まだいい。ふたつみっつ呼吸をしたい。

「数珠がどこかにいってしまって」

「よろしければわたくしのをお使いください。そろそろお出でになりませんと」

分かっている。あとほんの少し。

「あ、ありました。それでは」

連れ立って廊下を進む。まだ南風が吹いているらしく、生温い。本堂に曲がる角は軒先の板が剝がれ、風に音を立てている。外からでは気づかなかった。ここも修理しなければ。

「遅くなりました」

柱の脇で膝を突き、顔を上げた。縹《はなだ》に薄縹を重ねた鴨跖草《つきくさ》の襲が眼に入った。縹と言っても紺に近い。風雅を楽しむため、わざわざ染めさせたのだろう。髪は豊かに流れ、艶やかだ。

本尊の薬師如来を前に左右に対して座る。自分が右側である。いつもこの位置から本尊に向かい、読経に入る。

女を見て戸惑った。見知った顔ではない。女子にしては上背がある。眼は青みがかり、肌は白い。鴨跖草の襲がよく合い、口に引かれた紅が一点激しく燃えている。

「このようなところにわざわざお越しいただき、光栄に存じます」

「こちらこそ突然に押しかけまして」

型通りのやり取りの後、女が言った。

「静かなお寺でございますね」

理子は肯き、女の隣に座っている男児に微笑みかけた。母の襲に合わせたのか、薄二藍《うすふたあい》の狩衣《かりぎぬ》が柔らかに光り、はにかむことなく胸を張っている。大人のつもりなのだろう。

「長男の清仁です。十になります」

「可愛らしいこと」

そう言ってまた笑みを送れば、今度は照れて顔を伏せてしまった。それがまた可愛らしい。母親に似て顔立ちがすっきりと上品だ。理子は先ほどまで感じていた気の重さが消えているこ
とに気づいた。気疲れするどころではない。見知らぬ訪問客を楽しんでいる。寺に籠もってばかりいると人嫌いになるらしい。出家の身とはいえ、たまには外の世に触れた方がいい。

「きょうはどのようなご用で」

「忘れておりました。久しぶりに遠出いたしましたもので、何だかくつろいでしまいました。お品をお届けするためでございます」

「お品、でございますか」

「院がお隠れになってからようやく片付ける気になりまして、出てきたものをこちらに」

「院とおっしゃいましたか」

「はい」

「院とは、どちらの」

「花山院でございます。出迎えの尼僧にはお伝えしたはずでございますが」

驚いた。どういう間柄だろう。牛車で来ている。卑しからぬ身分である。それに今頃になっ

て何が出てきたというのか。

「失礼ながら、そちらさまと花山院とはどのような」

「室《しつ》にございます」

絶句した。何と言っていいか分からない。院とは十五年近くも前である。だが、室と名乗る女子が突然現れては穏やかでいられない。

「知らぬこととはいえ、とんだご無礼をいたしました」

声が震えているのが自分でも分かる。二回りは若いだろう。ということは花山より一回り下になる。別れた後、このような女子に心が向いていたとは。花山の葬儀には出ていない。知らせは受けたが、まだ為尊親王との思い出が一杯だった。しかし麗しい室を見ると微かに嫉妬を覚える。意外だった。どれほど年を経ていても、女の性《さが》が消え尽くすことはないらしい。花山。入覚。炎の帝。気まぐれと激情にどれほど苦しめられたことか。為尊親王は優しかった。穏やかで女子に生まれた方がよかったとご自分でも言っておられたほどだ。求めず、争わず、戦わず。異母兄弟でありながら両極だった。

「理子さまのことは、院から何度となく聞かされております。自分のことを最もよく分かってくれていたと」

「何をおっしゃいます」

「まことでございます。あまり理子さまのことをお誉めになるので、わたくしはよくむくれたものです」

平子は懐かしそうに笑った。正直だ。少しも悪びれたところがない。花山はそこに惹かれたのだろう。

「それで理子さまにと、これを」

差し出されたのは青みがかった錦の包みだった。四角い箱らしい。何と青が好きな女子だろう。

「何でございましょう」

「お開けくださいまし」

理子は言われるままに包みを解いた。現れたのは珍しい黒柿の木箱である。黒と濃い茶の文様が孔雀の羽のように広がり、しっとりと重々しい。その上に赤紐が十字に渡され、丁寧に結ばれている。

「はあ」

蓋を取って思わず気のない声が漏れた。厳重にするにもほどがある。中にはさらに白紙が掛けてあるではないか。嫌な予感がした。まさか花山院の遺骨ではないか。陵《みささぎ》におられるはずが、一部が分骨されてこの中に納められているのではないだろうか。仏舎利《ぶっしゃり》のように。

平子を見ると、早く手に取るよう促している。

交互に掛けられた紙を開いて目を瞠った。

「源氏の君の物語」

流麗な女の筆である。これもまた紺地に金銀を散らした料紙で綴じられ、左端に楮《こうぞ》の厚紙が張ってある。筆は細く可憐で、墨の溜まりもごく小さい。

「これはいったい」

「理子さまにお届けするのだとおっしゃっていました。けれどもお忘れになったのか、櫃《ひつ》の中に残されたままに」

そうだった。花山がここに来た時、言っていた。いずれ筆写させたものを送り届けると。もちろん楽しみにしていた。しかしいつまで待っても音沙汰はなく、近況を知らせる文一つ寄こさない。それであきらめ、気に留めなくなっていた。

「院がこれをわたくしに」

「はい。そのために手に入れたのだと。けれどもお渡しする前に別の写しをご自分でも読んでおりました。読み終えてから届けに行くと」

「あの花山院が」

平子が肯くのを見ておかしくなった。想像しただけで吹き出してしまう。艶やかな装束を身につけた女房なら分かる。髪を流し、灯りを引き寄せ、我がことのようにのめり込む。花山院はどうだろう。衣をはだけ、お酒でも召し上がりながらお読みになったのではないか。憮然として。「つまらぬ」と文句さえ言いながら。それにこの物語の中の誰に心が向くのだろう。源氏の君は花山と境遇が似ている。しかし風貌はまったく違う。女子に近づくところもよく似ている。だが、源氏の君はあれこれ思い悩むが、花山院は突き進んで離れるだけだ。

「では、そろそろおいとまを」

「よいではありませぬか。せっかくのお越しでございます。もうしばらくごゆるりと」

「こう見えても何かと忙しくしております。これからも生きていかねばなりませぬから」

平子はそう言って息子を見た。母親らしい慈愛に満ちた眼だ。清仁と言っていた。この子には花山の血が流れている。けれども大人しく、落ち着いている。その方がいい。苦しまずに済む。

眼が合い、清仁がにこりとした。がまんできなくなって口にした。

「ひとつわがままを聞いていただけますか」

「何なりと」

「お子を、清仁さまを少しだけこちらに」

平子は息子を促して理子の前に座らせた。理子は思わず手を取った。清仁はびくりとして引っ込めようとしたが、強く握って逃すまいとした。小さく、あどけない。爪は丁寧に磨かれ、薄紅で描いたように清らかだ。

「よく似ておられますね」

「似てるってだれに」

「あなたのお父上」

「うれしくありません。あの方は」

「清仁っ」

平子が叱ったが、その声に怒りはなかった。よそで身内のことを軽々しく話すなという躾《しつけ》にすぎない。その証に叱られた清仁もそれほどこたえていないように見える。

「でも父上は好きです。よく闘鶏《とうけい》で遊んでくれました」

「闘鶏？」

「ぼくの鶏が勝つと大喜び」

何のことか分からなかったが、親子の微笑ましい光景が思い描かれ、心が和んだ。

「立派になってくださいね。さ、お母さまのところに」

清仁が戻ると、平子は暇を告げて立ち上がった。すらりと大きく、驚いた。何ものにもとらわれない花山院の心が偲ばれる。

本堂から廊下を進み、見送りに下に降りた。風に湿り気はなく、空には高々と薄雲が走っている。車に乗る前に丁寧に礼を言い、大根と長芋を籠に入れて差し上げた。手土産になるものはそれくらいしかない。

舎人《とねり》が声を上げると、輪は動かずに棟と軒格子だけぐるりと大きく横を向いた。供の者達が周りを囲み、車が動く。

門まで行ってしまった。緩やかな盛り上がりを乗り越え、遠ざかる。もう会うことはないだろう。そう思い、合掌して頭を下げた。

「どのようなお客さまでしたか」

急に訊かれて口ごもった。若い尼僧は人の心を推し量るのが下手だ。悪気はないが、礼儀もない。

「昔の知り合いです」

尼僧達は納得したようだったが、正しくはない。平子とは初めて会った。けれども同じ男に心を寄せたという意味では知り合い以上と言える。

自室に黒柿の箱を運ばせ、あらためて蓋を外した。どうしてこれを遺骨と思ったのかおかしくなった。院は陵におわします。

手にしたのは四十ほどの綴りである。ひとつひとつ料紙の色が違う。紺、水縹《みなはだ》、浅藍《あさあい》、秘色《ひそく》、花染、夏虫、水色、紺瑠璃。よくもこれほど同じ色調をそろえたものだと感心してしまう。しかもそれらのひとつひとつは破り継ぎにされ、違う色紙へと続いている。

床に広げ、どの帖を開こうかと眺め渡した。

「野分」

これだ。ちょうどいい。覚えている。源氏の息子の夕霧《ゆうぎり》が嵐の見舞いに訪れた六条院で紫《むらさき》の上《うえ》の美しさに驚くところだ。ぱらぱらと紙をめくる。まだ誰も開いていないので綴じ目が固い。しかし読めない。いくら読もうと文字を追っても物語の中に入っていけない。当たり前だ。手にしているのは花山が自分のために手に入れ、大切にしまっておいてくれた一揃えなのだ。今ばかりは物語より花山の気遣いに心打たれる。どうして届けてくれなかったのだろう。最後まで読めなかったので、ここに来るのがお嫌になったのではないか。そう思うとそれも花山らしいとおかしくなった。

その時、青い色にそろえられた中に一綴じだけ白い表紙が混ざっているのを見つけた。一番終わりの帖らしい。「幻」に重なって気づかなかった。

「雲隠《くもがくれ》」

表題を見て妙な気がした。

自分が読んだ写しにはない。

中を開いてさらに戸惑った。何も書かれていない。紙は次から次へと続いている。どちらかと言えば粗末な手触りの白い雑紙だ。しかしどこにも何も書かれていないのだ。これは何だろと、終わり近くに小さな短冊が挟んであった。

「見えこぬ魂《たま》の行方たづねよ」

慌てて「幻」を取り、紙を繰った。見つけた。思った通りだ。源氏の君が、亡くなった紫の上を偲んで詠んだ歌だ。その下の句。

けれどもどういうことなのか分からない。「幻」の帖で源氏は出家を覚悟し、物語は終わるはずである。にもかかわらず、「雲隠」が続き、歌もある。

まさか。花山がご自分で、この帖を。

そうとしか考えられない。付け足したのだ。自らの死の予兆として。死後の自分の魂に思いを馳せてほしいとの願いまで込めて。

何ということだろう。葬儀に行かなかった代わりに花山の方から来てくれたと喜んだが、このようなことを伝えるためだったとは。

いや、と思って、再び「幻」の歌を見た。そうだ。この歌で合っている。では、なぜ下の句だけ記したのか。物語の中では、夢にも現れない紫の上の魂の行方を探し出してほしいという意味である。それに従えば、他界した花山の魂の行方を尋ねてほしいと解釈できる。しかし花山らしくない。遠のいた女にそのような歌を贈るほど女々しくないはずだ。

そうだ。魂は花山のではない。為尊の。とすると、雲隠れしたのも花山ではないことになる。

震えが走った。何かとてつもないことが隠されている気がした。

顔を上げ、簾から漏れる光に眼を遣った。いつもの白さであり、いつもの明るさである。

か。

「雲隠」を繰ってみる。何の変わりもない。では、花山と為尊。そこに意味があるのだろうか。

いや、真意はやはり「雲隠」にある。白い紙を綴じ合わせただけのこの帖に花山の真意が込められている。それは死だ。この世からのまったき消滅。その茫洋とした白さ。それこそ花山が伝えたかったことなのだ。花山の死でも為尊の死でもどちらでもいい。生きとし生けるものの最期として、いや、それらもろもろが再び生まれいずる本源としての白さ。花山はそれを思い描いていたのだ。そこにこそ自在があると。行方を尋ねよとは、魂が安らっているのはまさにそうした場であると知らせる言葉なのだ。

興奮していた。これほど考えを巡らせるのは初めてだった。もっと経典を読んでおくべきだったと後悔する。そうすれば花山の真意をたやすく理解できただろう。

と、ひとつだけ思い出した。

生死即涅槃《しょうじそくねはん》。

「雲隠」を抱きしめた。空白だけの紙の綴じ合わせに限りない豊かさを感じた。ここに花山がいる。為尊も。いや、二人だけではない。亡き母も、亡き父伊尹も、その他もろもろの死者たちが安らっている。

花山院。お聞きください。理子のつたない言葉を。今、たしかに「源氏の君の物語」を受け取りました。いずれ届けると言われたお約束を院が果たされたことを身をもって認めます。そして感謝申し上げます。院は物狂いなどではありません。誰よりも気高くあろうとしただけです。だからこそこの白い綴りが、これほどまでに熱く、切ないのでございます。

顔を上げ、簾を見た。光はさらに柔らかに広がっている。立ち上がって近づいた。光が穏やかに羽ばたき、温かく顔に触れてくる。肩に、腕に、胸に、素足に、あらゆる慈しみをもって触れてくる。話しかけられているようだ。

人は悲しい。この世も悲しい。だからさらに顔を上げろと。院。わたくしは生きて参ります。この光を全身に浴び、その中で。ですから、いつまでも光を注ぎ続けてくださいませ。お力の続く限り。その光こそ人を人にする救いだからでございます。

## 主な参考資料

『源氏物語』
『蜻蛉日記』
『栄花物語』
『大鏡』
今井源衛『花山院の生涯』桜楓社
武部利男編訳『白楽天詩集』平凡社ライブラリー
坂本幸男・岩本裕訳注『法華経』岩波文庫
松長有慶『秘密集会タントラ和訳』法藏館
松長有慶『理趣経』中公文庫ＢＩＢＬＩＯ
川崎庸之責任編集『源信』中央公論社「日本の名著４」
島薗進『オウム真理教の軌跡』岩波ブックレット
『オウム真理教事件』法藏館「仏教」別冊
『オウム真理教の深層』青土社「イマーゴ」臨時増刊

本書は『炎帝 花山』（二〇〇九年十二月 日本経済新聞出版社刊）を
改題・改稿したものです。

中公文庫

# 炎《ほのお》の帝《みかど》


2014年5月25日　初版発行

著　者　萩《はぎ》　耿《こう》　介《すけ》

発行者　小林 敬和

発行所　中央公論新社

〒104-8320　東京都中央区京橋2-8-7
電話　販売 03-3563-1431　編集 03-3563-2039
URL http://www.chuko.co.jp/

DTP　嵐下英治
印　刷　三晃印刷
製　本　小泉製本




Published by CHUOKORON-SHINSHA, INC.
Printed in Japan　ISBN978-4-12-205948-1 C1193

各書目の下段の数字はISBNコードです。978－4－12が省略してあります。

と-26-21
**箱館売ります（下）** 土方歳三 蝦夷血風録
富樫倫太郎
ロシアの謀略に気づいた者たちが土方歳三を指揮官に、旧幕府軍、新政府軍の垣根を越えて契約締結妨害のために戦うのだが――。思いはひとつ、日本を守るため。
205780-7

と-26-22
**松前の花（上）** 土方歳三 蝦夷血風録
富樫倫太郎
土方歳三らの蝦夷政府には、父の仇討ちに燃える娘、戦の携行食としてパン作りを依頼される和菓子職人の姿があった。知られざる箱館戦争を描くシリーズ第二弾。
205808-8

と-26-23
**松前の花（下）** 土方歳三 蝦夷血風録
富樫倫太郎
死を覚悟した蘭子は、藤吉にある物を託し戦へと向かった。北の地で自らの本分を遂げようとする土方、蘭子、藤吉。それぞれの箱館戦争がクライマックスを迎える！
205809-5

と-26-24
**神威の矢（上）** 土方歳三 蝦夷討伐奇譚
富樫倫太郎
明治新政府の猛追を逃れ、開陽丸に乗り込んだ土方歳三ら旧幕府軍。だが、船上には、動乱に乗じ日本に神の王国の建国を企むフリーメーソンの影が――。
205833-0

と-26-25
**神威の矢（下）** 土方歳三 蝦夷討伐奇譚
富樫倫太郎
ドラゴン復活を謀るフリーメーソン、後のない旧幕府軍、死に場所を探す土方、迫害されるアイヌ人、山籠りの陰陽師。全ての思惑が北の大地で衝突する！
205834-7

ふ-37-9
**幕末銃姫《じゅうき》伝** 京の風 会津の花
藤本ひとみ
戊辰戦争末期、自ら銃を取り大砲を指揮して戦った女性がいた――激動の幕末を生き抜き、自らの手で未来を切り拓いた山本八重の前半生を描く歴史長篇。
205706-7

ふ-37-10
**会津孤剣** 幕末京都守護職始末
藤本ひとみ
風雲急を告げる幕末・京都の守護職を拝命した会津藩。「小天狗」孝太郎は剣の腕を試すべく京へ向かう！ シリーズ第一作。（『天狗の剣』を改題）
205935-1

や-57-1
**天保水滸伝**
柳 蒼二郎
若きころ道場で出会い竜・虎・鯨と呼ばれ高めあった平田造酒、神崎、捨松の三人。長い時を経て、それぞれに背負ったもののため、今己の剣を抜く！ 江戸水滸伝シリーズ第一弾。
205938-2